Nicole Amrein
So richtig glücklich

SERIE PIPER

Zu diesem Buch

Ja, es gibt sie noch – die unsportliche Frau Mitte Dreißig, leicht übergewichtig, Vorzimmerdame einer Anwaltskanzlei im Ruhrgebiet, freudlos liiert mit einem eidgenössischen Bankangestellten, dessen totaler Gesundheitstrip sie mehr als nervt. Kinder: keine, aber immerhin ist sie Patentante eines bevorstehenden Windelpakets. Sie gibt sich vorzugsweise der Lektüre rühriger Heimatromane hin, und Schokolade ist ihr ein lieber Begleiter für die Durststrecken des Lebens. Aufgrund einer Reihe von Verwechslungen wird sie von einem Schweizer Schokoladefabrikanten als angeblich echte Schweizer VIP-Königin für eine Werbetour im feinsten Hotel Münchens engagiert. Sie nimmt den Kampf gegen den Rest der Schokoladenwelt auf und siegt mit Bravour. Mit im Handgepäck ist der schwule Werbefachmann Henry, der sie erst berühmt und dann auch noch so richtig glücklich macht …

Nicole Amrein, 1970 bei Bern geboren, war nach Medizin- und Jurastudium sowie einer Ausbildung zur Airhostess als Nachrichtenmoderatorin bei einem Schweizer Fernsehsender tätig, wo sie auch eine eigene Tiersendung hatte. Sie arbeitet heute als Journalistin für Magazine, schreibt Serienromane und Fernsehdrehbücher und lebt mit ihrem Mann im Kanton Zug und in München.

Nicole Amrein

So richtig glücklich

Ein Roman für starke Frauen

Piper München Zürich

Für Denise L.

Originalausgabe
Mai 2003

Umschlag: ZERO München
Foto Umschlagvorderseite: ZEFA/A. Green
Foto Umschlagrückseite: Christian Lanz
Satz: EDV-Fotosatz Huber/Verlagsservice Pfeifer, Germering
Druck und Bindung: Clausen & Bosse, Leck
Printed in Germany ISBN 3-492-26060-8

www.piper.de

1

»Bringst du mir mal eben den Pfeffer?«

»Welchen?« frage ich – zu Recht, denn trotz ständiger Platznot in unserer bescheidenen Dreizimmerwohnung leistet Gallus sich den Luxus, Herr über vier verschiedene, farblich abgestimmte Pfeffermühlen zu sein. Die roten Körner verwendet er vorwiegend für die Zubereitung seiner Lieblingsspeise: Dinkelbrei. Die grünen Körner – stets frisch gemahlen – verfeinern die leckere Haferschleimsuppe, die weißen geben der etwas bitteren Kerbel-Orangen-Sauce den besonderen Geschmack, und die schwarzen …

»Gallus!« rufe ich und balanciere mit nackten Füßen auf dem Kopfteil meiner ökologisch unbedenklichen Roßhaarmatratze. »Der schwarze Pfeffer ist unauffindbar!«

»Brauch sowieso den roten!« hallt es vom Wohnzimmer her. »Er muß auf dem Holzbrett über dem Chuchichäschtli stehen.«

Mein dritter Lendenwirbel heult auf. Klar, der nächste Bandscheibenvorfall kommt bestimmt. Doch ich kann reden und reden: Die Gewürzablage ist nun mal, ergonomisch betrachtet, viel zu hoch montiert. Schuld daran ist das blöde Chuchi… – verdammt, ich kriege diesen schweizerischen Zungenbrecher einfach nicht über meine ruhrpottgestählten Lippen. Küchenschrank könnte man schließlich auch sagen, aber auf mich hört ja sowieso keiner. Hauptsache, Gallus braucht keine Bohrmaschine in seine feingliedrigen Hände zu nehmen. Viel lieber beschäftigt er sich nämlich »mit wirklich relevanten Dingen«, wie zum Beispiel Dinkelbreikochen.

Da ist sie, die schwarze Pfeffermühle mit den roten Körnern. Unerreichbar! Meine Fingerspitzen berühren gerade mal die Klosterfrau-Melissengeist-Flasche eine Ablage tiefer. Ich sehe, wie das Teufelswasser ins Wanken gerät und – obwohl ich den Atem anhalte – auf mein unschuldig weißes Kopfkissen fällt. Natürlich hat Gallus den Verschluß nicht draufgeschraubt. Wie viele technische Weiterbildungskurse muß dieser Mensch noch besuchen, um endlich zu begreifen, daß auf jede Flasche ein Verschluß gehört? Alles Fluchen hilft nichts: Der Geist sämtlich heiliggesprochener Nonnen dringt in meine zarte Nase, während ich mit Hilfe des Stabmixers die gewünschte Pfeffermühle von der Ablage fische.

»Da bist du ja endlich!«

Leicht gereizt lugt Gallus über den Rand seiner Nickelbrille. Schaut er mir in die Augen? Oder zielt sein Blick auf die Pfeffermühle in meiner Hand? Die Wahrheit werde ich wohl nie erfahren, denn Gallus schielt erbärmlich. Okay, er kann nichts dafür, aber sein Silberblick, gepaart mit der fahlen Gesichtshaut, dem rotstichigen Haar und den für seine hochgeschossene Statur viel zu kleinen Füßen, läßt ihn nicht eben wie einen smarten Banker aus dem neuesten Managermagazin aussehen.

Zugegeben: Erfolg muß sich nicht zwingend in der Schönheit eines Menschen widerspiegeln, doch wäre Gallus nur halb so erfolgreich wie häßlich, müßte er längst Generaldirektor der Schweizer Nationalbank sein – mindestens. Statt dessen bastelt er immer noch an seiner Beförderung zum Schalterangestellten für Hartgeld herum und betreut in der Zwischenzeit die Sparkassenschließfächer in der Herner Zentralbank, Niederlassung Wanne-Eickel.

Wenn Gallus doch neben seiner nervenaufreibenden Arbeit wenigstens einem sinnvollen Hobby frönen würde: Briefmarken sammeln oder weiße Kaninchen züchten.

Was auch immer, Hauptsache, er lümmelte in seiner Freizeit nicht ständig in unserem Zuhause an der Bleichstraße in Bochum herum. Ich würde die Gunst der Stunde nutzen, mir eine fettige Familienpizza mit extra viel Mozzarella und Oliven in den Ofen schieben – und während seiner Abwesenheit auch gleich noch unsere Wohnung in ihren Normalzustand zurückversetzen: das Bett ins Schlafzimmer, die mobilen Kochplatten in die Küche, den Eßtisch raus aus dem Korridor, hinein in die dafür gedachte Eßnische.

Ein Glück, daß dieser Feng-Shui-Guru wenigstens unser Badezimmer als solches belassen hat. In meinen schlimmsten Alpträumen läuft die immer gleiche Szene ab: Gallus rührt mit der großen Kelle in der Badewanne Haferschleimsuppe an, während ich mich in der Spülmaschine dusche …

»Möchtest du kosten?« Und schon stopft er mir ein »Probiererli« zwischen die längst nicht mehr perlweißen Zähne. Widerstand zwecklos! Ich schließe die Augen. Nicht weil der Dinkel so gut schmeckt. Nein, weil mir übel wird. Die Spucke zieht sich im Mund zusammen. Ich kenne das Gefühl. Alles im Kopf beginnt sich zu drehen, ich gehe langsam in die Knie. K.o. nach dem ersten Löffel Dinkelbrei.

Während Gallus, in höchstem Maße besorgt, mich mit lieb gemeinten Ohrfeigen aus meiner Ohnmacht zu holen versucht, tauchen mindestens zehn jungfräuliche Klosterfrauen vor meinem geistigen Auge auf. Alle mit erhobenem Zeigefinger.

»Du bist doch nicht etwa schwanger?« empören sich die Nonnen und wippen dazu gospelmäßig im Takt. Ich, schwanger? Die Frage kann ich mit bestem Gewissen verneinen. Spätestens seit der achten Grundschulklasse weiß ich, daß es – um Kinder zu produzieren – mindestens zwei Personen braucht: ein Weiblein und ein Männlein. Doch da zwischen Gallus und mir schon lange nichts mehr läuft, ist auch kein schreiendes Windelpack zu befürchten. Das wäre ja noch schöner! Obwohl …

Ich rechne nach. Seit drei Jahren leben Gallus und ich zusammen, die letzten achtzehn Monate wie Bruder und Schwester. Ich werfe mich innerlich auf die Knie, falte die Hände, schaue bittend zu den Klosterfrauen auf: »Habt Erbarmen«, flehe ich sie an, »ihr meint das doch nicht ernst?«

Die eine Klosterfrau senkt ihren Kopf auf die rechte Schulter, zieht die Augenbrauen hoch. Ihr Röntgenblick durchdringt mich. Meine schwarze Seele liegt vor der Nonne wie das offene Testament. Ich fühle mich klein und mies. Und ich friere, obwohl Sommer ist. Selbst einige hundert Meter vom Bochumer Hauptbahnhof entfernt haben sich ein paar waghalsige Sonnenstrahlen durch die Smogglocke gefressen.

Wir schreiben den 2. Juli. Übermorgen feiert Gallus seinen Geburtstag, den einundvierzigsten. Ich weiß auch schon, was ich ihm schenken werde: ein Buch mit dem höchst originellen Titel »Jesus war Vegetarier«. Gallus liebt solche Bücher. Er verschlingt sie in einer Nacht, während ich mich darüber ärgere, daß er das Licht brennen läßt.

»Hört ihr mich?« Ich fühle mich noch immer jenseits der Wirklichkeit. Und die Nonnen sind noch immer da. Immerhin: Sie nicken gnädig. Bei ihrem Anblick fällt mir ein, daß das Buch, das ich Gallus schenken werde, ein Jesusbild auf dem Deckel trägt. Das wäre weiter nichts Außergewöhnliches, wäre da nicht dieser Zitronenschnitz, der an Stelle des Heiligenscheins über seinem Haupt thront. Ich grinse breit.

»Lächle nicht zu früh, mein Kind«, mahnt mich die älteste der Nonnen. Die Arme hat kaum noch Zähne im Mund – dafür die sichere Gewißheit, nicht schwanger zu sein.

Ich will mich ihr erklären, ihr glaubhaft mitteilen, daß

ich statt eines Kindes lieber quadratische Vollmilchschokolade von lila Kühen hätte. Meine Zunge fühlt sich schwer an. Zu schwer.

Endlich: Ihre Großmütigkeit siegt. Die Ordensfrauen schreiten langsam und mit ausgebreiteten Armen auf mich zu. »Die Freud ist kurz, das Leid ist lang«, singen sie im Chor. Zu Tränen gerührt, erlange ich schließlich wieder das Bewußtsein.

Durch einen winzigen Spalt meines linken Auges sehe ich, wie Gallus eben zur Mund-zu-Mund-Beatmung ansetzen will. Knoblauchduft dringt in mich ein. Ich reiße die Augen auf.

»Nein! Nicht!« schreie ich wie von Sinnen. Wenn es etwas gibt, das ich nicht ausstehen kann, dann ist es Knoblauch. Ich drehe mich zur Seite, stütze mich mit den Handflächen ab, stemme meine zweiundsiebzig Kilo auf die Knie und schließlich auf meine platten Füße.

»Ich war eben wohl etwas unpäßlich«, versuche ich mich zu entschuldigen und streiche meinen hellblauen Sommerrock glatt. »Wahrscheinlich die Hitze.«

»Ich dachte schon, du bist schwanger«, sagt Gallus in einem Ton, als wäre es meine verdammte Pflicht, ihm ein Kind zu schenken.

»Ich bin nicht schwanger!«

Meine Antwort kommt etwas zu laut, aber angesichts der Wichtigkeit durchaus angemessen im Pegel – finde ich. Leicht schwankend schleppe ich mich in Richtung Küche, um zwischen Currypulver, Vollreispackungen, Dörrfrüchten und ausgewaschenen Sojajoghurtbechern für ein paar Minuten Ruhe zu finden.

»Magst du denn keinen Dinkelbrei?« ruft Gallus mir enttäuscht nach. »Dabei habe ich auf dem Nachhauseweg extra noch in Olis Gewürzkiste vorbeigeschaut …«

»Löffle deinen Brei selber aus.«

Typisch Gallus. Er tut doch tatsächlich so, als ob es eine Leistung wäre, im Laden vis-à-vis ein paar Gramm ägyptische Schwarzkümmel und drei Prisen Korianderpulver zu kaufen.

»Das ist nicht nett von dir! Die Gewürze haben mich viele Fränkli gekostet ...«

Ich bleibe kurz stehen, drehe mich zu Gallus um, die Hände gegen die Taille gestemmt. Diesen einen Trumpf muß ich einfach noch ausspielen.

»Euro, Gallus!« blöke ich besserwisserisch. »Wir bezahlen hier nicht mit Fränkli. Wenn das bloß in deinen Eidgenossenschädel gehen würde! Das Leben in Deutschland ist nicht so preiswert, wie du immer denkst – begreife endlich, daß ein Fränkli nicht gleich ein Euro ist.« Dann lasse ich die Küchentür ins Schloß fallen.

Ich weiß, daß Gallus sich jetzt schmollend vor das Wohnzimmertischchen setzen und dem einsamen Goldfisch im Rundglas sein Leid klagen wird. Gallus ist wie besessen von der Idee, daß der stumme Goldfisch eine Reinkarnation seiner viel zu früh verstorbenen Mutter ist. Weiß der Himmel, wo er diese Spinnerei her hat. Auf alle Fälle läßt er nichts auf den Goldfisch kommen.

Nebenan im Badezimmer schrillt das Telefon. Ich fühle mich nicht betroffen. Gallus schon. Es gibt kaum etwas, wofür er sich nicht zuständig fühlt. Deshalb verzehrt er auch seit Jahren kein Fleisch mehr. Ausgerechnet er will nicht am Absterben der Meeresbodenfauna schuld sein und am Waldsterben und an der Grundwasserverseuchung und am Treibhauseffekt. Wenn es nach ihm ginge, dürften die Rinder dieser Welt keinen einzigen Furz mehr lassen. Pardon, aber es ist nun mal so: Ammoniakdämpfe führen zu saurem Regen, dieser wiederum zur Überdüngung der Meere und schließlich zum Absterben der Meeresbodenfauna. Es lebe das Reformhaus Haferstall an der Kortumstraße! Es leben die ungewürzten Tofuplätzchen – und schließlich auch die Weihnachtsgans, denn die läßt der Vegetarier Gallus nie ungefressen an sich vorbeiziehen. Es ist ziemlich beschämend, mit welcher Selbstverständlichkeit er sich alljährlich wie ein ausgehungerter Kannibale über den kroß gebratenen Tierkadaver hermacht – und scheinbar auch keine Scheu davor hat, anschließend unter dem Tannenbaum lauthals von Nächstenliebe und Respekt zu singen.

»... ich kann schauen, ob sie zu sprechen ist. Einen Moment, Laura.«

Meine Schwester. Am Telefon. Ich beeile mich, Gallus den Hörer aus der Hand zu reißen.

»Laura!« rufe ich höchst erfreut.

»Ja, ich bin's. Störe ich?« fragt sie vorsichtig.

Ich warte mit der Antwort, bis sich der dürre Gallus durch die Badezimmertür verflüchtigt hat. Er haßt es, wenn ich stundenlang mit meiner Schwester quatsche. Dabei wohnen wir bloß einige Kilometer voneinander entfernt – Luftlinie, versteht sich: sie in einem schmucken Einfamilienhäuschen in Herne nahe Wanne-Eickel, ich in einem farblosen Mehrfamilienbunker mitten im Zentrum von Bochum.

Ich hätte Lust, mich in die S-Bahn zu setzen, vom Hauptbahnhof Herne den Bus Nummer 362 bis zur Siedlung Eicherforst zu nehmen – und schon stünde ich vor ihrem kniehohen Holzgartenzaun. Wir hätten dann die Möglichkeit, ein Täßchen koffeinfreien Kaffee bei ihr im lauschigen Garten nahe der Emscha zu trinken, mitleidig die Hochhäuser auf der Nordseite ihres Eigentums zu betrachten – und einmal mehr froh zu sein, daß wir nicht in einer der heruntergekommenen Sozialwohnungen zu hausen brauchen.

Aber von solchen Ausflügen sehe ich meistens ab, denn bei Laura hängt eigentlich immer der Ausnahmezustand über dem biederen Häuschen. Drei Kinder, ein Ehemann! Eine Waschmaschine Super-Family mit extra großer Trommel! Kommt hinzu, daß die Emscha auch nicht mehr das ist, was sie einmal war: Der ehemals dunkelgrüne, sauerstoffgeschwängerte Fluß verkommt zunehmend zu einem stinkenden Abwasserkanal. Soll daran riechen, wer will – ich jedenfalls nicht! Bevor ich mein lavendelgetränktes Riechorgan solch stechenden Düften aussetze, bleibe ich lieber zu Hause in der trockenen Badewanne liegen.

»Ich muß dir was sagen«, sprudelt es ungewohnt lebendig aus Laura heraus. Meine jüngere Schwester zeichnet sich sonst eher durch ein ruhiges, besonnenes Wesen aus. Das einzig Temperamentvolle an ihr sind ihre pechschwarzen, schulterlangen Haare – und der Name. Laura, das vergeht auf der Zunge wie italienisches Sahneeis.

»Du, ich bin schwanger.«

»Du? Schon wieder?«

Zugegeben, Rechnen war noch nie meine große Stärke. Doch wenn ich mich nicht völlig irre, ist Lauras jüngster Sproß kaum mehr als ein Jahr alt.

»Geht denn das?« frage ich.

»Und wie das geht«, haucht sie lüstern in die Leitung.

Ich nehme den Hörer vom Ohr, schaue entgeistert auf die Ohrmuschel. Dieser erotische Unterton in ihrer Stimme – ist das wirklich Laura? Die Laura, die mit dreiundzwanzig Jahren nichts Besseres mit sich anzufangen wußte, als diesen Sebastian zu heiraten und ihm ein Kind nach dem anderen zu schenken? Wenn die beiden so weiter machen, kriegen sie das Dutzend bis zu ihrer Pensionierung bestimmt noch voll.

»Du freust dich doch, oder?«

Immer diese Suggestivfragen. Dennoch überwinde ich mich zu einer zaghaften Zustimmung.

»Und du wirst doch Patentante, nicht wahr?«

Nein! Ich will nicht, ich kann nicht, ich darf nicht. Dreimal ist es mir bisher gelungen, meinen Kopf vorzeitig aus der verwandtschaftlichen Schlinge zu ziehen. Und nun, beim vierten Balg, soll ich mir nichts, dir nichts eine Verpflichtung fürs Leben eingehen? Was, wenn der Stinker aus irgendwelchen Gründen nach der Geburt Vollwaise wird? Ich habe mich nicht zur Anwaltssekretärin ausbilden lassen, um mit einem Patenkind auf dem Arm vor einer Family-Waschmaschine mit extra großer Trommel zu landen.

»Ich weiß, du bist überwältigt!«

Ich nicke stumm, stelle mir vor, wie sich Laura mit einem seligen Lächeln auf den Lippen über den Babybauch streichelt, die Füße hochgelegt, den Rücken entlastet. Keine Frage: Laura geht in ihrem Dasein als liebende Mutter, aufopfernde Ehefrau und ordnungsliebendes Hausmütterchen voll auf – ich dagegen nur vor dem Kühlschrank, beim Anblick von Schokoladenpudding.

Gallus steckt den Kopf durch die Badezimmertür. Ich liege immer noch bekleidet in der Badewanne, das rechte Bein verführerisch über den Rand gehängt, den Nacken mit einem flauschigen Badetuch abgestützt.

»Kommst du endlich? Der Fencheltee wird kalt.«

Auch das noch: Fencheltee. Was gibt es Lauschigeres, als einen schwülen Sommerabend bei Dinkelbrei und ungesüßtem Fencheltee in der stickigen Wohnung zu verbringen? Zwar hätten wir einen zweimal zwei Meter großen Balkon, aber der gehört bloß theoretisch zu unserer Dreizimmerwohnung. Denn nicht einmal ich, die ich doch wirklich nichts gegen den Fitneßwahn unserer Zeit einzuwenden habe, setze mich freiwillig hinaus.

Damals, als ich an einem nebligen Novembertag die Wohnung ausgesucht habe, konnte ich ja nicht ahnen, daß direkt vor unserem Balkon ein zweistöckiger Fitneßclub eröffnet würde. Der Makler hatte mir hoch und heilig versprochen, daß wir vom Wohnzimmer aus direkt auf den Massenberg Boulevard sehen könnten. Was übrigens wirklich auch der Fall gewesen wäre – wäre nicht zwischenzeitlich das hypermoderne Stahl-Glas-Gebäude mit integriertem Fitneßclub, dreistöckigem Sportladen,

Bäckerei, Friseur und In-Restaurant direkt vor unserer Nase errichtet worden. Statt dessen blicken wir nun über den chaotischen Innenhof hinweg in den Cardio-Bereich des neu eröffneten Trimm-dich-Lokals. Der Anblick ist grauenvoll: Gestählte Luxusbodys arbeiten unermüdlich ihre nicht vorhandenen Fettdepots ab – während unsereiner tatsächlich gut daran täte, sich wenigstens ab und zu der Treppe und nicht immer des Aufzugs zu bedienen …

»Du, Laura, ich muß!« versuche ich meine Schwester abzuwimmeln.

Gallus kann ja so gemein sein. In alle möglichen Richtungen schielend, kreist er mit seinem rechten Zeigefinger über der Störungstaste des Telefonapparates – wie eine Biene über dem Honigtopf. Ich will ihn mit meiner rechten großen Zehe wegjagen, verfehle mein Ziel und rutsche bloß noch tiefer in die Wanne.

»Schmeißfliege!« zische ich dem grinsenden Dinkelbreifresser zu, der es tatsächlich wagt, den Kaltwasserhahn genüßlich aufzudrehen, während ich wie eine Schildkröte auf dem Rücken versuche, mich aus meiner mißlichen Lage zu befreien.

»Sehen wir uns morgen?« ruft Laura zum Abschied.

»Morgen? Ich muß arbeiten …«

»Aber nachmittags! Mittwochs bist du normalerweise immer früher fertig. Da geht dein Chef doch zum Golfen.«

Ach ja, mein Chef. Der Dr. Böckenkrüger. Außer an seinem Handicap basteln, tut der Gute sowieso nicht allzu viel. Zum Arbeiten habe er ja mich, lächelt er zuweilen aufmunternd über die Aktenberge hinweg, wenn er kurz vor Mittag im untadeligen grauen Anzug die Kanzlei an der Hauptstraße in Wanne betritt – und sie spätestens um halb vier mit unzerknitterten Golferhosen und Jaguarkäppi wieder verläßt.

Was er in dieser Zeit an, auf, unter und neben seinem blank polierten Mahagonischreibtisch tut, ist ein offenes

Geheimnis: Tränen trocknen, betrogene Ehefrauen mit einem Gläschen Cognac über die ersten, schweren Stunden hinwegtrösten – und Putten üben. Putten ist nichts Unanständiges. So etwas würde Dr. Böckenkrüger nie tun – nicht während der Arbeit. Putten ist Golfersprache und heißt so viel wie Einlochen. Trivial betrachtet, könnte man auch sagen, er spielt Minigolf. Doch wehe dem, der den erhabenen Golfspieler ins Taschenformat degradiert! Das habe ich einmal gemacht – und seither warte ich vergebens auf eine Lohnerhöhung. Nein, mein Doktor – übrigens seit seiner eigenen ruinösen Eheauflösung ausschließlich auf Kampfscheidungen eingeschworen – schwingt seinen Golfschläger dem Berufsstand entsprechend am Kemnader See, während ich mühselig die Namen der rivalisierenden Parteien in die vorgedruckten Standardformulare eintippe und damit die Trennung von dem einleite, was Gott einst so mühsam zusammengefügt hat.

»Ich liebe dich, Vroni. Mit dir möchte ich alt werden, den Hof führen, die Kühe melken.« Der junge Bauer lugte tief in die Augen der schönen blondhaarigen, blauäugigen Magd. Ihre Wangen schimmerten in tiefstem Tizianrot. Seine bebenden Lippen berührten ihre Nasenspitze, wanderten hinab zu ihrem leicht geöffneten Mund. Es war ein Kuß für die Ewigkeit – und hinter der Jungfrau verschwand die glühende Abendsonne zwischen den schneebedeckten Schweizer Bergen.

»Nächster Halt, Herne Bundesknappschaft. Dieser Bus fährt weiter zum Maschinenbauamt und zur Siedlung Eicherforst.«

Ich horche auf. Noch fünf Stationen. Das wird nicht mehr bis zur Hochzeit reichen. Schade. Ich hätte zu gerne noch gelesen, wie der wohlhabende Bauernsohn die mausarme Magd vor den Traualtar führt – und wie sein unnachgiebiger Vater schließlich doch noch klein beigibt und ihm den Hof übergibt. Ehrlich gesagt, bin ich heilfroh, daß die Magd ihr Herz nicht dem unsympathischen Tunichtgut mit der Knollennase geschenkt hat. Das wäre nicht gut ausgegangen. Der hätte ihr ein Kind angehängt und sie dann im tiefsten Winter bei Kälte und Eis sitzengelassen. So sind sie, die Männer. Im Roman kaum anders als im wirklichen Leben. In den Schweizer Bergen nicht anders als im Ruhrgebiet.

»Haaa...« Ich höre, wie jemand hinter mir tief Luft holt.

Ich kümmere mich aber nicht weiter darum, weil ich mich auf die Vibration meines Stuhls konzentriere. Sobald der Bus zum Stehen kommt, fängt es an: Ich presse leicht die Zähne aufeinander, lege die Hände auf die Oberschenkel – und genieße das sanfte Schütteln von den Fußsohlen ausgehend bis hinauf in die äußersten Haarspitzen. Mein Gaumen lockert sich, der Nacken ist gleich weniger verspannt. Den Tip habe ich von Gallus. Er läßt sich, wenn immer möglich, auf einem der Sitze über den Radausbuchtungen nieder – und holt sich so eine Massage ohne Aufpreis. Typisch für ihn. Gallus schafft es zwar nicht, aus einem Euro zwei zu machen, aber dafür quetscht er aus dem einen Euro das absolute Maximum heraus. Er nennt das Maximierungsprinzip.

Ich weiß, wo er sich die Idee dazu geholt hat: aus dem Laden im Erdgeschoß unseres Wohnhauses. Dort laufen die Geschäfte auch nach dem Maximierungsprinzip ab. Für knapp über tausend Euro gibt's einen Kiefernsarg – Massivholz. Und nicht nur das. Im Basispreis inbegriffen ist auch ein Sterbehemd, die Sargausstattung, das Einbetten und Einkleiden sowie die Überführung innerhalb der Geschäftszeiten. Will heißen: Wer vor neun Uhr morgens und nach vier Uhr nachmittags das Zeitliche segnet, hat das Maximierungsprinz schlicht nicht begriffen und muß für die Überführung zum Krematorium extra bezahlen.

»...tschi!«

Endlich! Mein greiser Sitznachbar hinter mir scheint arg verschnupft zu sein. Wenigstens klebt bloß etwas Speichel an meinem Nacken und nicht gleich das ganze Gebiß.

Beim Aussteigen bedanke ich mich für die Großmütigkeit mit einem dreifachen Augenaufschlag. Das ist auch das einzige, was ich sportlich auf die Reihe kriege. Alles andere – doppelter Rittberger auf dem Eis, fünffacher Salto am Trapez oder achtfacher Turnaround im Step-Aerobic – schaffe ich nur im Tiefschlaf. Und auch dann nicht wirklich perfekt.

Während ich mich dem Grundstück meiner Schwester nähere, sind meine Gefühle beim jungen Schweizer Bauern und seiner Magd. Ob die beiden tatsächlich glücklich werden? Oder ehelicht der Bauernsohn in der zweiten Hälfte des Romans doch noch die Tochter des einflußreichen Gemeinderates? Ich wage mir nicht vorzustellen, was geschehen würde, wenn …

Gedankenverloren drücke ich auf den Klingelknopf. Das Küchenfenster öffnet sich. Ich schaue hoch, die Sonne blendet ungemein. Juli, zweiunddreißig Grad im Schatten, und meine Haare sitzen perfekt. Es ist hoher Nachmittag.

»Mama«, schreit ein niedliches Mädchen mit schwarzen Kulleraugen, »die dicke Tante ist da!«

Ich schwanke zwischen Selbstmitleid und Entsetzen und muß – auch wenn es mir schwer fällt – Gallus einmal recht geben: Die Kinder meiner Schwester sind unmöglich. Ob es am Vater liegt? Gallus meint, ja. Ich bin mir da nicht so sicher. Bloß weil Lauras Ehemann Handwerker ist, braucht er ja nicht gleich ein schlechter Vater zu sein. Ich gehe eher vom Gegenteil aus. Denn als Schornsteinfeger bringt Sebastian tagein, tagaus Glück in die Häuser von und um Herne – und teure Rechnungen für die halbjährlich gesetzlich vorgeschriebene Abgasmessung.

Mag sein, daß Gallus und Sebastian nicht aus dem gleichen Holz geschnitzt sind, aber eines hat Sebastian Gallus voraus: Er verdient nicht nur Geld, sondern gibt es auch aus. Für meine Schwester und die Kinder ist ihm nichts zu teuer. Nicht einmal die Vogel-Kaninchen-Volière rechts neben dem Hauseingang. Denn die kostet ganz schön was an Unterhalt. Allein die Regenwürmer für die Vögel. Ein Glück, daß wenigstens die Kaninchen mit ihrer Nahrung nicht eben wählerisch sind. Die fressen, was der Himmel beschert – am allerliebsten die frisch geschlüpften Wellensittiche, die in ihrer anfänglichen Blindheit aus dem Nest fallen.

Abgesehen davon, reicht Sebastians Einkommen immerhin aus, um ein Häuschen zu unterhalten sowie eine Frau und bald vier Kinder zu ernähren. Bravo, kann ich da nur sagen. Und was tut Gallus? Er sitzt auf seinem Sparkassenlohn wie eine Henne auf ihren Eiern. Was mir ja egal sein könnte – würde er sich nicht für den Rest seiner Bedürfnisse von mir aushalten lassen.

Gallus findet immer einen Grund, weshalb er im Reformhaus gerade nicht bezahlen kann – und wenn es nur der Harndrang ist, der ihn zur Toilette zieht. Kein Wunder, bei der Menge Grüntee, die er zuweilen am Probiertisch in sich rein schüttet. Bloß weil's nichts kostet. Und ich kann dann bezahlen, was er vorher gierig in die Jutentasche gesteckt hat – und mindestens fünfmal mehr kostet als im Supermarkt.

»Schön, dich zu sehen!« Meine Schwester drückt mich an ihr Herz. Oder sind es zwei? Immerhin ist sie schwanger. »Im vierten Monat«, wie sie mir stolz verrät.

»Magst du?« fragt sie verführerisch.

Laura und ich stehen in ihrer wohnlichen Küche, ein duftender Schokoladenkuchen mit weißer Zuckerglasur und lila Marzipanblümchen heißt mich willkommen.

Ich schmachte. »Nein!« schreit meine Vernunft. »Ja!« kläfft der innere Schweinehund aus seiner Hütte hervor.

»Nimm! Du magst doch so gerne Süßes. Und es macht sicher nicht dick. So nimm doch endlich. Riech nur, wie es duftet. Bestimmt ist der Kuchen im Innern noch leicht warm. Stell dir vor, wie du die erste Gabel zu deinem Mund führst. Spürst du, wie die Schokolade deine Sinne betört, dich glücklich macht? Nimm! Nimm!«

Ruhe! Wie oft habe ich diesem kläffenden Köter schon gepredigt, er soll sich nicht in meine Angelegenheiten mischen. Ich entscheide, wann ich was tue. In diesem Fall entschließe ich mich für ein halbes Stück Torte – der goldene Weg liegt wie so oft in der Mitte.

Wir sitzen im Garten, unter dem verschossenen Sonnenschirm. Meine Schwester Laura, Tobias – ihr dreijähriger Sohn – und ich. Die beiden Mädchen, eins und fünf, spielen unweit vom lackierten Holztisch auf einer bunten Decke im Gras. Laura trägt ein reizendes Spaghettiträgerkleidchen. Wahrscheinlich Leinen. Rosa. Die Farbe steht ihr gut zum gebräunten Gesicht und paßt ausgezeichnet zu ihrem schwarzen, vollen Haar, das locker über die schmalen Schultern fällt.

Wie macht sie das bloß? Drei Kinder, ein Ehemann, ein Häuschen, Schokoladenkuchen backen, Leinenkleidchen bügeln, Haare mit Honigshampoo waschen. Und ich? Ich schäle mich morgens um sechs Uhr aus dem Bett, prügle mich unter die Dusche, pudere mir die rote Nase, bürste die viel zu dünnen aschblonden Haarsträhnen in Form, betoniere sie mit Spray ein, stehe mindestens zwanzig Minuten ratlos vor dem überfüllten Kleiderschrank – um schließlich doch wieder den Fummel vom Vortag überzuziehen. Das Ergebnis: bescheiden.

»Noch ein Stück Schokoladenkuchen?«

Laura ist wirklich herzensgut. Sie tut für alle alles. Und dabei hat sie immer gute Laune. Ich beobachte, wie sie aus einem überdimensionierten Glas eine schwangere Essiggurke fischt.

»Ich sage dir, dafür könnte ich sterben. Möchtest du auch?«

Nein, ich möchte nicht sterben. Lieber noch ein Stück Kuchen. Zwei habe ich eh schon verputzt, da kommt es auf ein drittes Stück auch nicht mehr an. Morgen werde ich mit der Ananasdiät anfangen – versprochen.

»Und wie läuft's in der Liebe?«

Laura sagt es beiläufig, fast so, als würde sie mich fragen, ob ich auch im Supermarkt um die Ecke einkaufe. Der Bissen bleibt mir im Hals stecken. Ich würge, laufe blau an, drohe zu ersticken. Laura – vor ihrer Funktion als hauptamtliche Mutter übrigens Krankenschwester – klopft mir gehörig auf die Schultern. Die Schokoladenmasse rutscht. Ich spüre Erleichterung.

»Danke!« japse ich, nach Luft ringend.

Ich hoffe, sie fragt nicht nach Gallus. Zu erzählen gibt es da nämlich wenig. Sozusagen nichts. Oder soll ich ihr das neueste Dinkelbreirezept verraten? Oder ihr von Gallus' Vorliebe für ungebleichte Baumwollunterwäsche erzählen? Laura würde sich krümmen vor Lachen, wenn ich ihr sagen würde, daß die Unterhosen bereits vor dem ersten Einsatz wie mehrmals getragen aussehen.

Tatsächlich, Laura läßt das Thema ruhen. Schließlich gehört die Liebe in die starken Arme des jungen, wohlhabenden Bauern. Statt dessen wechselt meine Schwester zu ihrem Lieblingsthema: die Kinder. Ich lehne mich zurück. Das kann länger dauern. Mit kleinen Äuglein höre ich mir ihre Lobeshymne auf die drei Balgen an. Susi, mit einem Jahr die Jüngste, hat am Vortag zum ersten Mal gesprochen, Caroline, die Fünfjährige, die ersten Töne auf der Blockflöte gedudelt und Tobias, der Mittlere, mit dem Fußball die erste Scheibe getroffen.

Mein Blick fällt auf den Jungen. Er sitzt immer noch brav am Tisch. Seine dünnen, milchigen Beinchen schweben haltlos in der Luft. Ich kann nichts dafür, aber Tobias erinnert mich an Gallus: die Sommersprossen, das rotstichige Haar, der Silberblick.

»Du«, frage ich meine Schwester, »braucht Tobias keine Brille?«

»Wie kommst du darauf?«

»Weil er schielt.«

»Aber so etwas sagt man doch nicht in Anwesenheit des Kindes!«

Laura schaut mich vorwurfsvoll an. Tobias fängt laut zu plärren an. Was habe ich getan – außer die Wahrheit gesagt?

Zehn Minuten später ist Tobias psychisch wieder einigermaßen hergestellt. Laura gibt ihm eindringlich zu verstehen, daß das Glück eines Menschen nicht von Äußerlichkeiten abhängt – und daß er, Tobias, ihr allerliebster Junge sei. Während Laura spricht, frage ich mich ernsthaft, ob es denn eigentlich kein Gesetz gibt, das es den Eltern verbietet, ihre eigenen Kinder zu belügen.

Eine Minute nach fünf. Das Gartentor knarrt. Ohne mich umzudrehen, rufe ich »Hallo Sebastian!«. Ich weiß, er steht da, schwarz von der Scheitel bis zur Sohle, die Kleinste hängt ihm an den Schuhen, der Mittlere an den Knien und die Größte um den Hals. Sebastian ist einer dieser Väter, die ihre Rolle gewissenhaft spielen. Während der bisherigen Schwangerschaften hat er, parallel zu Laura, jeweils mindestens zehn Kilogramm zugenommen. Doch anders als seine Frau hat er die Pfunde nach der Niederkunft nicht wieder losgekriegt, weil er ja schließlich nicht stillt. Fazit: Der Ärmste muß spätestens nach der Geburt des vierten Kindes eine strenge Diät über sich ergehen lassen – ansonsten wird er in einem Schornstein steckenbleiben und grauenvoll an einer Rußvergiftung sterben.

Sebastian streckt mir seine linke, schwarz verfärbte Hand entgegen. Ich nicke gnädig. Meine aufwendig manikürten Fingernägel kriegt der sicher nicht zwischen seine Pfoten.

»Wie geht es Gallus?« erkundigt sich mein bäriger Schwager ehrlich interessiert.

Nicht schon wieder! Ich spucke den letzten Rest der Schokoladentorte in die hellgrüne Papierserviette aus – reine Vorsichtsmaßnahme.

»Wie laufen deine Geschäfte?« frage ich zurück, um einer Antwort auszuweichen.

»Gut. Sehr gut sogar. Du weißt ja: Unsereins ist rezessionsunabhängig. Das Glück des Schornsteinfegers ist der Staat, der mit seinen strengen Auflagen dafür sorgt, daß wir stets genug zu tun haben.«

Dabei wippt sein Wohlstands-Baby-Kugelbauch wohlig hin und her. Ob ich Sebastian von der Ananasdiät erzählen sollte? Nein. Besser nicht. Die Schwägerin will ja nicht aufdringlich erscheinen. Am Ende denkt der Ehemann meiner Schwester noch, ich hätte ein Auge auf ihn geworfen, dabei ist er wirklich nicht mein Typ. Ich stehe eher auf hochgeschossene, sportliche Männer mit Waschbrettbauch, Odol-Atem, dichtem Haar und Zahnpastalächeln à la junger Bauer.

Vielleicht müßte ich mal eine Heiratsannonce aufgeben, frei nach dem Motto: Gebildete Dame (gute Dreißig, mittelgroß, mittelschlank, mittelblond, mittelsportlich, mittelwitzig, mittelschön) sucht höchst intelligenten, höchst unterhaltsamen und höchst smarten Mann (Anfang Dreißig bis Mitte Vierzig) zwecks gemeinsamer Gestaltung einsamer Stunden. Interessenten melden sich (bitte mit aktuellem Kontoauszug und Stammbaumnachweis) unter Chiffre so und so.

»Habt ihr euch gut unterhalten?«

Laura, meine jüngere Schwester, schwebt mit der Kleinsten auf dem Arm zu uns an den Tisch. Das Kind schreit so laut, daß es sogar seinen älteren Bruder übertönt, der – als Indianer verkleidet – seine Runden um den Gartentisch dreht, während Caroline, die Älteste, ihrem Vater ein Ständchen auf der Blockflöte vorspielt. Ich bin kurz davor, zur Kindermörderin zu werden. Doch Laura ist die Ruhe selbst. Sie läßt sich von Sebastian einen Stuhl herschieben und setzt sich – wobei sie ihre wohlgeformten Schenkel entblößt. Dann zaubert sie ein wohltemperiertes Fläschchen aus der Hüfttasche ihres Leinenkleidchens hervor und verabreicht Klein-Susi ihr Abendessen. Einfach so. Als wäre es das Normalste der Welt, ein Kind zu füttern.

»Ich stelle mich dann kurz mal unter die Dusche.« Sebastian küßt seine Laura auf die Stirn. Wenn ich sie wäre, würde ich ihm als Antwort eine kleben. Doch Laura lächelt dankbar.

Während Sebastian es nicht einmal für nötig hält, seine schwarzen Schuhe auszuziehen, bevor er durch die weißgekachelte Küche spaziert, weiß Laura nichts anderes, als mir von ihrer einzigartigen Beziehung vorzuschwärmen.

»Er ist der Mann meiner Träume. Er ist so wunderbar, so einmalig, so ...«

Ich winke müde ab.

»Gallus und ich haben seit fast zwei Jahren keinen Sex mehr gehabt.« Der Satz geht mir wie Butter über die Lippen.

»Habe ich es mir doch gedacht«, sagt Laura und läßt ihre Susi seelenruhig weiternuckeln.

»Laura! Hast du überhaupt mitgekriegt, was ich dir eben gesagt habe?«

»Ja, durchaus. Und?«

»Was, und?« Ich werde heftig. Menschen, die mich nicht ernst nehmen, bringen mich zur Weißglut.

»Such dir doch einen anderen«, sagt sie sanft.

Träume ich, oder verbirgt sich hinter der lieblichen Fassade meiner jüngeren Schwester ein durchtriebenes Luder? Fehlt bloß noch, daß sie in den nächsten Minuten ihre geheimen Affären vor mir ausbreitet, während ihr Ehemann laut singend im oberen Stockwerk unter der Dusche steht.

»Gallus und du, ihr paßt einfach nicht zusammen. Er ist zu ...«

»... lebensuntauglich?«

Laura nickt. »Genau! Jedesmal, wenn ich Gallus sehe, muß ich an diese Ideologen denken ...«

»... die Rohköstler?«

»Ja!« Laura lacht auf. »Weißt du noch, wie Gallus uns zu euch nach Bochum zum Essen eingeladen hat und außer gepreßtem Sauerkrautsaft nichts auf den Tisch gekommen ist?«

Ich erinnere mich nur zu gut. Der stämmige Sebastian wäre vor lauter Hunger beinahe vom Stuhl gefallen, hätte ich mich seiner nicht erbarmt und ihm – zu Gallus' größtem Entsetzen – einen Döner aus dem nahen Stadt-Kiosk besorgt.

Klein-Susi rülpst. Das Fläschchen ist leer.

»Liebst du ihn?«

Laura reicht mir Susi auf die Schoß, um sich etwas bequemer hinsetzen zu können.

»Ob ich Gallus liebe?«

»Ja, wen denn sonst? Oder gibt es bereits einen anderen Mann?«

Oh, Laura! Sie redet mit mir, als wäre sie meine große Schwester – oder, noch schlimmer, meine Mutter, die zu unser aller Erleichterung zusammen mit ihrem Mann, unserem Vater, auf Mallorca lebt. Dreißig Jahre lang haben die beiden in der Nähe von Essen mehr oder weniger erfolgreich ein Tierbestattungsinstitut mit dem sinnigen Namen »Selig« geführt. Sie würden das Geschäft wahrscheinlich immer noch betreiben, hätte mein Vater, kurz vor seinem sechzigsten Geburtstag, nicht eine Asche-Allergie entwickelt. Dabei hatten sie gerade die Mitgliedsschaft im Fachverband des Deutschen Bestattungsgewerbes sowie im Kuratorium Deutsche Bestattungskultur e.V. erreicht.

Meiner Mutter ist es unglaublich schwergefallen, das Geschäft aufzugeben. Sie liebte es, den Ofen einzuheizen, das Licht zu dämmen, die CD mit »Ave Maria« einzulegen und schließlich den Hinterbliebenen mit ihrer ganzen Warmherzigkeit und Einfühlungskraft in der traurigsten aller Stunden beizustehen. Und mein Vater? Der war froh für jeden pinkelnden Vierbeiner, den es fortan nicht mehr gab. Hobbygärtner mit eigenem Gemüsebeet haben sich noch nie sonderlich mit Hunden verstanden.

Laura schaut mich eindringlich an. Sie will nun endlich wissen, ob ich Gallus bereits gegen ein anderes, männliches Exemplar ausgetauscht habe.

Ich sage ihr – mit Nachdruck –, daß ich Gallus eine solche seelische Grausamkeit nicht antun könnte und daß mir der Sinn eher nach etwas Aufblasbarem stehe.

Laura bleibt hartnäckig: »Bist du dir da ganz sicher?«

Also wirklich! Du mieses Mütterchen im Wolfspelz! Machst auf treue Ehefrau und fragst mich solche Sachen.

Sebastian – nach der Dusche kaum wiederzuerkennen – steht, mit einem XXXL-Badetuch um den Bauch, auf dem nachträglich angebauten Balkon über uns und ruft: »Du willst dich doch nicht von Gallus trennen? Er ist auf dem besten Weg, Schalterangestellter zu werden. Denk daran: Banker, Schornsteinfeger und Totengräber sind die rezessionssichersten Berufe überhaupt!«

Ich suche nach Worten. Die richtigen müssen es sein. Wie soll ich den beiden bloß erklären, daß ich ernsthaft mit dem Gedanken spiele, Gallus zu verlassen? Währenddessen wirft meine Schwester einen schmachtenden Blick in die Höhe. Sebastian haucht ihr ein Kußhändchen zu – und, schwupps, das Badetuch ist weg. Ich will nicht hinschauen, tue es aber trotzdem.

Morgen, ich muß an morgen denken. Ab morgen esse ich keine Schokolade mehr. Morgen hat Gallus Geburtstag. Morgen soll endlich der ersehnte Regen fallen.

Diese Hitze! Der Schweiß rinnt meine Oberschenkel entlang auf die gepolsterte Sitzfläche. Klein Susi zieht an meinen Haaren, zerstört mir mit ihren Wurstfingerchen die ganze Frisur. Ungeduldig rutscht das Baby auf meinem Schoß hin und her. Es wird immer wärmer und feuchter.

»Susi!« Ich springe auf, Susi trieft. »Mein schöner Rock!« Ich möchte heulen, Susi tut es.

Laura entschuldigt sich. So etwas könne halt immer mal passieren. Und bietet mir von ihren Kleidern an.

Ich sage dankend zu, begebe mich mit Laura über die knarrende Holztreppe in den ersten Stock. Sebastian föhnt sich eben das schüttere Haar. Inzwischen hat er sich eine grüngestreifte Unterhose übergezogen. Ich bin ihm dankbar.

»Was möchtest du denn?«

Laura offenbart mir das Innerste ihres Kleiderschrankes. Mein Blick fällt auf eine weit geschnittene Sommerhose.

»Die!«

»Nimm nur!«

Ich steige erst ins rechte, dann ins linke Hosenbein. Laura findet, die Hose stehe mir gut. Ich finde noch gar nichts, denn noch ist die Hose nicht oben. Und tatsächlich: Knapp unterhalb der Hüften geht's nicht mehr weiter. Habe ich es doch geahnt! Laura zuckt mit ihren schmalen Schultern.

»Macht nichts. Ich habe noch ein paar Hosen aus dem siebten Schwangerschaftsmonat. Die müßten passen.« Sie reicht mir eine farblose, ausgebeulte Jeans, sie sitzt einwandfrei.

Für heute reicht es mir. Ich umarme Lauras Wespentaille – wie schafft sie es bloß, im vierten Monat noch so schlank zu sein? –, hauche ihrem Gatten aus reiner Lust am Küssen einen nassen Schmatzer auf die stoppelige Wange, kitzle Klein-Susi unterm Dreifachkinn, klopfe dem rotstichigen Tobias freundschaftlich auf den sonnenverbrannten Rücken und flüchte aus dem Haus, ehe die fünfjährige Caroline überhaupt Luft geholt hat, um mir auf ihrer Blockflöte ein Abschiedsliedchen zu kredenzen.

Für den Rest des Tages bin ich einfach nur noch froh. Froh darüber, daß Gallus und ich seit langem keinen Sex mehr hatten – denn was, wenn ich mit einer seiner Spermien schwanger geworden wäre?

2

Völlig erledigt streife ich mir die Pumps von den aufgeschwollenen Füßen und sehne mich nach einem lauwarmen Vollbad – und einer Tafel quadratischer Vollmilchschokolade. Daß ich bei meiner Schwester eben eine halbe Torte verputzt habe, scheinen meine Magennerven längst vergessen zu haben. Es ist kurz vor sieben Uhr abends.

Gallus ist nicht da. Ein kleiner gelber Zettel gähnt mir von der Kühlschranktür entgegen: »Muß heute abend die Goldreserven zählen – es kann sehr spät werden. Bitte kümmere dich um Mama. Gallus.«

Rohling! Nicht einmal einen Gruß bin ich ihm wert. Er hätte doch wenigstens schreiben können »Ich küsse dich innig«, oder: »Ich werde dich schrecklich vermissen« oder sonst was Aufmunterndes, das mein leidendes Weiberherz tröstet. Immerhin bin ich ihm gut genug, nach seiner Mama zu schauen.

Einmal mehr wird mir klar: Aus dieser Banker-Biolarve wird nie und nimmer ein leidenschaftlicher Liebhaber hervorgehen. Geschweige denn ein fürsorglicher Ehemann, der neben seinem Brötchenjob auch den ganzen Haushalt erledigt, damit ich mit unseren hochbegabten, wohlgeratenen Kinderlein zum Frühenglisch in die mathematische Vorschulung und zum anthroposophischen Kinder-Mütter-Treff gehen kann.

Vielleicht müßte was mit Stammbaum her – zum Beispiel ein blaublütiger Adeliger. Einer mit ordentlichen Manieren, bester Kinderstube und einer Vorliebe für die schönen Dinge des Lebens. Will heißen: Er soll gerne essen, noch lieber kochen, viel von Wein verstehen, modisch auf dem laufenden sein und meine Person zu schätzen wissen. Schließlich bin ich nicht gerade die Dümmste, kann zwei und zwei zusammenzählen, engagiere mich für die Beibehaltung der alten Rechtschreibung und scheue mich auch nicht davor, für eine gute Sache mit Transparenten durch die Straßen zu ziehen – gut vermummt, versteht sich. Man will sich ja wegen so etwas nicht gleich die ganze Zukunft verbauen.

Denn so viel steht fest: Bis fünfundsechzig werde ich nicht im Vorzimmer von Dr. Böckenkrüger sitzen. Wenn schon, dann will ich mich irgendeinmal selbstverwirklichen. Gallus meint, ich sollte meine ersten wackligen Kreativ-Gehversuche beim Schreiben eines vollbiologischen Kochbuches unternehmen. Ob das meiner weiteren Karriere tatsächlich förderlich sein würde? Man nehme hundert Gramm unbehandelte Schrotkörner, keimfreies Wasser, einen Eßlöffel Saft (einer ungespritzten Zitrone), eine Prise Jodsalz, zwei halbe Umdrehungen Rosenpfeffer ...

Beim Rosenpfeffer fällt mir der Goldfisch ein. Wahrscheinlich ist die blubbernde Reinkarnation von Gallus' Mutter bereits bis auf die Gräten abgemagert. Ob ich ihr gnädigst ein paar Vitaminflöckchen ins lauwarme Wasser schneien lassen soll? Der arme Mama-Goldfisch kann ja nichts für sein gemüse- und getreideverschlingendes Bübchen, das – in Anbetracht seiner Lebens- und Eßgewohnheiten – wohl besser als schwarzes Schaf auf die Welt gekommen wäre.

»Na, Mütterchen, wie geht's uns denn heute so? Hast du brav deine Runden gedreht?« Keine Antwort ist auch eine Antwort. Ich greife zum gelben Zettel am Kühlschrank, zerreiße ihn und lasse die Schnipsel im angrenzenden Wohnzimmer genüßlich ins offene Rundglas fallen.

»Friß!« grinse ich häßlich. »Und wenn du noch mehr willst, brauchst du es bloß zu sagen. Bei mir in der Schublade liegen noch mindestens zwanzig solche Zettel – übrigens alle von deinem Sohn besudelt. Die meisten davon sollten mich daran erinnern, am Montag morgen die Grünabfuhr vors Haus zu stellen. Als ob er das nicht selber machen könnte!«

Mama-Goldfisch scheint nicht eben großen Appetit zu verspüren. Ob sie wieder mal heimlich genascht hat? Oder auf Diät ist? Ich bücke mich über das Glas, rühre mit meinem rechten Zeigefinger im schwiegermütterlichen Haifischbecken.

»Mutter?« Der Goldfisch macht keine Bewegung. Schlimmer noch: Er liegt leblos auf dem Grund. Kein Blubbern, rein gar nichts. Ich gerate in Panik. Der Goldfisch ist tot, es lebe der Goldfisch! Gallus wird mir die Schuld am plötzlichen Hinschied seiner Mutter-Reinkarnation in die Schuhe schieben. Aus Protest wird er mindestens einen Monat lang bloß noch ungesüßten Haferschleim kochen – und ich muß ihn essen.

Wie war das bloß neulich im Fernsehen? Da hat doch diese nette Krankenschwester mit dem weißgestärkten Kittel ein schwerverletztes Kind mittels Mund-zu-Mund-Beatmung ins Leben zurückgeholt. Ob auch Goldfische auf so was ansprechen?

So schnell mich meine heißen Fußsohlen tragen, renne ich in die Küche, greife rechts neben dem Bett zum chinesischen Teesieb, renne zurück und versuche, Mama-Goldfisch aus ihrer mißlichen Lage zu befreien. Doch sie liegt nur tot im Sieb: tot, wie ein toter Fisch nur tot sein kann. Ich falte die Hände, senke die Lider und spreche »Amen«. So viel Respekt muß sein – auch bei der Reinkarnation einer Schwiegermutter.

Was tun? Ich könnte den Fisch in die Toilette werfen, kurz auf die Spülung drücken – und das Problem wäre beseitigt. Oder ich rufe das Bestattungsinstitut im Erdgeschoß an und lasse mir anschließend die Asche aushändigen, damit Gallus sie in einem Blumentopf auf den

Nachttisch stellen kann. Am besten wird sein, ich behalte den unfiletierten Fisch vorerst noch in der Nähe, sozusagen als Beweisstück dafür, daß ich nichts mit seinem plötzlichen Ableben zu tun habe. Damit das gute Stück nicht verfault, stecke ich Mama-Goldfisch in einen Frischhaltebeutel, vakuumiere ihn ordnungsgemäß und lege das Päckchen ins oberste Tiefkühlfach, gleich neben die panierten Fischstäbchen aus der Nordsee-Halle.

Danach lege ich mich ins Bett. Denn morgen ist auch wieder ein Tag – einer ohne Schokolade und hoffentlich ohne Goldfisch. Den Wecker stelle ich eine Stunde früher, als gewohnt, und schlafe ein. Im Traum zwingt Gallus mich, den tiefgefrorenen Mama-Goldfisch zu verzehren. Er tobt und wütet, bis ich klein beigebe und beinahe an der Schwanzflosse ersticke.

Der nächste Morgen beginnt mit lauter guten Vorsätzen – und ohne Gallus. Seine Betthälfte ist über Nacht jungfräulich unberührt geblieben. Wahrscheinlich hat ihn das Goldzählen so sehr eingeschläfert, daß er seinen Eidgenossenschädel auf einen der glänzenden Barren gebettet hat und im unterirdischen Tresor friedlich eingedöst ist. Davon hat schon der gute Dagobert Duck immer geträumt. Mir soll's recht sein, so kann ich mich wenigstens ausgiebig meinem Beauty-Programm widmen.

Mit Lockenwicklern auf dem Kopf, einer Gurken-Pfefferminz-Maske im Gesicht und frisch gestrichenen Fingernägeln schiebe ich »Jane« in den Videorecorder. Schon erstaunlich, »Jane« ist eine der Frauen, an denen das Alter scheinbar spurlos vorüberzieht. Ich besitze diese Kassette schon vier Jahre – und »Jane« geht nach wie vor mit demselben beneidenswerten Elan an die Bauchübungen. Zugegeben: Oft habe ich mir das Video noch nicht reingezogen, aber daß »Jane« es schafft, an den immer selben Stellen die immer selben Worte in die schwitzende Runde zu lächeln – das rechne ich ihr hoch an.

»Rückenlage, die Beine angewinkelt, die Hände hinter den Kopf, und nun die Bauchmuskeln anspannen, bis das Kinn die Brust berührt.«

Ich tue, was mir befohlen. Die Sache mit den Händen hinter dem Kopf läßt sich nur bedingt durchführen – die Lockenwickler zwicken ungemein. Zudem fürchte ich um das Rot auf meinen abgefressenen Fingernägeln. Doch Frau muß stark sein. Also Augen zu und durch. Ich hebe ächzend den Kopf. Von etwelchen Bauchmuskeln spüre ich nichts. Ob damit wohl die schwabbelnden Würste zwischen Busen und Becken gemeint sind?

»Und nun verharren wir in dieser Position. Wir ziehen die angewinkelten Beine noch ein klein bißchen näher zum Kinn. Spürt ihr die wohltuende Wirkung im Rücken?«

Bah! Wie soll ich früh morgens um sechs etwas anderes wahrnehmen, als die unbändige Lust auf einen dreifachen Espresso mit zwei Eßlöffeln Zucker? Zudem ist mein Rüschchennachthemd mit grüner Gesichtsmaske bekleckert, und an den Lockenwicklern klebt roter Nagellack.

Mir reicht's. Gleich wird »Jane« mit locker fröhlicher Stimme zu den Beckenbodenübungen überleiten. Beim vorletzten Mal habe ich mir, als ich den Bauchnabel gegen den Himmel drücken sollte, eine schmerzhafte Zerrung im linken Oberschenkel zugezogen. Mir ist heute noch nicht klar, was der Bauchnabel mit dem linken Oberschenkel zu tun hat ...

Und sowieso ödet mich diese gazellenhafte »Jane« in ihrem enganliegenden Leopardendreß gehörig an. Ich kann auch ohne Sport ein besserer Mensch werden. Auf die richtige Ernährung kommt es an. Deshalb: Ananas, Ananas und noch einmal Ananas! In einem dieser bunten Heftchen, die Gallus abschätzig als Schund bezeichnet, hat man mir zwischen schwarzgrauen Schicksalsgeschichten und rosa Prinzenglück einen handfesten Gewichtsverlust von satten vier Kilos versprochen.

In einer Woche. Aber nur Ananas darf es sein. Nicht aus der Dose, nicht im Joghurt und ohne Süßstoff – eine echte Ananas ganz naturbelassen aus dem Bioladen. Das erste Exemplar habe ich bereits vor dem Duschen fachmännisch in seine Einzelteile zerlegt. Ein Viertel zum Frühstück, zwei Viertel zum Mittagessen und das letzte Viertel zum Abendbrot. Halleluja, in spätestens einer Woche werde ich mein Spiegelbild nicht wiedererkennen!

Nach dem ausgedehnten Frühstück – zur Ananas habe ich mir noch ein Gläschen lauwarmes Wasser gegönnt – ziehe ich mir das Schwarzgehäkelte mit dem V-Kragen über. Ich tue es aus Gründen der Pietät. Man verliert ja nicht alle Tag die Reinkarnation seiner Schwiegermutter.

Auf dem Weg zur Straßenbahn wird mein auf Ananas getrimmter Körper auf die erste harte Probe gestellt. Beim Passieren der Bäckerei mit den leckersten aller Croissants beschleunige ich meinen Schritt, drehe den Kopf demonstrativ zur andern Straßenseite und versuche tunlichst, nicht zu atmen. Denn: Bereits der Duft von kalorienreichen Nahrungsmitteln könnte ja dick machen.

Wenige Meter weiter werfe ich einen Blick in die Espressobar, wo ich mir auf dem Weg zur Arbeit von Alex, dem Südländer mit dem höchst erotischen, bayerischen Akzent, jeweils einen Cappuccino servieren lasse. Er entdeckt mich, winkt mir hinter dem glänzenden Tresen freudig zu. Ich nicke kraftlos zurück. Nein, Alex, auf dein Macho-Getue falle ich nicht mehr rein. Mindestens ein Viertel aller überflüssigen Pfunde habe ich deinem Sahnehäubchen und den Schokoflocken zu verdanken. So was nenne ich nicht Freundschaft, das ist miese Mästerei. Am Ende setzt er mich seiner Sippe in Süditalien noch als Weihnachtsgans vor – garantiert aus deutscher Freilandhaltung.

Ich blicke ins Schaufenster vom »Haus der Fußpflege«. Schicke Stützstrümpfe haben die ausgestellt. Und so modisch in den Farben – Hellbeige, Mausgrau, Zartlila. Meine Umrisse spiegeln sich in der blanken Scheibe. Ich stehe meinen ausladenden Hüften gegenüber. Eine zusätzliche halbe Umdrehung erspare ich mir, um auch noch meinen Po zu begutachten. Früh morgens ertrage ich keine halbnackten Tatsachen. Von Reiterhosen, Zellulitis und Birnenpo kriege ich Sodbrennen, Schluckauf und schlechte Laune. Und genau das will ich vermeiden. Wenigstens heute. Morgen ist ja auch noch ein Tag.

In der S-Bahn von Bochum nach Wanne-Eickel finde ich endlich Zeit, mich wieder dem jungen Bauern und seiner Magd zuzuwenden. Seite 113. Das gehäkelte Buchzeichen hat Gallus mir zum letzten Muttertag geschenkt. Was würde er mir wohl überreichen, wenn ich tatsächlich Mutter wäre? Wahrscheinlich eine trockengelegte Porzellanente aus Olis Gewürzkiste. Oder noch schlimmer: ein Dinkelkissen, gefüllt mit einem Kilo Biodinkel für die Mikrowelle – ebenfalls in Olis Gewürzkiste erhältlich. Für lächerliche fünfzehn Euro.

Doch zurück zum Alpenglühen. Die beiden Verliebten stecken derzeit in einer mißlichen Lage: Der Vater des jungen Bauern will die Magd nicht als seine Schwiegertochter akzeptieren, obwohl diese bereits im dritten Monat schwanger ist. Zudem leidet die beste Milchkuh im Stall an einer Euter-Vereiterung und muß im schlimmsten aller Fälle sogar getötet werden. Das sind Sorgen!

Da kann sich Gallus glücklich schätzen, mich an seiner Seite zu haben. Ich mache sozusagen nie Probleme. Und wenn ich meckere, dann bloß, weil er beim Pinkeln wieder einmal danebengezielt oder beim ausgiebigen Zähneputzen den gesamten Badezimmerspiegel versaut hat. Sowieso kann ich nicht zusehen, wenn er sich die Zähne putzt. Er tut es nicht wie ein normaler Mensch. Die Augen zusammengekniffen, die Nasenflügel weit in die Höhe gezogen, den Mund wie ein hungriges Küken aufgerissen – so schrubbt er sich minutenlang durch die Kraterlandschaft seiner Parodontose. Und was das Allerschlimmste ist: Gallus schneidet die leeren Zahnpastatuben auf, um das allerletzte Restchen rauszuholen. Ich nenne so etwas spießig, er meint, es sei ein Beitrag zur sauberen Umwelt. Frag ich mich, warum er nicht Kernseife benützt.

Solange ich noch im Vollbesitz meiner geistigen und sonstigen Kräfte bin, bestehe ich auf gewissen Annehmlichkeiten, die das Leben so mit sich bringt. Ich würde zum Beispiel nie, aber auch gar nie, einen Joghurtbecher in seine Einzelteile zerlegen. Gallus schon. Er tut es akribisch genau: den Plastikbecher (ausgewaschen!) in den Mülleimer, den Karton (geglättet!) ins Altpapier und den Deckel (abgeleckt!) in die Alusammlung. Zeitaufwand, inklusive Auslöffeln des naturbelassenen, ungesüßten Sojajoghurts: fünfzehn Minuten. In fünfzehn Minuten sauge ich die Wohnung, lege die Wäsche eines ganzen Monats zusammen, tätige den Wocheneinkauf und lese obendrein noch zehn Seiten vom neuesten Heimatroman. Das nenne ich Effizienz.

Da fällt mir ein: Gallus hat ja heute Geburtstag. Ob er deswegen die Nacht auswärts verbracht hat? Vielleicht schämt er sich seines Alters. Oder aber, er hat etwas nettes Kurzsichtiges mit handgestrickten Socken und Riemchensandalen kennengelernt. Nicht, daß ich ihm das nicht gönnen würde, aber eines schwöre ich bei der Wahrhaftigkeit sämtlicher Pfunde, die ich überflüssigerweise auf mir trage: Bevor Gallus eine Frau vor den Traualtar kriegt, bin ich mindestens zweifache Mutter!

»Dr. Böckenkrüger! Sie am frühen Morgen schon hier?«

Wenn er mir im Eingangsbereich der Kanzlei nicht leibhaftig die Hand schütteln würde, müßte ich annehmen, er sei eine Fata Morgana. Aber er ist es, höchstpersönlich und gar nicht eben zum Scherzen aufgelegt. Immer, wenn Hartmut die kleinkarierte rosa Krawatte trägt, ist Vorsicht geboten. Möglichst keine überflüssigen Bemerkungen – einfach nur die vorbereiteten Akten rüberschieben und wie eine japanische Geisha mit gesenktem Blick rückwärts auf den Zehenspitzen aus seinem mondänen Büro tippeln, immer darauf bedacht, nicht über die am Boden verstreuten Golfschläger zu straucheln.

Erst beim zweiten Hinschauen fällt mir das rechte blaue Auge meines Chefs auf. Sieht ziemlich arg aus, finde ich und drücke auf den Knopf der Kaffeemaschine. Ob ich ihm einen Eisbeutel anbieten sollte?

»Sahne«, murmelt er, während sich im weißen Plastikbecher das erste Schäumchen des Tages bildet. Weitere werden folgen. Bestimmt. Mein Kaffeeverbrauch liegt so zwischen zehn und fünfzehn Tassen pro Tag – man gönnt sich ja sonst nichts.

»Glauben Sie wirklich, daß Ihnen Sahne helfen wird?«

Er nickt mit zusammengepreßten Lippen. Vielleicht hat er ja einen Golfball verschluckt und spricht deswegen so seltsam. Genau! Und bevor er den Golfball verschluckt hat, ist er ihm ins Gesicht geflogen – voll aufs rechte Auge.

»Tut mir leid, Doktor, die Sahne ist alle.«

Da stehe ich, vor dem gähnend leeren Kühlschrank, er dicht hinter mir. So nah waren wir uns noch nie. Ob jetzt vielleicht der richtige Zeitpunkt wäre, ihn auf eine Gehaltserhöhung anzusprechen? Ich könnte versuchen, ihm glaubhaft zu erklären, daß ich als angehende Patentante eines im Moment noch in der Zellteilung befindlichen Babys in naher Zukunft mit einer finanziellen Mehrbelastung zu rechnen habe. Das müßte ihm ja einleuchten. Zudem mag Dr. Böckenkrüger möglichst sachliche und präzise Aussagen. Am liebsten hätte er es wohl, ich wäre ein fleischgewordenes Gesetzbuch – und nicht ein unzulänglicher, menschlicher Briefbeschwerer.

»Wir müssen Sahne kaufen«, preßt mein Chef endlich hervor und verbrennt sich die Finger, als er den Plastikbecher in die braune Halterung drücken will.

Wir? Dieses Einheitsgefühl ist wirklich was ganz Neues. Dann soll *er* doch Sahne besorgen – *ich* habe nichts dagegen einzuwenden.

Aber hallo! Was haben wir denn da? Dr. Böckenkrüger versucht, sich die Verbrennung fünften Grades wegzublasen und entblößt dabei eine lichte obere Zahnreihe. Wo sind denn nur seine markanten Schaufeln geblieben?

»So kann ich nicht zum Golf«, jammert er.

Ich nicke verständnisvoll. Tatsächlich, der gute Mann hat recht: Mit einem blauen Auge und ausgeschlagenen Zähnen läßt es sich auf dem gepflegten Green nicht eben prächtig Pfauenräder schlagen.

»Das Auge könnte ich Ihnen mit etwas Make-up abdecken. Aber die Zähne …«

»Nicht die Zähne sind das Problem«, lispelt er. »Die Blase! Damit kann ich unmöglich einen Golfschläger halten.«

Während ich des Doktors Hand mit brachialer Gewalt unters eiskalte Wasser halte, entlocke ich ihm die ganze Wahrheit über die grausamen Dinge, die da offensichtlich vorgefallen sind.

Eigentlich ist die Entstehungsgeschichte des Veilchens und der Zahnlücke kurz erzählt – und laut Dr. Böckenkrüger »nichts als eine Vernetzung dummer Kausalitäten«. Er, Hartmut Böckenkrüger, habe die blonde, langbeinige Scheidungsklientin Grünschnabel nur deshalb zu »Mutter Witzig« nach Bochum ausgeführt, weil sie ihm so leid getan habe. Und als sich ihr trauriger Blick auch über der Schweinskopfsülze nicht erhellte, habe er sie spontan und, wie er betont, »ohne jeglichen Hintergedanken« noch auf ein Schlummertrünkchen in die Las-Vegas-Bar ins Bermudadreieck eingeladen.

Dazu muß man wissen: »Mutter Witzig« ist etwas vom Besseren, was Bochum neben Pizzakurieren, griechischen Tavernen und holländischen Pommes-frites-Buden kulinarisch zu bieten hat. Hinter den bleiverglasten Putzfenstern wird bei Kerzenschein auf rosa Stofftischtüchern getafelt – und der Wein kommt noch aus der Flasche und nicht aus der Tüte.

Doch »Mutter Witzig« zeichnet weder für das Veilchen noch für die Zahnlücke des Dr. Böckenkrüger verantwortlich. Die Haue hat sich Hartmut Böckenkrüger erst im Bermudadreieck eingefangen, wo sich die Faust des noch verheirateten Herrn Grünschnabel magisch von des Doktors Allerweltsgesicht angezogen fühlte. Um so mehr, als Hartmut seine Hand scheinbar »nur zum Trösten« auf die nackten Knie der Klientin Grünschnabel gelegt hatte …

Den Abend von Gallus' Geburtstag möchte ich lieber nicht im Detail festhalten. Da komme ich schwer bepackt nach Hause, in den Jutentaschen lauter feine Sachen für seinen verwöhnten Biogaumen, zwischen die Zähne geklemmt die Post aus dem Briefkasten – und was tut er auf mein mehrmaliges Klingeln? Er bedroht mich mit dem antiallergischen Staubwischer.

»Mörderin!« gellt er in den schummrigen Korridor hinaus und will mich mit dem ausziehbaren Stiel erdolchen. Ich – die Post immer noch zwischen den Zähnen – weiß mir, angesichts des lauernden Todes, nicht anders zu helfen, als mit dem linken Arm zum Rundumschlag auszuholen. Treffer! Gallus taumelt, fällt nieder. Bei der Millionärsshow hätte ich jetzt mindestens dreihunderttausend gewonnen.

Statt dessen steige ich seelenruhig über seinen ausgestreckten Körper, sortiere auf dem Eßtisch die Post und mache mich im Wohnzimmer daran, die Jutentaschen auszupacken. Schade für die Freilandeier, sie haben sich an Gallus' harter Nuß gehörig die Schale eingeschlagen. Somit wäre auch das Geburtstagsmenü festgelegt: Rührei. Mir doch egal, ich esse sowieso bloß Ananas.

Es dauert eine ganze Weile, bis Gallus – noch benommener als sonst – ins Zimmer tritt. Seine Kampfeslust scheint ihm vergangen. Zahm wie ein Lamm vor Ostern schleicht er um mich herum. Ob er seine Taktik geändert hat? Oder ob er – zum allerersten Mal in seinem nicht mehr ganz taufrischen Leben – zur Einsicht gekommen ist? Ich lächle ihn an. Sanft wie eine Mutter ihr Neugeborenes, nachdem sie achtundvierzig endlos lange Stunden in den Wehen gelegen hat.

»Du hast Mama umgebracht«, schnieft er und hat Elefantentränen in den Augen.

»Habe ich nicht!«

»Dann sag mir, wo sie ist! Das Becken ist leer!«

»Ist es nicht!« Ich schreite zum Rundglas und schubse demonstrativ meine knallgelbe Badeente an. Lautlos gleitet der Mama-Ersatz übers trübe Wasser.

»Das ist nicht Mama!« empört sich Gallus.

»Du willst deine Mama sehen?« frage ich lüstern und lasse dabei die Augen rollen. »Hier!« Ich öffne die Tiefkühltruhe, ziehe den gefrorenen Goldfisch heraus. »Da ist sie, deine Mama! Wie möchtest du sie denn haben? Paniert oder als Sushi?«

Diesmal scheine ich den Bogen überspannt zu haben. Gallus erglüht zum Vulkan. Ich sehe die Zeit gekommen, ihm meine Geburtstagskarte zu überreichen. Er reißt den Umschlag auf – und spuckt. Ein nackter Frauenpo! Wenn er doch bloß die Karte aufklappen würde, dann wäre alles halb so schlimm. Der Frauenpo entpuppt sich bei genauer Betrachtung nämlich als eine unschuldige Hundeschnauze. Aber so ist Gallus eben – er hat keinen Sinn für Ganzheitliches und erst recht keinen Humor.

Bevor sich glühende Lava über mich ergießt, packe ich mein übriggebliebenes Ananasviertel und verziehe mich ins Bad. Nicht, weil ich mein Diätmenü besonders gern auf der Kloschüssel verdrücke, sondern weil das Badezimmer der einzige Ort ist, wo ich die Tür hinter mir verriegeln kann. Alle andern Schlüssel hat Gallus während seiner Meditationsübungen in Uri-Geller-Manier zur Unkenntlichkeit verbogen.

»Mach auf! Sofort!«

Ich schmatze. Irgendwie schmeckt die Ananas sauer.

»Jetzt mach endlich diese Tür auf! Ich muß!«

»Was mußt du denn?« säusle ich.

»Was wohl?«

»Tu es doch auf dem Balkon!«

»Spinnst du? Ich kann doch nicht auf dem Balkon ...«

»Warum nicht? Saurer Regen ist bestimmt noch viel schädlicher!«

»Du Fleischfresserin!«

O weh! Wenn Gallus zu solch üblen Schimpfwörtern greift, befindet sich sein Pulsschlag in der roten Zone. Wo sind denn bloß seine Bachblüten-Notfalltropfen? Ich stelle die Ananas auf den Klodeckel, wühle im Medikamentenschrank über dem Waschbecken. Johannisbeerkapseln, Lavendeldeo, Anismundwasser – chinesisches Potenzmittel, hergestellt aus getrockneten Löwenpenissen.

»Gallus! Hier sind ja Potenzmittel!«

»Was geht denn dich das an!«

»Also, bitte, davon müßte ich doch auch was gemerkt haben ...«

»Sei still, und mach endlich die Tür auf. Ich muß unbedingt!«

»Ich mache erst auf, wenn du mir sagst, weshalb du Potenzmittel gekauft hast!«

»Sage ich nicht!«

»Dann entledige dich, wo immer du willst. Aber nicht hier auf dem Klo. Da sitze ich und löffle meine Ananasration. Basta.«

Ich höre Gallus' Wollsocken über den grauen Linoleumboden schlurfen. Hundert Punkte für mich! Er scheint tatsächlich klein beigegeben zu haben.

Leise, ganz leise, ziehe ich den Schlüssel aus dem Loch, presse mein rechtes Auge auf die Öffnung, kneife das linke zu. Irren mich meine Sehnerven? Oder steht der Ärmste tatsächlich mit heruntergelassenen Hosen in der Kniehocke über der Yuka-Palme?

»Du Hund! Ich hasse dich! Irgendeinmal werde ich dich verlassen!«

Gallus hebt den Kopf. Er preßt ungeniert weiter. »Tu dir ja keinen Zwang an«, schnauft er zwischen zwei Häufchen, »das mit uns ist sowieso Scheiße.« Sagt er und setzt noch ein drittes Häufchen oben drauf.

Ich sause aus dem Bad und flüchte mich mit vorgehaltenem Taschentuch in die Küche, schmeiße sämtliche Sommerkleider in den nächstbesten Plastiksack, wühle mich durch die mottenbefallenen Winterklamotten und will von dieser ganzen Kacke hier nichts mehr wissen. Meinen Wohnungsschlüssel knalle ich auf die heiße Herdplatte – soll er sehen, wie er den da wegkriegt.

Das Taxi ist bestellt. Es läutet an der Tür.

»Taxi?«

»Ja, hier!« Mein Erlöser steht vor der Tür. Gallus steht hinter dem Vorhang, schaut auf die Bleichstraße hinab. Ob ich ihm versöhnlich zuwinken soll? Nein. Gallus gehört ab sofort der Vergangenheit an. Soll er an seinen Leinsamenflocken ersticken – mit mir braucht er nicht mehr zu rechnen. Nie mehr!

»Wohin die Dame?« Der Taxifahrer startet einen ersten zaghaften Versuch, den Motor in Gang zu bringen. Ich denke nach. Der Abend ist noch lang, die Luft lau, der Durst groß und der Hunger immens.

»Zur Confiserie Wacker in Wanne!« jaulen meine Magennerven auf. Ich gelüste nach roten Plüschsesseln, Glasvitrinen, barocken elektrifizierten Kerzenleuchtern und einem Hähnchen-Filet mit Sauce Hollandaise, einem halben Pfirsich, etwas Tomate und trockenem Weißbrot – genannt »Wacker Toast«.

»Aber gern«, tönt es leicht unterwürfig hinter dem Lenkrad hervor.

Will der gute Mann wirklich im vierten Gang anfahren? Ich bin versucht, mich einzumischen, lasse es dann aber sein. Schließlich hat mich der Taxifahrer auch nicht gefragt, weshalb ich mit zwei Plastiksäcken und drei Koffern von zu Hause ausrücke.

Kaum sind wir zwei Meter in Richtung Kurt-Schuhmacher-Platz gehoppelt, sehe ich Gallus im Rückspiegel, wie er aus der grauen Mehrfamilienbox stürmt. In seiner rechten Hand ein weißer Zettel. Mein Anteil am WC-Papier?

»Bleiben Sie mal kurz stehen«, bitte ich den Fahrer.

»Nichts leichter als das«, sagt er und zieht unsanft die Handbremse an. »Tschuldigung, aber das linke Pedal klemmt manchmal.«

Immerhin funktioniert die Fensterkurbel – wenn auch quietschend. Wie die junge Kaiserin Sisi in ihrer vollen Blüte lehne ich mein jungfräuliches Antlitz zum Fond des Wagens hinaus. »Du wünschst?« frage ich so herablassend wie nur möglich. Soll froh sein, daß er mir nicht noch die Hand küssen muß.

»Die Bonuspunkte!« japst Gallus außer Atem. Wie oft habe ich ihm schon gepredigt, er solle sich vermehrt sportlich betätigen? Zum Beispiel Schach spielen. Das hat er nun davon: mit einundvierzig eine Puste wie ein Neunzigjähriger – und nun keine Frau mehr, die ihn pflegen kann.

»Welche Bonuspunkte?« Ich weiß tatsächlich nicht, wovon er spricht.

»Die vom Reformhaus. Du weißt doch, bei dreißig Punkten ist eine Karte voll. Dafür gibt's dann zwei Bio-Schrot-Semmeln gratis!«

Ich bin tatsächlich noch so dämlich und grapsche meinen Geldbeutel zwischen Lockenwicklern, Negligés und der unangebrochenen Anti-Baby-Pillen-Schachtel hervor. »Da hast du deine Punkte!«

»Nur fünf?« Gallus scheint ehrlich enttäuscht. Da verläßt ihn nach drei Jahren sein Weibchen am Herd – und was bereut er am meisten? Daß sie bloß fünf Bonuspunkte vom Reformhaus zurückläßt!

Nein, dieser Mann hat mich nicht verdient.

»Sie, der Taximeter läuft. Können wir jetzt fahren?«

Ich versuche, Gallus ein allerletztes Mal in die Augen zu schauen. Es gelingt mir nicht. Wie es mir noch nie gelungen ist. »Adieu«, hauchen meine Lippen, froh, seinem Silberblick fortan nicht mehr ausgesetzt zu sein.

»Immer noch zum Wacker nach Wanne?« will der Taxifahrer wissen.

Ich, bemüht, meine fünf Sinne zu sammeln, lasse seine Karre einmal um den Bochumer Bahnhof kreisen. Er tut es, murrend. »Soll einer mal klug werden aus diesen Weibern.«

Sprücheklopfer, denke ich. Zu Hause darf der bestimmt bloß in Filzpantoffeln die miefige Wohnung betreten – und seine Alte trägt den lieben langen Tag rosarote Lockenwickler auf dem Kopf. Da bin ich doch lieber Single, sozusagen vogelfrei, bereit für die wirklich große Liebe.

Der Taxifahrer meldet sich, verzweifelt. »Wohin denn nun? Wir kreisen schon zum vierten Mal um den Bahnhof.«

»Geradeaus.«

»Geht nicht. Beim besten Willen nicht. Einbahnstraße.«

»Dann eben links.«

»Geht auch nicht. Sackgasse.«

So ein Dummkopf! Wenn es doch sowieso bloß nach rechts geht, warum will er dann überhaupt meine Meinung wissen? Sein Verhalten erinnert mich an Gallus. Er hat mich auch stets gefragt, wohin ich in die Ferien fahren möchte – und am Ende sind wir dann doch immer an der Nordsee am UV-geschützten FKK-Strand gelandet.

Ich erinnere mich voller Grauen an diese alternden Lüstlinge, die im Lauf der Jahre unter der Sonne so zusammengeschrumpft sind, daß ihnen zwei Hautgrößen kleiner auch noch gepaßt hätte. Aber Augen hatten die – so groß wie Pfirsiche. Vor allem wenn es darum ging, die Körbchengrößen der sich im Wasser tummelnden Badenixen abzuschätzen …

Im Fond des Taxi, mit Blick auf den übelriechenden Fahrer, komme ich zu einer persönlichen Erkenntnis: Im Gegensatz zu uns Frauen ist kein Mann wirklich perfekt. Woran das wohl liegen mag? Möglich, daß da in der Evolutionsphase etwas schiefgelaufen ist. Vielleicht waren ja ursprünglich gar keine Männer vorgesehen. Vielleicht basiert ihr Dasein auf einem Irrtum des schöpfenden Designers oder einem klitzekleinen Rechenfehler in der Projektphase.

Doch bevor ich mich weiter über die Unzulänglichkeiten des schwächelnden starken Geschlechts aufhalte, will ich mich erst mal um profanere Dinge kümmern. Zum Beispiel brauche ich für die Nacht ein Dach über dem Kopf. Ein Bettchen zum Schlafen, ein Tellerchen zum Essen, einen Eimer kaltes Wasser, um mich zu waschen. Ich hätte aber auch nichts gegen eine mit Schaum gefüllte Marmorbadewanne einzuwenden, auf deren Rand eine Flasche Champagner und zwei Gläser stehen …

Meine Schwester! Die gute Laura! Bei der gibt es zwar keinen Champagner – da nicht kindergerecht, aber dafür Rimus (ohne Alkohol) und vor allem eine große Wanne mit Massageeinlage. Ich habe da schon einmal gelegen, als Gallus unser gutes Stück kurzfristig in ein Seerosenbecken umfunktioniert hat, weil sein Feng-Shui-Guru der Meinung gewesen ist, der Duft der Rosen würde sein Verstopfungsproblem lösen. Was wirklich auch der Fall war und weswegen ich dann kurzfristig auf die Badewanne meiner Schwester ausweichen mußte. Längerfristig habe ich Gallus aber überzeugt, statt der Seerosen ein simples

Duftkerzchen auf die Toilettenspülung zu stellen – was mich wieder zu einer glücklichen Badewannenbenutzerin und ihn zu einem fröhlichen Scheißer gemacht hat.

Ob Laura den Massageeinsatz noch immer benutzt? Diese Luftbläschen, die damals zwischen meinen Beinen an die Wasseroberfläche gestiegen sind, haben mich stark beeindruckt. Es fühlte sich an, als hätte ich fünf Portionen Sauerkraut und obendrein noch zwei Stück Zwiebelkuchen gegessen.

Es ist kurz vor neun Uhr abends, als ich am Zuckerhäuschen klingle. Die Wellensittiche hocken aufgeblasen auf ihren Stengeln und tun, was ein Vogel zu dieser Stunde tut: schlafen.

Vielleicht, daß Laura noch was zum Futtern übrig hat. Im schlimmsten aller Fälle würde ich mich auch mit einer Packung Babyzwieback begnügen – Hauptsache keine Ananas und kein Dinkelbrei!

»Du?« Mein Schwager Sebastian steht in seinen neckischen Kleeblatt-Boxershorts unter der Tür und schaut mich an, als wäre ich ein gefallener Engel.

»Ja, ich.« Was soll ich anderes erwidern? Natürlich wäre mir der 90-60-90-Körper von Claudia Schiffer lieber und der 170iger IQ des englischen Premierministers – aber ich bin nun mal die, die ich bin.

»Ist Laura da?« Ich weiß, die Frage klingt reichlich belämmert, aber irgend etwas muß ich ja sagen, um an diesem Koloß von Mann vorbeizukommen. Ich brauche eine Bleibe!

»Laura bringt gerade die Kinder ins Bett.«

»Darf ich trotzdem eintreten?«

»Wenn es sein muß.« Wenig einladend öffnet er mir die Tür.

Ich dränge mich mit meinen Plastiktüten und den Koffern an seiner Fleischmasse vorbei. Warum ist dieser Mann heute abend nur so ranzig? Hat Laura ihrem Sebastian den fettigen Leberkäse rationiert? Oder hat Klein-

Tobias seine zweite Fensterscheibe zertrümmert? Oder Caroline die Blockflöte mit der Laubsäge zerschnitten? Ich rate – aber nur so lange, bis ich Sebastian vor dem Fernseher sitzen und apropos Fußball fluchen höre: »Jetzt aber vorwärts. Flanke von rechts! Los doch, du fauler Sack! Für was kriegst du die ganzen Piepen, wenn du nicht einmal einen passablen Schuß hinkriegst? Flasche!«

Ich grinse, heimlich. Wer hätte das gedacht! Der gute Sebastian, treuer Ehemann, liebender Vater von vier Kindern (Stand heute), Einfamilienhäuschen-Inhaber mit Sparvertrag und tüchtiger Kaminkehrer ist kein Deut besser als all diese Möchte-gern-Profi-Sportler, deren einzige körperliche Leistung im Heben der Bierdose besteht.

»Ich geh dann mal rauf«, raune ich – ungehört, denn Sebastian produziert eben einen weiteren Adrenalinschub, weil die Elf der Sieben das Bein gestellt hat.

»Laura?«

An meine Ohren dringt Musik. Ein Kinderlied: Still, still, still, weil's Kindlein schlafen will. Ich möchte mitsummen, kenne aber den weiteren Text nicht. Das erinnert mich an Weihnachten. Da klingt die zweite Strophe von »O Tannenbaum« auch viel leiser als die erste – von der dritten und vierten gar nicht zu sprechen.

Im Zimmer der fünfjährigen Caroline brennt nur noch das Nachtlicht. Ich schaue vorsichtig auf das Mädchen hinab. Zugegeben, wenn sie schläft, ist sie ein niedliches Ding. Aber wehe dem, der sie im wachen Zustand länger als eine Stunde ertragen muß.

Auch Tobias, der dreijährige Racker mit den tausend Sommersprossen im bleichen Gesicht, schlummert bereits. Wie er das bloß macht? Ich meine die Knie bis zur Nasenspitze hinaufziehen und dabei noch so entspannt aussehen?

Ich finde Laura im Zimmer der Kleinsten, eingepfercht zwischen Plüschschlangen, Wuschelbärchen und ihrer jüngsten Tochter Susi. Die Kleine lächelt mir zahnlos entgegen. Irgendwie hat dieses Kind nicht die geringste Ähnlichkeit mit Laura – und schon gar nicht mit Sebastian. Woher Susi bloß kommen mag? Vom Kaminkehrer wohl kaum, denn der müßte – wenn alles seinen ordentlichen Weg gegangen ist – der rechtmäßige Vater sein.

»Laura?« Meine Schwester atmet ruhig. Sie schläft den gerechten Schlaf einer überarbeiteten Mutter. Klein Susi, noch kein bißchen müde, macht aus Mams langem, braunem Haar eine Art Vogelnest – und amüsiert sich dabei königlich.

Ich versuche mich in meiner Rolle als liebevolle Tante: »Nicht doch, Susilein, laß die Mama schlafen.«

Diese Jugend! Kein Respekt vor der älteren Generation! Susi jedenfalls macht unbeirrt weiter, so lange, bis ich an ihr Bettchen trete und sie in meine Arme nehme. Der Ton, der dann abgeht, kann nicht in Worte gefaßt werden. Er ist schriller als ein Martinshorn, höher als der Mount Everest und länger als ein Marathon. Die Kleine schreit sich beinahe die noch nikotinfreien Lungen aus dem Strampelhöschen. Ich drehe und hebe sie in alle Richtungen – irgendwo muß sich doch der Aus-Schalter befinden.

Immer wieder werfe ich verzweifelte Blicke auf die schlafende Laura. Entweder ist sie so todmüde, daß sie halb ohnmächtig daliegt – oder aber, sie ignoriert Susis Kamikazegeschrei schlicht und einfach. Eine Variante, die ich als kinderlose Frau durchaus verstehen kann, als gequälte Tante jedoch nicht.

Mit Sirenen-Susi unter dem Arm steige ich die Holztreppe hinab. Ihr vermeintlicher Papa, Sebastian, hängt noch immer vor dem Fernseher. Die zweite Bierflasche steht nun auch leer am Boden, der Kicker Nummer zwei ist gegen die neun ausgetauscht worden und der Spielzwischenstand liegt bei zwei zu zwei unentschieden.

»Sebastian?« Täusche ich mich, oder schnarcht mir der menschgewordene Glücksbringer ungeniert entgegen?

Mit dem linken Knie schubse ich den TV-Sessel leicht an – und blicke in Sebastians offenen Mund. Bei jedem Ausatmen schlägt mir eine Bierwolke entgegen. Mir kommt beinahe die Ananas hoch.

Doch ein Gutes scheint die alkoholgeschwängerte Luft zu haben – Susi hört abrupt zu heulen auf. Noch mehr, sie schmiegt ihr Köpfchen an meine Brust und läßt die Augenlider fallen.

Da stehe ich nun. Ohne Mann und eigenen Herd, ein sabberndes Kleinkind auf dem Arm, meinen schnarchenden Schwager zu den Füßen – und hungrig bin ich obendrein! Für einen kurzen Moment bin ich versucht, in tiefes Selbstmitleid zu verfallen, entsinne mich dann aber rechtzeitig, daß ich diejenige war, die Gallus verlassen hat. Immerhin: Dieser Triumph gehört mir!

3

So nicht, Hartmut Böckenkrüger! Nicht mit mir! Weißt du, was du bist? Ein Paragraphenreiter. Ein arbeitsscheuer, dickköpfiger Paragraphenreiter – und ein schlechter Charakter dazu. Gestern war ich dir noch gut genug, deine Wehwehchen zu verpflastern – und heute nun diese Rumschreierei wegen eines läppischen Fehlers meinerseits.

Sag, was du mir zu sagen hast. Ergieße dich über mich, möglichst rasch, damit ich dir noch vor Feierabend meine Kündigung in deine feuchten Hände drücken kann. Böckenkrüger baut sich vor mir auf und pumpt, ehe er loslegt.

»Sie Wahnsinnige! Wenn ich nicht gewesen wäre, sähen sich mein Bruder und seine Frau vor dem Scheidungsrichter wieder! *Sie* haben deren Namen mit denen des Scheidungsvertrags Spute gegen Spute vertauscht! Kennen Sie den Unterschied zwischen einem Scheidungsvertrag und einer Hausüberschreibung? Können Sie überhaupt lesen?«

Da steht er, in seinen lächerlichen halblangen Golferhosen mit den Umschlägen knapp über dem Knie. Die drei Knöpfe des farblich im Ton abgestimmten Polo-Shirts fein säuberlich geschlossen. Ich kann mir nicht helfen, aber zuweilen legt Dr. Böckenkrüger gewisse schwule Züge an den Tag. Wie er den rechten kleinen Finger vom Rest der Hand abspreizt, das ist doch einfach nicht normal.

Aber es fragt sich sowieso, was normal ist. Ist zum Beispiel der Mann meiner Schwester normal, wenn er jeden Samstagmorgen zwischen neun und zehn auf dem geteerten Garagenvorplatz die Familienkarosse schrubbt, selbst wenn's in Strömen regnet? So etwas tun sonst nur die Schweizer, das jedenfalls hat Gallus behauptet. Ich war ja noch nie im Heidiland. Aber Gallus muß es wissen. Er stammt schließlich aus dem schönen Kanton Appenzell. Das ist dort, wo der gleichnamige salzige Hartkäse herkommt und wo die Männer kaum über einen Meter sechzig hinauswachsen. Mit seinen knapp zwei Metern macht Gallus da die große Ausnahme.

»... und deshalb darf so etwas in Zukunft nie wieder geschehen!«

Ach, der Böckenkrüger tobt ja noch immer. Wie der sich aufregen kann – einfach herrlich. Ich sitze mit verschränkten Armen auf meinem armlosen Stuhl, vor mir flimmert der Bildschirmschoner: Kanzlei Böckenkrüger, Böckenkrüger, Böckenkrüger ... schwirrt es in einer grasgrünen Endlosschleife vorbei.

»... haben Sie mich verstanden?«

Schon gut, Hartmut. Weißt du eigentlich, daß in dir ein »Börger« steckt? Bin soeben darauf gestoßen. Man braucht nur ein paar Buchstaben wegzulassen – und schon bist du ein »Börger«. Wer hätte das gedacht! Ich bin schon immer davon ausgegangen, daß du ein verhinderter Hot Dog bist – weil da das Würstchen auch so schlaff zwischen den weißen Brötchenscheiben hängt.

Ich muß an Gallus denken. Nicht wegen des schlaffen Würstchens, sondern weil er mich für den Abend zum versöhnlichen Essen nach Bochum eingeladen hat. Man höre und staune! Der Gallus, den ich in unseren drei Jahren des Zusammenlebens ein einziges Mal in ein halbwegs vernünftiges Lokal gebracht habe, lädt mich zum Dinner ein! Vielleicht will er mich bitten, zu ihm zurückzukehren. Oder noch schlimmer: Er will mir einen Heiratsantrag machen. Vorsichtshalber habe ich zugesagt, denn Gallus wäre zuzutrauen, daß er unser Aufgebot bestellt, ohne mich vorher gefragt zu haben.

Und was Böckenkrüger betrifft, mit dem bin ich fertig. Ein für alle Mal. Und jetzt sei endlich still, Hartmut, oder ich greife zum Pfefferspray. Damit habe ich schon ganz andere bissige Kläffer vertrieben.

Capri oder Plattfuß? Ich kann mich mal wieder nicht entscheiden. Für Capri spricht das Extra an Fruchtsaft, den Plattfuß hingegen mag ich, weil er – entgegen seinem Namen – so unverschämt süß schmeckt. Ich lecke in aller Regel zuerst die große Zehe ab, um mich dann über den Hallux zur Ferse und weiter zum kleinen Zehennagel vorzuarbeiten. Oder soll ich besser gar kein Eis essen? In einer knappen halben Stunde wird Gallus hier anschleichen, um mich auszuführen.

Ich stehe an der Bleichstraße in Bochum, gegenüber der Wohnbox, in der ich bis vor zwei Wochen mit meinem aktuell Verflossenen die Dreizimmerwohnung im vierten Stock belebt habe. Rein vom Haus her betrachtet, ist mein Auszug positiv zu werten. Bei meiner Schwester im Eicherforst gibt's zwar weder einen Stadt-Kiosk mit Plattfuß-Eiscreme noch einen Döner-Kebab-Stand, dafür um so mehr Anwohner, die für jedes einzelne Brötchen mit dem Bus eine halbe Stunde nach Wanne fahren müssen.

Seit ich ad interim in dieser Einkaufswüste lebe, bin ich zum Hamster mutiert. Um meine einsamen Nächte auf dem ausgezogenen Polstersofa psychisch unbeschadet zu überstehen, decke ich mich bereits in der Mittagspause mit allerlei Leckerem aus der Billig-Bäckerei im Erdgeschoß der Böckenkrügerschen Kanzlei ein. Beziehungsweise habe mich eingedeckt, denn seit heute nachmittag arbeite ich ja nicht mehr für meinen Chef. Ein triefender Berliner kostet in besagter Bäckerei übrigens gerade mal 49 Cent. Davon kaufe ich gleich drei – und fahre immer noch günstiger als mit der viereckigen Vollmilchschokolade von den lila Kühen aus dem Bahnhofskiosk.

Da fällt mir ein, daß ich Gallus unbedingt vom neueröffneten Schuhmarkt in Wanne-Eickel erzählen muß. Wenn ich dem sage, daß man dort ein paar Treter ab zwei Euro kriegt, wird er gleich in frenetischen Jubel ausbrechen. Der gute Gallus – um ein Fränkli zu sparen, würde der sogar türkisfarbene Ballerinaschuhe mit Ledermasche anziehen.

»Was soll's denn nun sein?«

Hinter mir hat sich eine ordentliche Warteschlange gebildet. Alle wollen nach Ladenschluß beim Stadt-Kiosk noch was kaufen: Zigaretten, Schnaps, Bier, Käseschneider. Ja, warum kauft eigentlich niemand den Käseschneider für 2,95? Allein an der zerschlissenen Verpackung und dem veralteten Schriftzug kann es ja wohl nicht liegen. Oder doch? Möglich auch, daß der Vater des freundlichen Türken hinter dem Tresen vor vielen Jahren eine Fehlinvestition getätigt hat und der Stadt-Kiosk seither auf dem Käseschneider sitzt. Am Ende ruiniert der Käseschneider noch die langfristige Finanzplanung des Unternehmens Stadt-Kiosk und stürzt eine ganze Sippe in den Ruin.

Das darf nicht sein. Tue jeden Tag eine gute Tat – hat schon meine Mutter immer gesagt. »Ich nehme den Käseschneider«, sage ich mit fester Stimme. Hinter mir höre ich erleichtertes Aufatmen. Endlich kann's weitergehen.

»Wenn sie vielleicht so nett wären, ihn mir einzupacken?« Ich lächle. Sollen die hinter mir doch mit den Füßen scharren. Deswegen geht das hier keinen Deut schneller vorwärts. Im Gegenteil. Wenn ihr mich weiter so drängt, werde ich auch noch das Plastik-Salatbesteck im untersten verstaubten Regal kaufen – und es mir nach Hause tragen lassen.

Ich überreiche Gallus das in Zeitungspapier eingewickelte Geschenk zur vereinbarten Zeit am exakt festgelegten Ort: vor Olis Gewürzkiste. Gallus riecht nach Anis. Oder ist es Ingwer? Egal. Gallus riecht irgendwie fremd.

»Das ist Liebstöckel«, klärt er mich auf.
»Und gegen was soll das helfen?«
»Gegen Frauen«, antwortet er.
Ich schaue an ihm hoch, in seine schielenden Augen. Also doch, er liebt mich. Wahrscheinlich hat er die letzten beiden Wochen Höllenqualen durchlitten. Ich war ja immerhin bei meiner Schwester – er aber allein zu Hause. Mensch, Gallus, hättest du doch etwas gesagt und nicht den Masochisten gespielt und tonnenweise Liebstöckel gegessen.
»Ich habe den Liebstöckel nicht gegessen.«
»Was dann?«
»Eingerieben. Auf der Brust!«
»Fühlst du dich denn jetzt besser?«
Gallus zuckt die hängenden Schultern: »Ich habe mich nie schlecht gefühlt. Den Liebstöckel habe ich sozusagen prophylaktisch aufgetragen, damit mir die Frauen nicht allzu sehr nachstellen – jetzt, wo ich wieder Single bin.«
Ich schlucke – leer. Soll ich ihm eine Ohrfeige verpassen? Oder ihn einfach vor Olis Gewürzkiste stehenlassen? Ich höre in mich hinein, vernehme das laute Brummen meines leeren Magens – und entschließe mich, Gallus ein allerletztes Mal zu verzeihen.
»Wo wollen wir essen?«
»Essen? Ich dachte, du hättest schon gespeist.«
»Nein, Gallus, ich habe noch nicht gespiesen. Am Telefon hast du mich zum Essen eingeladen.«
»Habe ich das?«
»Ja, hast du.«
Gallus öffnet seinen Regenschirm, es fängt an zu nieseln. Ich knöpfe meinen hellbeigen Mantel zu.
»Gallus! Weißt du eigentlich, was auf deinem Schirm steht?«
»Nicht so genau, warum? Den hat mir der Direktor höchstpersönlich überreicht.«
»Und wofür?«

»Wahrscheinlich weil ich noch nie zu spät gekommen bin.«

Du Schweizer! Denkst wohl, mit deiner Pünktlichkeit könntest du selbst die Löcher in deinen Socken wettmachen. Stumm hebe ich mein fliehendes Kinn: »Ich bin ein Wasserkopf«, steht in fetten Lettern über mir.

Gallus liest und meint: »Ach, das muß wohl damit zusammenhängen, daß ich heute einem Kunden dreimal das falsche Schließfach geöffnet habe.«

Dann fängt er zu kichern an. Tatsächlich. Gallus findet seine fachliche Unzulänglichkeit auch noch lustig – Hauptsache pünktlich!

»Was, glaubst du, hat der Schirm gekostet?«

Ich könnte mir vorstellen, daß im Stadt-Kiosk noch ein von Motten zerfressenes Etwas für fünf Euro zu haben ist – aber ohne Aufschrift. Für den Wasserkopf mußte der Bankdirektor tiefer in die Tasche greifen. Zehn Euro? Vielleicht sogar fünfzehn.

Mein eingehängter Nebenmann bleibt abrupt stehen, drückt mir den hölzernen Knauf in die rechte Hand und zieht einen Solarrechner aus der Jackentasche. Ich beobachte den Wasserkopf, wie er mit Speichel um den Mund irgendwelche Zahlen eintippt – und schließlich fluchend auf die Anzeige starrt: »Ich brauche Sonne, sonst funktioniert der Rechner nicht.«

»Leg dich doch da drüben ins Solarium, da kannst du soviel rechnen, wie du möchtest, und wirst sogar noch braun dabei. Etwas Farbe würde deiner käsigen Haut ganz gut stehen.«

»Ich bin nicht käsig«, gellt Gallus. Es sei dieses leidige Wetter, das seinem Teint eine gewisse noble Blässe verleihe. Und sowieso kümmere ihn zur Zeit sein Aussehen überhaupt nicht. Viel mehr interessiere er sich für die aktuellen Lichtverhältnisse, die gelinde gesagt ganz einfach »Scheiße« seien.

Gallus! Was für ein übles Wort aus dem Munde eines

Vegetariers. Noch nie etwas vom natürlichen biologischen Kreislauf gehört? Oder findet der in der schönen Schweiz nicht statt? Okay, wenn ihr schon die reifen Tomaten in die Flüsse schmeißt, weil's dafür vom Staat nicht genügend Subventions-Fränkli gibt, dann ist euch auch noch ganz anderes zuzutrauen …

Ich denke gerade darüber nach, ob wohl in den Schweizer Tourismusorten die Kühe im Sommer mit einem Zapfen im Hintern auf der Weide stehen, damit die Bergluft genauso duftet wie aus der Flüssigwaschmittelflasche – da geht vor meinen Augen ein Licht auf. Die Erleuchtung? Nein. Es ist Gallus' Taschenlampe. Und wirklich: Im dumpfen Schein der 1,4-Volt-Batterien funktioniert sein Solarrechner einwandfrei.

»Nehmen wir an, der Schirm habe einen aktuellen Verkehrswert von dreizehn Euro. Wenn ich nun diesen Betrag durch die Anzahl Arbeitstage und Stunden teile, so kommt dieses Geschenk einer Nettolohnerhöhung von fast 0,9 Prozent gleich. Hast du gehört? Fast 0,9 Prozent!«

Gleich wird er überschnappen. Die 0,9 Prozent drohen Gallus' Glückshormonproduktion heißlaufen zu lassen. Grasgrüne Dollarzeichen werden sich in seinen Pupillen widerspiegeln. Dann wird er aussehen wie Donald Duck in seinen besten Jahren. Zu guter Letzt schnellt sein Unterkiefer wie eine Kassenschublade nach vorn – und er klingelt dreimal.

»Gehen wir jetzt endlich essen?« Gallus' monetäre Gier kümmert mich nicht, mich beschäftigen ganz andere Probleme. Um es in der Maslowschen Bedürfnispyramide auszudrücken: Ich bewege mich auf der untersten Stufe. Will heißen: Ich habe *Hunger*!

»Bist du ganz sicher?« Gallus tut so, als könnte er meine elementarsten Elementarbedürfnisse nicht nachvollziehen. Rohling! Die Tauben auf unserem Balkon hat er im Sommer wie im Winter fürstlich verpflegt – und wenn ich mal Hunger verspüre, stellt er sich an, als würde die Queen vor ihm stehen und Oralsex fordern.

»Hunger, Gallus. Ich habe nichts als Hunger! Könnten wir vielleicht endlich zum Essen gehen?«

Gallus nickt eifrig: »Ich habe noch Maisbrei von gestern übrig. Wenn du magst …«

Nein! Ich mag nicht! Definitiv nicht! Was glaubt eigentlich dieser Mensch? Daß ich meinen breiten Hintern wegen seines Silberblicks und wegen seiner Tolpatschigkeit vom beschaulichen Wanne-Eickel in die Weltstadt Bochum bemüht habe? Warum bloß schlendere ich bei anbrechender Nacht und Nieselregen mit dem Unvollkommensten der Spezies homo sapiens durch Bochum? Grundsätzlich könnte ich ja Spaß haben. Bochum ist besser als sein Ruf. Wer kennt schon das fröhliche Treiben am Bermudadreieck – außer Hartmut Böckenkrüger, der dort seine Zähne gelassen hat?

Immerhin: Gallus steuert ungewohnt zielstrebig in Richtung Engelbert-Brunnen. Von da aus ist's nicht mehr weit zum magnetischen Vergnügungsfeld. Engelbert ist so ein Graf aus dem 14. Jahrhundert. Wirklich gekannt hat ihn niemand. Kein Wunder. Der Typ hat sich ja auch schon ziemlich früh von der Szene verabschiedet: 1391. Auf alle Fälle hat Engelbert vor seinem Ableben noch etwas wirklich Gutes getan: Er hat das Bochumer Maiabendfest gestiftet. Eine Tatsache, die ihn leider auch nicht davor schützt, beschissen zu werden – ich sag's ja schon lange: Tauben haben überhaupt kein Kulturgefühl.

Eine Margherita! Ich sehne mich an die Theke der In-Bar »Three seventeen«, den coolsten aller Drinks schlürfend. Gallus ist irgendwo hinter mir. Wo genau, kann ich nicht ausmachen. Er versucht offensichtlich, ein geeignetes Lokal auszuspähen. Nichts gegen Gallus, aber er paßt einfach nicht in diese Szene. Wir – das heißt die anderen und ich, das sind alles Megatrendy-Leute. Gallus besitzt noch nicht mal ein Handy. Er findet diese dauernde Erreichbarkeit einfach »wider die Natur«. Dafür trägt er neuerdings ein Lederjacket – produziert aus einem niedergestreckten Rind. Das ist Gallus, verstehe ihn, wer wolle. Er bleibt vor einer Tür stehen.

»Hier?« entweicht es mir.

Gallus nickt. Ernsthaft. Wie ein Schweizer Bankbeamter ernsthaft nicken kann. »Ist es dir nicht recht?«

Ich schweige. Was soll ich angesichts dieses verhinderten Luxusschuppens auch anderes tun? Wir stehen einige Meter vom Engelbert-Brunnen entfernt – leider auf der falschen Seite. Ich sehe Engelberts Hintern. Und bunte Girlanden. Die Fröhlichkeit der Bars lockt. Aber Gallus spielt den Stier. Er ist bockig. »Wenn nicht bei CH-Rösti, dann nirgends.«

Tatsächlich. Gallus droht mir. Seit er die Reinkarnation seiner Mutter auf tragische Weise verloren hat, ist er noch viel unnachgiebiger. Vielleicht seine Art, den Verlustschmerz zu überwinden. Ich versuche ihn zu verstehen – und meine Gutmütigkeit landet schließlich an der Selbstbedienungstheke der Imbißbude CH-Rösti, wo ich mich mit Butterkartoffeln, Schweinenackenbraten, Currywurst und Pommes frites konfrontiert sehe. Ich tröste mich mit dem Anblick der gegenüberliegenden Pizzabäckerei und ordere einmal »Östi«, denn so steht's draußen auf den orangefarbenen Plastikstühlen geschrieben.

»Was?« Eine Dame mit goldenem Lidschatten schaut mich entgeistert an. »Östi haben wir hier nicht. Wollen sie Schweinenacken?«

Nein. Ich will keinen Schweinenacken. Wenn schon, will ich Schweinskopfsülze. Gallus spuckt allein schon beim Namen.

»Hab ich nicht«, keift sie ohne die Spur eines Lächelns.

Schweinskopf, denke ich und bestelle ein gemischtes Salätchen ohne Dressing.

»Ohne Dressing?« fragt sie ordnungshalber nach.

Ich nicke wildentschlossen. Und schaue auf meine ausladenden Hüften hinunter. Im Vergleich zu der Holden wirke ich beinahe unterernährt. Zu gerne würde ich sie nach ihrer Körbchengröße fragen. Wahrscheinlich D7. Es gibt sie also noch, die Vollweiber ohne Furcht und Tadel.

»Ein stilles Wasser«, ordert Gallus vollen Ernstes – und kriegt, was er verlangt hat. Ohne Nachfrage. Er sieht einfach so aus, als würde er den lieben langen Tag nur stilles Wasser zu sich nehmen. Dabei habe ich immer gedacht, die Schweizer seien Milchtrinker. In meinen schrägsten Träumen hat Gallus an meiner prallen Brust – Körbchengröße C3 – genuckelt und war glücklich. Das habe ich nun davon: Drei lange Jahre wärmte sich dieser Eidgenosse seine kalten Füße zwischen meinen Schenkeln. Und nun, auf einmal, zieht er stilles Wasser vor.

Ich stochere in meinem gemischten Salat herum. Eine Plastikgabel und kein Dressing. Nichts gegen Grünfutter, aber wenn ich ganz ohne Dressing leben könnte, wäre ich wohl als Kuh geboren worden. Gallus beobachtet, wie ich Bissen um Bissen in mich hineinschiebe. Essen kann manchmal so freudlos sein wie mechanischer Sex.

In der Imbißbude riecht es wie in allen Imbißbuden grauenvoll nach altem Fett. Wie werden morgen meine Kleider riechen? Aber eigentlich ist ja egal, wie meine Kleider morgen riechen werden. Ich habe eh keinen Job mehr. Böckenkrüger hat mich freigestellt. Will heißen: Ich bin kurzfristig arbeitslos geworden. Nicht, daß ich Böckenkrüger vermissen werde – aber die regelmäßigen Lohnzahlungen werden mir abgehen.

»Wirklich noch eine Portion?« Gallus schaut mich an, als hätte ich ihm eben eröffnet, daß ich noch ein halbes Schwein zu verzehren gedenke. Dabei habe ich bloß um ein zusätzliches Salätchen gebeten. Diesmal aber *mit* Dressing.

»Fräulein«, ruft er über die lila Plastikblumen hinweg, »noch einen Salat.«

»Bitte«, füge ich mich Nachdruck hinzu. Und das »Fräulein« finde ich angesichts des fortgeschrittenen Alters hinter der Theke auch reichlich deplaziert. Das Fräulein befindet sich nämlich knapp vor dem Pensionsalter – mindestens, denke ich. Vielleicht auch schon darüber. Aber so ist halt Gallus. Obwohl er für den Typus homo swiss reichlich gut Hochdeutsch spricht, entlarvt er sich mit Ausdrücken wie »Fräulein« oder »Fränkli« immer wieder als lebensuntauglich für Deutschland.

Jawohl. Ich stehe dazu. Ein Schweizer in Deutschland, das ist etwa so, als würde man einen Fisch in der Wüste aussetzen. Das Problem sämtlicher Eidgenossen ist nämlich, daß sie nicht ausreichend Hochdeutsch sprechen. Nicht daß sie dumm sind – das wage ich (mit einem Dreier-Abitur) niemandem vorzuwerfen. Aber irgendwie klemmt es bei den Schweizern nicht nur mit der Aussprache. Da gibt es doch tatsächlich welche, die bestellen ein »Pony« statt ein kleines Helles. Ein Pony ist für uns ein kleines Pferd – und nicht ein Mini-Bier. Und das ist noch harmlos.

Ich gähne und sitze über dem dritten Salat, Gallus über dem zweiten Wasser. Er labert von seinem Leben als Single. Es gehe ihm hervorragend, betont er immer wieder. Mir geht es nicht sonderlich. Wie auch? Ich lebe im Einfamilienhaus meiner Schwester, nächtige in deren Wohnzimmer, dusche mich in deren Wanne (mit Sprudelmatte!) und küsse ihren Gatten – auf die Stirn, weil es sonst weit und breit keinen Mann zu küssen gibt. Am kahlköpfigen Nachbarn mit dem weißen Trägershirt mag ich mich nicht vergehen – da reicht mir der Anblick, um auf lesbische Gedanken zu kommen.

»Du, Gallus, ich sollte langsam ans Gehen denken.«

Gallus wirkt müde und schlapp. Ich hab's ja immer gesagt, ihm fehlen die Proteine. So wird der nie etwas. Spätestens um halb zehn ist er reif für die Heia, während ich dann erst zu meiner Höchstform auflaufe. Aber nicht heute. Heute bin ich nicht gut drauf. Das habe ich diesem Hartmut Böckenkrüger zu verdanken. Der hat doch tatsächlich meine Kündigung dankend angenommen.

»Und wovon willst du in Zukunft leben?« fragt mich Gallus in seiner höchst einfühlsamen Art.

Ich schaue auf das leere Salatschüsselchen, bin den Tränen nah. Hartmut hat mich nie gemocht. Nie! Dieser Golf-Fetischist. Bloß weil ich nicht im weißen Käppi und mit blauen Kniesocken zur Arbeit erschienen bin, hat er mich abgelehnt. Und so einer spielt mit Handicap 12. Eine Schande!

Vielleicht sollte ich Hartmut bei seinem hiesigen Rotary Club anschwärzen. Ganz nach dem Motto: Hartmut ist ein mieser Geschäftemacher, stellt seinen Klientinnen nach ... Ob ich damit Erfolg hätte? Gallus zweifelt. Er meint, die meisten Rotarier seien aus dem gleichen brüchigen Holz geschnitzt.

»Spanplatten«, tippt Gallus.

»Du, Gallus, ich glaub, ich bin müde.«

»Endlich. Ich bin es längst.«

Seine Offenheit ist zuweilen entwaffnend. Um nicht zu sagen, unverschämt. Ich schäle mich aus dem Plastiksessel, bemühe mich durch die schmatzenden Zeitgenossen zur Garderobe, wo Gallus gnädigst meinen nassen Regenmantel an einen der unzähligen Kleiderhaken gehängt hat. Wenn er will, kann er ganz süß sein. Sein Problem ist bloß, daß er meistens keine Lust hat. Er ist ein Schlafsack – in jeder Beziehung.

»Ciao«. Ich hauche ihm einen Schmatzer auf die rechte und dann auf die linke Wange. Er erwartet noch einen dritten. Schweizer! Sie wollen stets von allem etwas mehr. Ich belasse es bei den zwei Küssen und entfliehe dem Bratfettgestank durch die gläserne Eingangstür. Gallus zückt eben seinen Geldbeutel an der Kasse, ich will nicht dabeisein, wenn er leidet.

Ich stöckle über den im Entstehen begriffenen »Massenberg Boulevard« in Richtung Bochumer Hauptbahnhof. Wenn ich mich beeile, erreiche ich nach der Straßenbahn noch den vorletzten Bus von Wanne-Eickel zum Eicherforst.

In Gedanken versunken, beschleunige ich meinen Schritt. Gallus ist allgegenwärtig in mir. Manchmal ist er aber auch wirklich zu ulkig. Er hat mir doch allen Ernstes erzählt, er lerne Türkisch. Dagegen wäre ja nichts einzuwenden, wenn er dies auf normalem Weg tun würde – zum Beispiel in einem fachkundig geführten Abendkurs. Aber nein, er mag dafür kein Geld ausgeben. Er macht es anders, er blättert das Telefonbuch durch und lernt die türkischen Ausdrücke, die dort der Verständlichkeit halber aufgeführt sind. Das wiederum führt dazu, daß er zwar nicht weiß, was »guten Tag« auf türkisch heißt, dafür kann er »Arbeitsschutzausrüstung«, »Fußpflege«, »Gabelstapler«, »Windelservice« und ähnlich relevante Dinge des Alltags übersetzen.

Inzwischen befinde ich mich in Sichtweite der amerikanischen Fast-food-Kette mit dem großen M – und widerstehe, der Figur zuliebe. Nein, falsch, weil sich mein Handy in meiner Manteltasche bemerkbar macht. Ich erschrecke. Was ist denn mit meinem linken Arm los? Der scheint ja von der Grünfuttermästerei ganz schön eingegangen zu sein – reicht nicht mal mehr bis zur Manteltasche hinab. Warum bloß nehme ich immer an den falschen Stellen ab?

»Hallo?«

Natürlich. Jetzt, wo ich endlich die Hörmuschel ans Ohr gepreßt habe, erklingt der Summton.

»Weiber und Technik«, lallt ein Besoffener mit Zwanzig-Tage-Bart auf Bahnsteig Nummer drei. Ich strafe ihn mit einem Blick, den er gar nicht sehen kann, weil es heute mondlos dunkel ist.

Da stehe ich – und warte auf die S-Bahn.

»Italyan MUTFA I«, murmle ich übungshalber vor mich hin – es kann ja nie schaden zu wissen, was »italienisches Essen« auf türkisch heißt.

Schon wieder dreimal kurzes Piepsen. Laut und schrill. Das Handy. Ich greife erneut nach meinem mobilen Sprechrohr zur Außenwelt. Früher, als ich noch jung und meine Haut glatt wie ein Pfirsich war, haben wir uns über zwei Joghurtbecher, die mit einer Schnur verbunden waren, verständigt – und wir haben uns dabei köstlich amüsiert. Vielleicht wäre es ganz gut, die Menschen würden sich nicht immer und überall hundertprozentig verstehen – das gäbe Raum für wunderbare Mißverständnisse, vielleicht sogar romantische Liebschaften.

Ich mag nicht träumen. Nicht mehr. Wahrscheinlich mahnt mich mein Netzbetreiber zum x-ten Mal, daß ich doch gnädigst meine aufgelaufenen Monatsrechnungen bezahlen sollte – oder man sich gezwungen sehe, mir die Nummer zu sperren. Verärgert drücke ich mich durch die Menüs bis hin zu den Kurzmitteilungen.

»Morgen. Elf Uhr. Holiday Out. Rasieren nicht vergessen. MG.«

Morgen? Elf Uhr? Holiday Out? Was soll das? Und warum sollte ich mich rasieren?

Ein letztes, müdes Flackern – und fertig. Der Akku ist leer. Ich suche nach meinem sechsten Sinn und muß feststellen, daß ich bloß fünf habe. Dann müssen die eben herhalten. Ich denke nach. So schwierig kann dieses SMS ja nicht zu verstehen sein. Oder doch? Ich beginne bei MG. Wer oder was ist MG? G tönt verdächtig nach Gallus. Und M? Nach Möckli. Gallus Möckli. Aber das kann nicht sein. Niemals. Gallus – mit Familiennamen Möckli – habe ich doch eben erst verabschiedet, ganz ohne Tränen. Zudem ahnt der ja noch nicht einmal, was ein SMS ist. Außerdem hat er mich noch nie mich rasieren gesehen. Und er würde mich nicht im Fünf-Sterne-Holiday-

Out mitten in der Arbeitswoche um elf Uhr vormittags sehen wollen.

»Hey du, immer noch nicht geschnallt, wie die Technik funktioniert?«

Der Alki neben mir gafft mir über die Schultern. »Soll ich dir helfen?«

»Sie?«

Er hebt seine leere Wodkaflasche. Billigster Verschnitt. Ich brauche so was, um äußere Wunden zu desinfizieren – er scheinbar, um innere abzutöten. »Ich kenne mich mit Handys aus. Du hast 'ne Sokia 7210.«

Ach ja? Keine Ahnung.

»Ich meinerseits hab früher solche Dinger zusammengebaut.«

Und ich, meinerseits, weiß nicht einmal, wie man bei so einem Ding die Rufnummern speichert. Aber deswegen bin ich noch lange nicht stockbesoffen auf der Gasse gelandet.

»Heute schraubt eben ein Roboter die Handys zusammen. Der ist schneller, zuverlässiger, arbeitet in drei Schichten und ist vor allem nie krank. Seit zweieinhalb Jahren bin ich ohne Job. Weißt du eigentlich, was das heißt? So ganz ohne Job? Zuerst ist mir die Frau abgehauen, dann haben die mir die Werksbude gekündigt ..., ja, und jetzt hat auch noch mein Hamster durchgedreht. Der wollte einfach nicht mehr aus dem Drehrad raus.«

Wollte ich auch nicht. Jedenfalls nicht so. Wenn Hartmut meine Kündigung heute nachmittag abgelehnt hätte, wäre ich glatt bei ihm im Vorzimmer geblieben. Vorläufig. Mein einziges Glück ist, daß ich nicht in einer betriebseigenen Wohnung logiere – dafür bei meinem Schwesterchen, das mich wahrscheinlich auch nicht bis zum vorzeitigen Ruhestand durchfüttern mag.

Ich erstarre. Vielleicht werde ich gar nie vorzeitig in den Ruhestand gehen. Vielleicht wird der Tag, an dem ich Gallus einen Käseschneider für 2,95 Euro geschenkt habe, in meine ganz persönliche Geschichte eingehen – als Beginn meines sozialen Abstieges. Wer sagt mir denn, daß ich je wieder einen Job finden werde?

»Wie heißt du?« will ich vom Alki wissen. Es kann nie schaden, Freunde zu haben. Vor allem, wenn es dir mies geht.

»Handy«, antwortet er und läßt die Wodkaflasche auf dem Beton zerplatzen.

»Du möchtest mein Handy haben?«

»Ja.«

Ein kurzes Zögern. Schließlich drücke ich es ihm in die zittrigen Finger. »Es gehört dir«, sage ich großmütiger, als mir zumute ist.

Er drückt auf der Tastatur herum und gibt es mir kopfschüttelnd zurück.

Erst jetzt fällt mir ein, daß der Akku tot ist. Ob er ein Ladegerät besitzt? Wo soll er unter freiem Himmel Strom hernehmen? Wie soll er die anfallenden Gesprächskosten bezahlen? Und vor allem: Wen soll er überhaupt anrufen? Fragen über Fragen. Ich mag sie mir gar nicht stellen, bin froh, daß die Bahn endlich eintrudelt und ich samt meinem Mobiltelefon einsteigen kann.

4

Viertel vor elf. Soll ich mit meinen abgelaufenen Absätzen schon mal den roten Teppich, der ins Holiday Out führt, betreten, rein übungshalber? Verstohlen hebe ich den rechten Fuß. Rechts abfallend. Was auch sonst? Seit ich auf zwei Beinen gehen kann, latsche ich die Absätze in der immer gleichen, einfallslosen Art ab. Zu dumm: Läßt es das Konstrukt Mensch nicht zu, den linken Schuh auch mal auf dem rechten Fuß zu tragen – und umgekehrt? Dann würde mein türkischer Schuhmacher bestimmt nicht im 500er SKL durch die Gegend rauschen, die linke Hand mit der goldenen Roxel lässig aus dem Fenster gehängt, die Rechte am Lenkrad aus Kirschbaum und mit Lederbezug.

Nicht mal Dr. Hartmut Böckenkrüger fährt einen 500er SKL durch die Gegend, trotz steigender Scheidungsrate und Mitgliedschaft im Rotary Club. Vielleicht sollte der gute Hartmut nach Weißrußland auswandern. Dort werden achtundsechzig Prozent aller Ehen getrennt, während es in Deutschland bloß sechsundvierzig Prozent sind. Unangefochten am löblichen Schwanz des Ländervergleichs liegt die Türkei – mit gerade mal sechs Scheidungen auf hundert geschlossene Ehen. Es lebe das Patriarchat!

Vielleicht hätte ich doch besser die lackierten schwarzen College-Schuhe anziehen sollen? Die würden nicht bloß einen schöneren Kontrast zum roten Teppich abgeben, sondern auch einen schlankeren Fuß machen. Aber dann hätte ich auf das blaue Kostüm verzichten müssen, weil ich aus Prinzip Blau und Schwarz nicht kombiniere.

Gut, der mausgraue Hosenanzug wäre zur Not auch gegangen – vor allem hätte er farblich genau zur Hotelfassade gepaßt. Doch wenn ich mich richtig erinnere, fehlt am Jackett seit Monaten der erste Knopf in der zweiten Reihe.

Ich entschließe mich, nicht länger zu zögern. Ein roter Teppich möchte schließlich begangen werden.

Mensch, Gallus, wo bleibst du nur? Muß ich diese rote Meile wirklich ganz alleine abschreiten? Du warst es doch, der mir gestern nacht diese SMS geschrieben hat. Zeig dich! Jetzt oder nie. Ich werde dir alles verzeihen. Auch deine Vorliebe für frischen Knoblauch. Glaub mir, ich habe ein großes Herz. So eine halbe Portion wie du hat da allemal Platz darin.

Die Achselhaare! Schande! Ich habe vergessen, mir die Achselhaare zu entfernen. Dabei stand doch auf meinem Handy-Display deutsch und deutlich: »Rasieren nicht vergessen.« Warum bin ich so nachlässig? Bloß gut, daß die Kostümjacke lange Ärmel hat und ich sie sowieso nicht ausziehen kann, weil auf der weißen Stehkragenbluse – direkt über der linken Brustwarze – ein häßlicher Marmeladenfleck prangt.

Aus Figurgründen esse ich nie Marmelade – abgesehen von der Füllung in den Berlinern. Aber heute morgen, ausgerechnet heute morgen mußte Marmelade aufs Brot. Zwetschgen. Meine Schwester Laura hat mich regelrecht dazu genötigt. Es sei dies eine spezielle Marmelade. Nicht weil hausgemacht, das sei sowieso selbstverständlich, sondern weil mit einigem Leiden verbunden. Der gute Sebastian habe sich nämlich im letzten Herbst bei der Beschaffung der edlen Zwetschgen die linke Schulter ausgerenkt. Aber nicht etwa mit »Vom-Baum-Fallen« oder so. Nein, er sei in der Tiefkühlabteilung des Supermarktes unglücklich auf einer Wasserlache ausgerutscht …

»Tempo! Mehr Puder! Die Nase glänzt! Die Stirn ischt fettig! Allez hop!«

Das nenne ich eine freundliche Begrüßung. Kaum das noble Haus betreten, schlägt mir eine Wolke feinsten, französischen Charmes entgegen. Womöglich kriege ich gleich noch zu hören, daß mein pflegender Lippenstift bröckelt und die Wimperntusche verklebt sei. Um in der menschenleeren Hotelhalle nicht weiter unangenehm aufzufallen, plaziere ich mich auf einen der roten Sitzwürfel hinter der viereckigen Säule gegenüber der Rezeption.

Ob ich kurz mal mein Make-up überprüfen sollte? Ganz Dame von Welt mein Beauty-Täschchen zücken, das silberne Döschen mit dem Spiegelchen hervorkramen und meiner gepflegten Fassade den letzten aller Schliffe verpassen? Doch bereits das Rascheln des durchsichtigen Frischhaltebeutels mobilisiert den uniformierten Herrn vom Hotelpersonal. Interessiert späht er hinter der Säule hervor. Wahrscheinlich müßte ich mir wirklich mal die Mühe machen, ein gescheites Beauty-Täschchen zu kaufen. Diese Frischhaltebeutel eignen sich definitiv nicht für Fünf-Sterne-Hotels.

Wieder des Nörglers Stimme: »Und diese Haare! Das ischt ja furchtbar! Das ischt keine Frisur, das ischt ein Zustand. Da hilft nur noch der Rasierapparat. Her damit, isch lege gleich selber Hand an.«

Schockiert greifen meine Hände an den Hinterkopf. An diese Haare lasse ich nur lauwarmes Wasser und Honigshampoo. Und sowieso, wie redet Mann hier mit mir? Ich lehne mich auf dem Sitzwürfel nach vorne und erblicke im Vorraum zum angrenzenden Gourmet-Restaurant den Hintern eines Gartenzwergs. Der Typ scheint mir, aus sicherer Distanz betrachtet, in etwa so knackig wie salzlose Stangenspargeln aus der Dose. Hey, du Giftzahn, dreh dich wenigstens zu mir um, wenn du mit mir Konversation betreibst!

»Aber doch keinen weißen Puder!« empört er sich in tuntenhafter Manier. »Wir tun hier nicht für ein Brechmittel fotografieren. Unsere Models sind gesund, fit, braungebrannt und sexy.«

Ich fange an, mich zu amüsieren. Beim Wort »sexy« hat der Franzose doch tatsächlich die Arschbacken zusammengekniffen. Ich hab's genau gesehen. Dabei ist ihm die Naht der schwarzen Bundfaltenhose zwischen den Allerwertesten gerutscht. Ein schwuler Gartenzwerg ohne Slip? Die spinnen, diese Franzosen!

Aber hallo! Hat Frau noch Worte? Was mir da in der nächsten Umgebung des Gartenzwergs in die von Blütenstaub geröteten Augen sticht, läßt mich hoffen – auch wenn ich deswegen den Schwerpunkt meines Sitzwürfels verlassen muß und fast auf dem harten Marmorboden lande: drei halbnackte Männerkörper, muskulös bis hin zu den Ohrläppchen, der Bräune nach zu urteilen direkt vom Grill, bestimmt hundert Prozent fettfrei. Der eine zieht sich eben seinen String-Tanga in Form. Was für ein Stück! Der Tanga weniger als sein Inhalt. Verkümmerte Zebras auf blauem Untergrund? Das ist doch kein Motiv, um der Männlichkeit bestes Stück zu verpacken!

»Das ischt Schweizer Qualitätsware«, präzisiert der salzlose Stangenspargel. »Strapazierfähig, elaschtisch, anschmiegsam. Erhältlich in jedem guten Fachgeschäft.«

Klingt gut, finde ich. Aber wie mir scheint, parliert der Franzose gar nicht mit mir. Vielmehr spricht er zu den knackigen Männern, die alle mit demselben Lendenstoff versehen sind. Denen scheint das Lachen längst vergangen zu sein. Wäre mir wohl auch, wenn ich unter einer angegrauten Kunststoffpalme mit Stoffaffen und Plastikschlangen für einen höchst unerotischen Schweizer Unterhosenhersteller posieren müßte.

Immerhin: Die langen, schlanken Finger der sichtbar bemühten Stylistin bepudern liebevoll, was es vor dem finalen Schuß noch zu bepudern gibt. Der Fotograf, seines

Zeichens ein hypernervöser Kettenraucher mit gelben Fingernägeln und ausgebeulter Lederjacke, drängt zur Eile. Er habe am Nachmittag noch zwei Shootings auf dem Programm: eines für Klopapier, das andere für sonst irgend so eine kommerzielle Scheiße.

Der Franzose hüpft von einem Bein aufs andere. »Isch weiß. Aber die Frau fehlt! Unser weibliches Model ischt noch nicht da. Ohne sie läuft hier gar nichts. Sandy, wo ischt die Nummer von ihr?«

Sandy, die Stylistin. Aha. So heißt Frau, wenn sie schlank, groß, langbeinig und blond ist. Sandy. Das klingt fast so süß wie Candy. Und schon lutsche ich gedanklich an einem Stück quadratischer Vollmilchschokolade. So was tut Sandy bestimmt nicht – bei der Figur!

»Ich weiß nicht, Henry«, flötet Sandy. Etwas anderes als »ich weiß nicht« hätte mich aus ihren aufgespritzten Designerlippen sowieso höchst erstaunt. Diesen Henry scheinbar auch.

»Gib mir das Telefon!«

Sandy zögert. Ihr rosarotes Handy – wahrscheinlich der direkte Draht zu Wolke sieben – scheint ihr doch ziemlich ans Herz gewachsen zu sein.

»Gib es mir endlich!« wütet Henry. Ganz Modeexperte, trägt er zur schwarzen Hose ein schwarzes Sakko und ein dunkelgraues Seidenhemd mit verdeckter Knopfpartie. Praktisch an dieser Art von Outfit ist, daß Mann für jeden noch so unerwarteten Anlaß gewappnet ist: Hochzeit, Taufe, Scheidung – ja selbst für die eigene Beerdigung.

Die drei Zebra-Träger scheinen inzwischen in corpore beschlossen zu haben, ein Päuschen einzulegen. Da haben diese Helden Muskeln wie der junge Arnold Schwarzenegger, aber schaffen es nicht mal, zwei Minütchen still zu stehen. Dann fotografiert die Schlaffis doch gleich im Rollstuhl!

»Und jetzt die Nummer, Sandy! Aber schnell!«

Sandy, selbst in höchster Erregung noch wie aus der Kosmetikabteilung des Kaufhofs entsprungen, forstet ihr Mini-Notizbüchlein nach einer passenden Telefonnummer durch. Währenddessen verschieben sich Zebra-Träger, Fotograf, Beleuchter, Filmeinleger und Henry in Richtung Hotelhalle. Ich ordne mich auf meinem Sitzwürfel und senke den Blick, um nicht etwa mit der vermählten Claudia Schiffer verwechselt zu werden.

»Ich hab sie. Henry! Die Nummer!«

»Dann sag sie mir. Ich wähle.«

Sandy steuert auf mich zu. Hat die aber einen Schritt! So gar nichts Graziles. Bei den langen Beinen würde ich Meterschritte machen. Und was tut sie? Sie läuft wie ein Bauer in Gummistiefeln. Fehlt bloß noch der Kuhstall.

»... neun, acht, zwei«, diktiert Sandy.

Beim vierten Versuch hat Henry die Nummer endlich richtig eingegeben. Erwartungsvoll drückt er Sandys Handy an sein Lauschorgan. Seiner Miene nach zu urteilen, meldet sich niemand. Er tastet bereits nach dem Aus-Knopf, da erhellt sich sein Gesicht: »Hallo?«

Sandy atmet auf – und mit ihr die Zebra-Träger, der Fotograf, der Beleuchter und der Filmeinleger.

»Ob isch was will? Mich für ein Anti-Zellulite-Programm anmelden? Non!« Henry legt auf. Höchst empört. Sein Blick sucht nach Sandy – und findet diese hinter einem Zebra-Mann, versteckt. Womit bewiesen wäre, daß Schönheit auch Arbeit bedeutet – nicht wahr, Sandy?

Henry scheint kein bißchen amüsiert: »Isch will die Nummer von diesem weiblichen Bikinimodel! Und wehe dir, Sandy, wenn du mich noch einmal hintergehscht!«

Sämtliche Augenpaare fixieren Sandy. Es reicht nicht, daß die Arme in ihrer Freizeit gegen aufkommende Zellulite ankämpfen muß – nein, sie ist auch noch jobmäßig in höchstem Maße gefordert. Da soll einer noch sagen, schöne Frauen hätten es leichter im Leben!

Wenn ich Sandy wäre, würde ich mir einen betagten Millionär angeln, mit ihm auf seiner weißgetünchten Jacht übers türkisblaue Mittelmeer schippern, zwischendurch dem smarten Kapitän schöne Augen machen und mir an jedem größeren Hafen etwas Appetitliches auf die Gummimatratze ziehen. Ich spreche es nicht gerne aus, aber wahrscheinlich ist diese Sandy tatsächlich etwas doof. Würde sie sich sonst von diesem schwulen Franzosen-Henry und seiner Schlaffi-Entourage so zur Schnecke machen lassen?

»... eins, sechs, drei.« Huch, sie hat gesprochen. Diesmal soll's die richtige Nummer sein – und diesmal schafft Henry das Eintippen bereits beim zweiten Anlauf. Die Truppe scheint ja tatsächlich noch ausbaufähig zu sein.

»Und? Klingelt es?« fragt Sandy sachte nach.

»Jetzt!« rapportiert Henry, während gleichzeitig mein Mobiltelefon aufheult. Hektisch reiße ich den Regenmantel von den Knien, greife zuerst in die rechte, dann in die linke Manteltasche. Es klingelt immer lauter. Nie wieder werde ich den Piepser auf »Draußen« stellen. Nie wieder!

»Hallo?« Ich hauche förmlich ins Telefon, denn ich will ja diesem Henry nicht auch noch ins Gespräch funken.

»Hallo?«

Stimmt das, was ich denke, in etwa mit dem, was Henry eben denkt, überein? Ich schaue von meinem Sitzwürfel hoch – er mit seinen läppischen Einssiebzig auf mich hinab.

»Sie?« Er sagt dieses eine Wort, als stünde er in Handfesseln vor dem Traualtar und würde mit einer Pistole an der Schläfe genötigt, einem weiblichen Wesen sein Jawort zu geben. Dabei will ich ihn doch gar nicht heiraten. Und schon gar nicht küssen. Henry, glaub mir, ich bin ein Mißverständnis. Ich habe nicht die geringste Ahnung, wie mein Handy auf die Idee kommt, mich mit dir zu verbinden. Ehrlich!

»Sandy!«

Sie steht bereits dicht hinter ihm, umringt von den Zebra-Trägern, dem Fotografen, dem Beleuchter und dem Filmeinleger.

»Ja, Henry, ich habe gesehen«, stöhnt Sandy der Ohnmacht nah. »Daß ... ich ... die Set-Karte ... eine Verwechslung ...«

Henry fährt sich durchs feuchtglänzende schwarze Haar. Eine typische Übersprungshandlung. Der Mann weiß nicht, was ihm geschieht. Ich übrigens auch nicht, aber mich fragt ja keiner. Statt dessen werde ich wie ein Stück Vieh auf dem Rindermarkt beäugt. Fehlt bloß noch, daß die mir den Mund aufreißen, um meinen Kreuzbiß zu beurteilen.

»Das sind keine neunzig, sechzig, neunzig! Niemals!«

Danke. Das wußte ich schon, bevor du französischer Gartenzwerg hier angetanzt bist.

»Habt ihr die Fettknie gesehen?«

Welche? Meine? Ich beeile mich, den Regenmantel über meine Knie zu ziehen. Der mausgraue Hosenanzug wäre eben doch idealer gewesen. Statt dessen sitze ich hier in einem dunkelblauen Rock, der – wie ich da auf dem Sitzwürfel kauere – mehr von meinen Beinen preisgibt, als ich das je gewollt habe.

»Die hat doch sicher nicht einmal die Schamhaare rasiert!« mischt sich der paffende Fotograf ein.

Und du wirst spätestens mit fünfundfünfzig kläglich von dieser Welt gehen – mit verklebten Lungenbläschen, Asthma, einer Herzkranzverengung sowie einer Überdosis Nikotin.

»Isch interessiere mich nicht für die Schamhaare dieser Dame«, kontert Henry zu meiner Verteidigung.

Eben will ich ihm ein versöhnliches Lächeln schenken, da holt er zu einem neuen Rundumschlag aus: »Dieser Körper in einem Bikini ischt unzumutbar. Da brauchen wir gar nicht über die Schamhaare zu sprechen.«

Du Hund! Nur damit Klarheit herrscht: Meine Schamhaare sind sehr wohl rasiert! Nur die Haare unter den Achseln stehen noch, aber die sind scheinbar sowieso nicht von Interesse. Und überhaupt: Wie kommt ihr dazu, wie die Blutegel über meinen Körper herzufallen? Meine Rundungen gehören mir! Alles klar?

Eine halbe Stunde später sitze ich noch immer auf diesem idiotischen roten Würfel. Irgendwie kriege ich meinen Allerwertesten nicht hoch. Vielleicht will ich ihn ja auch gar nicht hochkriegen, damit diese Werbe-Fritzen aus meinem Birnenpo nicht eine Kürbisplantage machen.

Henry und sein Troß stehen wild diskutierend am Empfang – als ob der geplagte Portier etwas dafür könnte, daß ich seit meiner Jugend zuviel Schokolade verdrücke und deswegen kein 90-60-90-Kleiderhaken bin.

Meine Rettung befindet sich in der rechten Manteltasche: eine Tafel zartbittere Schokolade. Ohne mich zu fragen, wie die fünfhundertfünfzig Kalorien in meine Reichweite gekommen sind, reiße ich das Papier auf. Eigentlich stehe ich ja eher auf Vollmilch. Aber was soll's. Ratsch. Sämtliche Köpfe drehen sich nach mir um. Ich verharre in Siegerpose. Jawohl, und wenn ihr mich noch lange so anstarrt, werden weitere Tafeln folgen! Ich werde sie mir vor euren glänzenden Äuglein zwischen die Zähne schieben, mit der Zunge lüstern über die Lippen fahren – und meine Schokofinger schließlich auch noch zur Aufbesserung des Lidschattens benutzen. Braun paßt hervorragend zu meinem Teint!

Oh, Gott! Henry pirscht sich an. Allein. Die Zebra-Träger, die süße Sandy und all die andern schauen ihm mit großen Augen nach. So groß, wie die schauen, ist der gar nicht. Ha, ha! Vielleicht ist dies mein letztes Lachen.

»Wir müssen die Aufnahmen abbrechen«, ruft er auf halbem Weg zu mir. »Das ischt sehr, sehr ärgerlich.«

Und was kann ich, bitte schön, dafür? Bin ich nun auch noch für Sandys Dummheit verantwortlich? Sie hat sich ja fälschlicherweise meine Handynummer notiert – weiß der Himmel, wie sie darauf gekommen ist.

»Das war das erste und letzte Mal, daß isch dazu überredet worden bin, im Ruhrgebiet zu arbeiten. Schon möglich, daß die Produktionskoschten hier niedriger sind als in München oder Frankfurt – aber was nützt mir das, wenn ich dafür kein brauchbares weibliches Model kriege? Mein Kunde in der Schweiz wird toben. Compris?«

Nein, ich habe gar nichts verstanden. Was hat denn der Gartenzwerg plötzlich gegen Bochum? Mehr noch, gegen das ganze Ruhrgebiet!

»Dann gehen Sie doch nach Frankreich zurück«, rufe ich ihm zu.

»Isch bin kein Franzose«, protestiert Henry und wächst innerlich über sich hinaus. Mit dem Stolz eines Bürgers, der einen roten Paß mit weißem Kreuz sein Eigentum nennt, verkündet er: »Isch bin Schweizer!«

Auch das noch! Ein französischer Schweizer. Gallus hat mir bei unseren ausgiebigen Dinkelbrei-Essen oft von dieser Gattung erzählt. Und wie ich mich schwach erinnern kann, nie in löblicher Weise. Diese schweizerischen Franzosen, jenseits des »Röstigrabens«, wie er sagte, sollen in beängstigender Weise europafreundlich sein und sich keinen Deut für den Rest der Eidgenossenschaft interessieren. Wenn überhaupt, so freundeten sie sich eher mit den italienisch sprechenden Südschweizern an – aber auch das nur mit massiven Hemmungen, da ihr Herz im Grunde genommen nur für Frankreich und den eigenen Weißwein schlage. Ja, das hat Gallus behauptet. Den »Röstigraben« erklärte er mir als die Grenze zwischen der deutschen und der französischsprachigen Schweiz. Das leuchtete mir ein. Wie sollte ein Franzose auch »Rösti« sagen können?

Ich sage vorsichtig: »Rösti?« Ich will es wissen. Wenn dieser Franzose tatsächlich ein Schweizer ist, dann muß er mir gleich an die Gurgel springen. Ein französischer Schweizer verzehrt nämlich keine Rösti. Ich warte. Und warte. Nichts geschieht. Im Gegenteil. Henry zaubert ein Zahnpastalächeln auf sein selbstgebräuntes Antlitz.

»Rösti?« wiederholt er, so als könnte er nicht glauben, was ich da eben gesagt habe.

»Rösti«, entgegne ich nun mit größerer Entschiedenheit und überlege mir, ob ich gleich auch noch »Chuchichäschtli« und »Fränkli« anfügen soll.

»Vous-êtes Suisse?« ruft er laut, als ob er in der heimatlichen Dorfkellerei das zehnte Glas sauren Weißwein bestellen würde.

Ich sehe ihn verständnislos an.

»Sie müssen Schweizerin sein! Natürlich!«
Und schon hängt mir dieser Henry am Hals, was durchaus lieb gemeint sein könnte. Sein Parfum riecht nach Kokosnuß. Oder ist es die selbstbräunende Gesichtscreme?

»Von wo kommen Sie? Aus Zürich? Bern? Basel? Vielleicht sogar aus Luzern?«

Ich sage aber nur: »Bochum«. Trotz dieser augenscheinlich herben Enttäuschung läßt er nicht von mir ab. Seine rehbraunen Augen betasten mein Gesicht.

»Sehr schön«, lobt er. »Sie sind perfekt.«

Ich?

»Nein, Ihre coupe rose.«

Was?

»Diese häßlichen, geplatzten Äderchen auf Ihren Wangen. Aus einiger Entfernung könnte man meinen, es handle sich um die echten Schweizer Heidi-Backen. So etwas findet sich nur sehr schwer.«

Danke.

»Und Ihre Aussprache gefällt mir. Klingt irgendwie sehr deutsch.«

»Ich bin Deutsche.«

»Macht nichts. Dieses Schicksal teilen Sie mit etwa achtzig Millionen weiteren Personen. Die Frage ischt nur: Können Sie so tun als ob?«

»Wie darf ich das verstehen?«

»Ischt es Ihnen möglich, in eine andere Haut zu schlüpfen?«

»Größe 36? Unmöglich!«

»Nicht doch. Isch wollte fragen, ob Sie schauspielern können.«

»Ich kann«, sage ich mit dem Selbstbewußtsein einer, die bei der Theateraufführung ihrer Abschlußklasse mit solcher Hingebung einen geschlagenen Hund gespielt hat, daß die Vorstellung von einem erzürnten WWF-Mitglied unterbrochen wurde.

»Kann isch Sie vielleicht engagieren?«

Mich?

»Oui. Das heißt: Ja.«

Henry, bist du denn von allen guten Schweizer Berggeistern verlassen? Ich bin mindestens fünf Zentimeter kleiner als du, über siebzig Kilo schwer, habe aschblonde, viel zu dünne Haare, einen Birnenpo und, wie du eben selbst erkannt hast, fortgeschrittene »coupe rose« im Gesicht. Zudem bin ich keine Zwanzig mehr, steuere laut Geburtsschein bereits wacker auf Mitte Dreißig zu ... Und so eine Kreatur willst du engagieren? Vielleicht als Rollenverteilerin auf den Klos deiner Werbeagentur?

»Bitte, sagen Sie zu! Isch werde Sie glücklich machen.«

Aber Henry, hast du denn schon vergessen, daß du schwul bist?

»Der Job ischt wie für Sie gemacht – ehrlich!«

Schwöre, Henry. Schwöre bei der Ehre sämtlicher Schweizer Käseproduzenten, daß du es ehrlich mit mir meinst!

»Isch bezahle Ihnen die Reise in die Schweiz. Wir können – wenn Sie das möchten – sogar First Class fliegen.«

Fliegen? Nicht mit mir. Noch nie etwas vom ICE gehört, Henry? Der Kluge reist im Zuge, nicht im kerosinspeienden Flugzeug. In dir steckt wohl ein kleiner Umweltsünder. Gib zu: Du bist auch einer von denen, die ihre gebrauchten Batterien achtlos in den Müllsack werfen.

»Isch werde gleich Herrn Branschli anrufen.«

Wen?

»Herr Branschli ist ein bekannter Schweizer Schokoladenproduzent. Ihm gehört die Prügeli-Fabrik in Zürich. Er hat sie von seinem Vater geerbt. In seinem Auftrag suche isch seit längerer Zeit eine Dame wie Sie.«

Wieso braucht der verstorbene Vater noch eine Frau? Weint sonst niemand an seinem Grab?

»Nicht doch der Vater, der Sohn braucht eine Frau wie Sie!«

Und weshalb? Ist wohl ein kleiner Nichtsnutz mit dikkem Bauch, dem trotz seines Erbes einfach kein weibliches Wesen schöne Augen machen mag.

»Er braucht Sie für die Prügeli-Fabrik.«

Ich verstehe immer noch nicht.

»Prügeli«, insistiert mein Gegenüber. »Diese langen Riegel mit den Haselnüssen.«

»Ich mag keine Haselnüsse«, antworte ich. Womit auch klargestellt war, weshalb ich Branschlis Prügeli nicht kenne.

»Das ischt so etwas wie eine lange Praline.«

»Duplo?«

»Was ischt Duplo?«

Mensch, Henry. Da leben wir im Vereinten Europa, bezahlen unsere Brezen und Baguettes mit Euro, aber du weißt nicht mal, was Duplo ist.

»Schokolade!« sagt Henry bedeutungsvoll.

Das ist doch immerhin ein Anfang. Bei Schokolade kann ich mitreden.

»Vollmilch?« Ich muß es wissen.

»Das weiß isch nicht. Aber das spielt ja auch keine Rolle.«

»Und wie das eine Rolle spielt!«

Henry, Henry, du machst mir ernsthafte Sorgen. Ein Schweizer, der sich im Schokoladenfach nicht auskennt, ist wie ein Italiener, der an einer ausgeprägten Pasta-Allergie leidet. Es liegt doch auf der Hand: Spaghetti gehören nach Italien, Paella nach Spanien, Mozart-Kugeln nach Österreich. Und Schokolade in die Schweiz. Basta!

»Ich esse nur Vollmilchschokolade«, lasse ich Henry wissen.

Statt einer Antwort starrt er auf die angebrochene Zart-Bitter-Tafel in meiner Hand.

Oh, so etwas nehme ich nur in Ausnahmesituationen zu mir. Wie heißt es doch so schön: Die Ausnahme bestätigt die Regel. Nicht wahr, Henry?

Er nickt. Immerhin. Von der Schokolade will er nicht kosten. »Isch muß auf meine Linie achten.«

Müßte ich auch. Aber ich mag nicht immer müssen. Also, Henry, was ist nun mit deiner Einladung in die schöne Schweiz? An mir soll's nicht liegen: Hartmut Böckenkrüger hat es sowieso vorgezogen, seine Geschäfte fortan ohne meine tatkräftige Unterstützung abzuwickeln, meine Schwester Laura droht demnächst, ihr viertes Kind zu werfen – und Gallus' Interesse an meiner Person scheint seit meinem spontanen Auszug aus der gemeinsamen Wohnung auch nicht ins Unermeßliche gestiegen zu sein. Das Leben ist zuweilen ganz schön hart – wenn ich länger darüber nachdenke, brauche ich noch mindestens drei zusätzliche Tafeln. Aber diesmal Vollmilch von glücklichen lila Kühen.

5

Ich wate durch das Biotop meiner Gefühle, während der ICE in Richtung Frankfurt donnert. Von dort geht's weiter über Stuttgart in die Schweiz. Zieht die Fahnen hoch, ihr Eidgenossen, hoher Besuch rollt an!

Ob die Stadt Zürich mir gefallen wird? Gallus meinte, ja. Schöner als Bochum sei Zürich allemal. Doch ich zweifle. Nicht an Zürich, sondern an Gallus, meinem Verflossenen. Der ist nämlich bis über beide abstehende Ohren verliebt. Das Schicksalhafte an dieser Romanze: Ich Dummerchen habe sie ausgelöst, damals in dieser Imbißbude namens »CH-Rösti«. Hätte ich beim Verlassen des Lokals statt Annas Regenmantel meinen eigenen vom Ständer genommen, wäre sie am nächsten Morgen nicht auf meinem Handy angerufen worden, von Gallus. Die beiden hätten sich nie verabredet, sich nie in die Augen geschaut – und wären somit immer noch solo. Doch jetzt können sie kaum mehr die Finger voneinander lassen.

Wie ich bei Gallus in der Wohnung war, um mich von ihm vorläufig und überhaupt zu verabschieden, hat er seine Anna mindestens alle dreißig Sekunden unsittlich betatscht, ihr mit seinen schielenden Augen zugezwinkert, sie »Täubchen« genannt und ihr Grüntee serviert. Und das in meiner Tasse! Das Porzellanding mit dem abgefallenen Henkel und dem putzigen Bärchen hat nämlich mal mir gehört – bloß, damit es gesagt ist. Und dann dieser Kosenamen: »Täubchen«. In der Lagunenstadt Venedig schießt man diese nutzlosen Viecher ab. Und was tut Gallus? Er nennt seine Eroberung »Täubchen« ...

Bin ich gar eifersüchtig? Auf Täubchen? Niemals! Und wenn, dann vielleicht nur ganz wenig. Aber nicht, weil sie das Herz von Gallus vereinnahmt hat, sondern weil sie verdammt gut aussieht. Und dazu noch so natürlich wirkt. Bei näherer Betrachtung gleicht Täubchen sogar mir: Sie hat auch blondes Haar – wobei meines wohl eher aschblond ist. Das wär's dann auch schon. Alles andere ist an dieser Anna irgendwie gekonnter als bei mir: Täubchen ist mindestens so groß wie Gallus, halb so schwer wie ich, doppelt so freundlich wie meine Schwester, dreifach so geschäftstüchtig wie mein Schwager …

Anna – das Täubchen – ist übrigens Unterwäsche-Fotomodell von Beruf und vereint die Tugenden schön und schlau unter ein und derselben Hülle. Unglaublich! Wenn ich da an die linkische Sandy denke … Wobei ich Sandy eines zugutehalten muß: Sie hat damals in der Hotelhalle keinen Fehler gemacht. Die Handynummer war korrekt gewesen. Nur war ich im Besitz des falschen Handys. Es war das Mobiltelefon von Anna, das geklingelt hat. Und weil ich fälschlicherweise für zwei Tage ihren und sie meinen Regenmantel spazieren geführt hat, ist Anna auch mit Gallus zusammengekommen – und ich mit dem schwulen Werber Henry, der mich nun, sozusagen als Handgepäck, in die schöne Schweiz mitnimmt.

Alles reichlich kompliziert, aber tatsächlich wahr. Schließlich ist es nicht so ungewöhnlich, daß zwei Frauen den gleichen Regenmantel besitzen. Oder?

Das »Oder?« habe ich von Henry. Typisch schweizerisch, kenne ich schon von Gallus. Bei seiner nicht ganz lupenreinen Aussprache muß man genau hinhören, um das »Odeeer?« als solches zu verstehen. Aber ich habe das in der Zwischenzeit schon recht ordentlich hingekriegt. Immerhin kenne ich diesen Henry nun seit drei Tagen.

Die letzten zweiundsiebzig Stunden habe ich gebraucht, um die Tränen meiner Schwester Laura zu trocknen, ihren Mann und die drei Kinder zu verabschieden und eines der hauseigenen Kaninchen am Mittagstisch zu verspeisen – da waren's nur noch fünf.

Wo ist Henry? Wo bleibt der Kerl bloß? Am Ende läßt der mich ohne gültigen Fahrschein auf meinem Sitz – erste Klasse – vor mich hin schmachten, während er längst das Weite gesucht hat.

»Henry?« rufe ich.

»Oui, isch bin hier«, tönt es schwach vom Mittelgang her. Ich schaue hinter der Glasverkleidung hervor: In der Tat, es ist Henry – auch wenn er sich so gar nicht ähnlich sieht. Blaß das Gesicht, schleppend der Schritt.

»Isch bin so schlecht«, jammert er herzergreifend.

Wahrscheinlich meint er, daß ihm schlecht ist. Aber egal: Schlecht ist schlecht. Henry! Bitte, kratz jetzt nicht ab. Bloß nicht jetzt! Wir sollten mindestens noch die Schweizer Grenze erreichen. Und wenn möglich solltest du mich noch dem jungen, dynamischen Herrn Branschli vorstellen. Danach kannst du tun und lassen, was immer du willst.

Henry leidet sichtlich. Der Arme. Ich hätte da noch ein doppeltes Käse-Schinken-Sandwich von Laura in der Reisetasche. Ob ich es ihm anbieten soll?

»Es ischt alles nur wegen dir. Isch vertrage einfach kein Zugfahren. Warum konnten wir nicht das Flugzeug nehmen?«

Auch das noch. Henry schiebt mir die Schuld an seiner Reiseübelkeit in die Stöckelschuhe. So etwas tut ein Mann von Welt nicht. Auch nicht, wenn er Galle spuckt. Henry – etwas mehr Contenance, bitte schön!

Henry mag nicht lustig sein. Er mag gar nichts – außer in unserem Viererabteil den sterbenden Schwan zu spielen.

»Isch bin so übel.«

Immerhin: Henry hat selbstkritische Züge angenommen. Das gefällt mir. Was sich zwei Minuten später schwallartig über mich ergießt, finde ich nicht mehr so toll. Es riecht nach Azeton und ist nur sehr schwer von meiner hellen Leinenhose wegzubringen.

»Wirst du an meinem Grab stehen und singen?«

Henry! Wie kannst du nur? Für eine angehende Witwe bin ich ja noch viel zu jung. Und sowieso wird aus uns beiden nie ein Paar. Du bist schwul – ich dick und häßlich. Aus die Maus.

»Aber du wirst doch an mich denken?«

Das hängt ganz von dir ab, Henry. Wenn der Monsieur Branschli mich gut findet, bin ich bereit, dich fortan in mein Abendgebet einzuschließen. Ansonsten: Vergiß es!

Nach der mühsamsten aller Bahnfahrten – die Schaukelpartie mit Henry hat ganze neun Stunden gedauert! – betrete ich mit zitternden Knien zum ersten Mal Schweizer Boden. Der Zürcher Hauptbahnhof ist meine Rettung.

Ich bin im Paradies! Ihr Engel, wo seid ihr? So reißt mir doch endlich sämtliche verfügbaren Rippen aus dem Leib. Es reicht, wenn ihr mir eine Rippe übrig laßt, oder höchstens zwei. Mehr brauche ich sowieso nicht. Und versprecht mir eines, ihr Engel: Nehmt Henry nicht mit aufs Boot. Ich sag's euch im Vertrauen: Der Typ ist nicht mal ICE-tauglich.

Oder bin ich aus Versehen in der Hölle gelandet? Möglich ist alles. Da habe ich ein Leben lang die zehn Gebote hochgehalten und davon einen steifen rechten Arm gekriegt. Und das hab ich nun davon: Keine dreihundert Meter von uns entfernt lodert augenscheinlich das Fegefeuer. Ich sträube mich mit allem, was mir zur Verfügung steht, in Richtung der dunkelrot züngelnden Flammen zu schreiten. Doch Henry ist stärker. Er scheint zu seiner alten Form zurückgefunden zu haben. Wie ein Torero seinen halbtoten Stier, zieht er mich den Bahnsteig entlang, hin zur offenen Bahnhofshalle, wo anläßlich der Zürcher Weinmesse unzählige dunkelrote Fahnen wehen.

»ICE nach München, Perron sieben«, dröhnt es mehrfach an meine Ohren.

Perrong? Ich schaue Henry fragend an: Was, um Himmels willen, ist ein »Perrong«?

Er bleibt mir die Antwort schuldig, zu beschäftigt. Er hält offensichtlich Ausschau nach diesem Herrn Branschli, dem Mann, der die Schokoladen-Prügeli herstellt.

In Zürich angekommen, will ich nun endlich ein echtes Heidi sehen. Man fährt ja nicht ohne Grund in die Schweiz, oder? Und wo sind die Schneeberge? Langsam fängt es in meinem beschränkten Horizont zu dämmern an: So schön, wie die Eidgenossen immer tun, ist ihr Ländle ja gar nicht – jedenfalls nicht auf dem Zürcher Hauptbahnhof.

»Weiß du was, Henry? Hier gefällt's mir überhaupt nicht. Ich fahre zurück!«

Aber Henry reagiert nicht. Welcher Sportfischer läßt schon freiwillig seinen dicksten Hecht von der Angel, nachdem er dreieinhalb Tage ausgeharrt hat? Ohne zu pinkeln, ohne eine Zigarette zu rauchen, ohne sich ein Fußballänderspiel reinzuziehen.

»Monsieur Branschli!« Mein Begleiter schnalzt mit der Zunge, als wäre er ein glitschiger Frosch und hätte eben eine stattliche Fliege geschluckt. Er hat aber nur diesen Herrn Branschli gesichtet, der übrigens gar nicht wie ein wahrhaftiger Prügel aussieht. Und von jung und dynamisch kann schon gar keine Rede sein!

»Henry«, raune ich. »Ist das wirklich *der* Herr Branschli, der von seinem Vater die Fabrik geerbt hat und nun diese berühmten Schokoladen-Prügeli produziert?«

»Oui«, zischt Henry, »aber der alte ischt schon länger tot.«

Dachte ich es mir doch.

»Monsieur Branschli, darf ich Ihnen nun endlich die Dame vorstellen, nach der ich so lange gesucht habe? Hier ischt es: ihr Model für die Prügeli.«

Anton Branschli, ein ältlicher Biedermann mit abgewetztem braunem Aktentäschchen und weißen gelöcherten Wohlfühlschuhen, schüttelt mir artig sein manikürtes Händchen.

»Erfröit, Fröilein«, flötet er.

Was soll ich angesichts meiner drohenden Langzeitarbeitslosigkeit anderes tun, als »ebenfalls« zu stammeln?

Zu dritt schreiten wir im Gänsemarsch durch die belebte Zürcher Bahnhofshalle, und ich habe Gelegenheit, Anton Branschlis Schuppen zu bewundern. Auf »Perrong 3« steht der Cisalpino nach Mailand. Italien! Gelato! Vino! Amore! Mein Herz verzehrt sich. Noch nie war ich den südlichen Gefilden so nah. Soll ich? Dreizehn nach fährt der Zug ab. Jetzt ist zwölf nach. Ich verlangsame meinen Schritt, will eben einen Haken nach rechts schlagen, da dreht sich der Schokoladenfabrikant um und hakt sich ungefragt bei mir ein.

»Schöne rote Bäckli haben Sie«, lobt er, »wie eine richtige Schweizerin.« Ist der Biedermann durchtrieben oder einfach nur lüstern? Die Würfel sind gefallen: Der Cisalpino nach Mailand rattert dem Gotthard entgegen. Und ich? Ich eile, samt meiner Coupe rose, mit Monsieur Branschli im Gleichschritt zu seinem Wagen – um mich ins nächstbeste Restaurant der Stadt chauffieren zu lassen.

Bitte was? Ich kenne alle Seltsamkeiten der Welt, auch Eisbein mit Sauerkraut, Reiberdatschi mit Apfelmus – aber was ist »Zürcher Geschnetzeltes«? Was ist das Grausiges? Ich bin ein friedliebender Mensch, weshalb ich keine verhackstückten Eidgenossen auf der Gabel zum Mund führen mag.

Henry bestellt gemischten Salat mit grillierter Poulardenbrust – ernährungstechnisch betrachtet, eine kluge Entscheidung. Monsieur Branschli scheint – außer auf meine Oberweite – überhaupt keine Gelüste zu verspüren. Er bestellt ein Glas lauwarmen Sprudel ohne Eis und starrt weiterhin auf meine Brüste.

»Ja, ich nehme das Geschnetzelte«, entschließe ich mich nach längerer Konsultation der plastifizierten Speisekarte.

»Mit Rösti?« erkundigt sich die flachbusige Bedienung im kurzen schwarzen Minirock und gestärkter weißer Rüschchenbluse.

»Mit Rösti«, entscheidet Anton Branschli an meiner Stelle. Ich weiß gar nicht, ob ich ihm dankbar sein soll. Er muß ja den Fettbrei nicht verdauen.

»Wissen Sie was?« fragt mich der Schokoladenproduzent.

Nein, ich weiß nicht, was ich wissen soll. Vielleicht sagen Sie mir zuerst, um was es geht, dann kann ich Ihnen unter Umständen weiterhelfen. Aber Vorsicht! Bei Potenzproblemen weiß auch ich keinen Rat!

»Zürcher Geschnetzeltes mit Berner Rösti ist so etwas wie eine kulinarische Versöhnung der Kantone«, klärt Anton Branschli mich auf. »Außer auf dem Teller bringt man die Berner, die Zürcher und die Westschweizer so gut wie nie zusammen.«

Hat dem schon mal ein Mensch gesagt, daß er beim Sprechen näßt? Ich fürchte um mein Make-up von heute morgen.

»Ach ja?« Ich finde meine gescheite Gegenfrage zur kulinarischen Versöhnung der Kantone ziemlich gelungen.

Branschli nickt so heftig, daß sein Hörgerät beinahe im Brotkörbchen landet. Er fängt es mit tollpatschiger Eleganz auf. Und ich dachte immer, in der Schweiz würden ausschließlich diese Vollplastikscheiben, genannt Hornuss, geworfen.

»Was ist eigentlich Hornussen?« frage ich ungefragt in die illustre Runde.

»Tennis für die Bauern.«

Da hat Henry aber nicht mit Anton Branschli gerechnet.

Als solider Schweizer begehrt der Schokoladenproduzent sofort auf.

»Da muß ich meinem Westschweizer Mitbürger leider widersprechen! Hornussen wird zu Unrecht als Bauerntennis abgetan. Es ist ein Volkssport, auf den wir Schweizer stolz sein dürfen. Genauso stolz wie auf unser Bankgeheimnis, unsere Neutralität und das Schwingen. Schwingen tun bei uns die jungen, starken Burschen, wir nennen sie ›die Bösen‹. Die heben sich gegenseitig an den Hosen und werfen sich ins Sägemehl ...«

Das klingt verlockend. Ich glaube, diese Sportart könnte mich näher interessieren.

»Ist leider nichts für hübsche Frauen.« Anton Branschli grinst verhalten. Ich denke, er geht auf die Sechzig zu.

Der Schokoladenfabrikant greift zum halbleeren Wasserglas, genehmigt sich einen tiefen Schluck und sagt, was er zum Schwingen sonst noch sagen wollte: »Rülps«. Geniert hält er sich die Hand vor den Mund. »Pardon.«

Ich beäuge den goldenen Siegelring an seinem rechten Mittelfinger. Aus armen Verhältnissen scheint der Mann ja nicht zu stammen. Dann könnten wir eigentlich zum Geschäft kommen – oder?

»Das Geschnetzelte?«

»Hier!« melde ich mich

Die Bedienung läßt mich freundlichst ihren Achselschweiß riechen, während sie mir den heißen Teller vorsetzt.

»En Guetä!«

Gar so euphorisch bin ich angesichts der braunschwarzen Pampe und der milchig weißen Tunke nicht. Doch Anton, der Prügeli-Fabrikant, frohlockt.

»Sieht das nicht lecker aus? Wunderbar! Und wie schön sich auf dem Teller die Situation der Schweiz widerspiegelt!« Er greift nach meiner Gabel, trennt damit die schwarze Kartoffelpampe und ruft: »Das ist nun der Röstigraben! Die Grenze zwischen der französischen und der deutschen Schweiz.«

Ich zeige mich ergriffen. Und Henry macht sich an die soeben servierte Poulardenbrust. Ich sage dem Halbfranzosen nicht, daß eben eine Ameise über seinen Salat spaziert – sonst müssen wir die am Ende noch extra bezahlen.

In der Zwischenzeit habe ich meine Gabel von Anton Branschli zurückerobern können. Während ich damit in der französischen Hälfte meiner Rösti herumstochere, bemächtigt er sich meines Messers und wütet auf der deutschen Hälfte.

»Sie müssen wissen, Frölein, die Kantone Bern und Zürich sind sich nicht eben wohlgesinnt. Die Berner haben zwar das Bundeshaus und somit die politische Macht – aber in Zürich ist das Geld zu Hause.«

»So, so«, mehr fällt mir nicht ein.

Ich habe Durst. Wann kommt endlich meine Cola light? Um auf »gute Figur« zu machen, habe ich auf das Schweizer Nationalgetränk verzichtet: Rivella rot mit Milchserum. Es gibt das Getränk auch noch in einer blauen, kalorienreduzierten und in einer grünen Ausführung mit Grünteeextrakt. Aber ehrlich gesagt: Ich bleibe lieber bei meiner Cola, da weiß ich, was ich habe: Koffein, Süß- und Farbstoffe sowie leckere Säuerungsmittel.

Branschli, der offensichtlich das Nationale liebt, kommt noch einmal auf die zwei größten Deutschschweizer Lager zu sprechen: die Kantone Zürich und Bern. »Aus Zürcher Optik sind die Berner bieder und langsam. Und die Berner empfinden die Zürcher als protzig und arrogant.«

»Sind Sie Berner oder Zürcher?«

»Beides. Ich bin Doppelbürger.«

Auch das noch. Ein Schizophrener.

Die Ameise kauend, bemerkt Henry, daß die Poulardenbrust vorzüglich schmecke. Dieses Lob der Küche – meines Erachtens kein ehrlich gemeintes – braucht der raffinierte Westschweizer zur Überleitung auf seinen aktuell wohl einzigen Auftraggeber, den Erben Anton Branschli.

»Gerade weil bei Herrn Branschli sowohl Zürcher wie auch Berner Blut in den Adern fliescht, ischt es so elektrisierend, mit ihm zusammenzuarbeiten.«

Anton Branschli glüht auf, wie anno 1879 die erste elektrische Birne. Für diese und ähnliche Heucheleien kriegt Henry bestimmt das doppelte Honorar.

Und was kriege ich? Außer Kost? Vielleicht ein Logis im Bett von Anton Branschli? Nein, danke. Dann doch lieber Bochum einfach. Fräulein, bitte zahlen!

6

Nein, das akzeptiere ich nicht. Wenn es sich bei meinem Vierhundertzehn-Seiten-Schinken um einen amerikanischen Thriller handeln würde, hätte ich nichts einzuwenden. Aber ein Heimatroman aus der beschaulichen Schweiz? Wilhelm Tell hätte ob solch einer abstrusen Geschichte seine Armbrust deponiert und wäre mit Sohn Walter nach Brüssel emigriert.

Seit hundertachtundneunzig Seiten gehe ich davon aus, daß der junge, vermögende Bauer die arme, blondhaarige Magd namens Vroni heiratet – und nun! Plötzlich stürzt dieses bemitleidenswerte Geschöpf in die Tiefe. Hundert Meter abwärts. Ihren gewaltsamen Tod könnte ich ja noch verkraften – aber den ihres ungeborenen Kindes? Wo bleibt denn da die Fristenlösung? Nein, dieses sinnlose Sterben nehme ich nicht hin. Niemals!

Ich blättere mich durch die vergilbten Seiten des Taschenbuchs und suche verzweifelt den Namen der kaltblütigen Autorin. Da! Rosi Wildrose. Wieder so ein Computerroman. Es will mir ja wohl kein Verleger ernsthaft weismachen, daß diese Rosi Wildrose tatsächlich existiert! Der Name ist mindestens so unmöglich wie Anton Branschli. Doch im Gegensatz zu Rosi Wildrose heißt der Schokoladenproduzent wirklich Anton Branschli.

Der liebe Toni. Er hat mich gebeten, ihn bei seinem Kosenamen zu nennen – so wie seine verschollene Frau Marili das immer getan hat. Die Gute ist anläßlich eines Segelturns auf dem wilden Thunersee ins tiefblaue Wasser gestürzt – und wart seither nie wieder gesehen. Auch nicht in den Luxusboutiquen der Zürcher Bahnhofstraße, was laut Henry zutiefst besorgniserregend sei, da Marili Branschli für ihr Leben gerne Gucci, Versace, Chanel und Dior getragen habe.

Der junge Roman-Bauer weint. Ganze Wildbäche der Verzweiflung ergießen sich über sein markantes Gesicht. Das Grab seiner Vroni, es ist mit Enzian geschmückt. Er höchstpersönlich hat die seltenen Bergblumen für seine Geliebte an einer steilen Felswand gepflückt und sich dabei den linken Fuß gebrochen. Deshalb steht er mit einem dicken Gips vor ihrem Sarg. Sein Vater, der reiche Bauer, glänzt durch Abwesenheit. Das muß so sein, weil der schlaue Dorfpolizist nämlich über Beweise zu verfügen glaubt, wonach der wohlhabende Vater seine angehende Schwiegertochter in den Tod gestoßen haben soll.

Rosi Wildrose, deine Phantasie schlägt Purzelbäume. Sei vernünftig, laß die beiden Gemüter ihr Glück finden. Wie du das anstellen sollst? Mir doch egal! Hauptsache, der junge Bauer und seine Vroni finden auf den verbleibenden Seiten noch zusammen. Bei Denver und Dallas sind die Protagonisten auch mehrmals gestorben und unbeschadet wieder auferstanden. Was Hollywood kann, kann die Schweiz doch schon lange – oder?

»Hallo?«

Henry, du schon wieder? Kannst du mich nicht mal für zehn Minute alleine lassen? Da hab ich es mir in meinem feudalen Zimmer im Harriott Hotel in Zürich so richtig gemütlich gemacht – und was tut Henry? Er klopft an der Tür. Dabei wollte ich nicht nur das Bauern-Drama fertig lesen, sondern mir auch die Aussicht anschauen. Hinunter an die Limmat – so heißt der Fluß hier, wo sich die Drogenszene zum regelmäßigen Fix-dir-Einen treffen soll. Was aber gar nicht mehr der Fall ist, wie ich aus der Zeitung weiß.

»Ich komme, Henry!«

»Schnell, es eilt.«

Der gute Henry. Er wäre ein guter Feuerwehrmann geworden, spürt den Schwelbrand schon, bevor er überhaupt entfacht ist.

»Monsieur Branschli wartet.«

Ach ja? Der alte Lustmolch hat wohl Appetit. Soll er sich doch ein Gemüsesüppchen bestellen und etwas gedämpften Reis. Aber er soll um Himmels willen keinen Rotwein mehr trinken. Die Erinnerung an unser spätes Mittagessen heute ist mir noch zu präsent: Nachdem ich mein Zürcher Geschnetzeltes verputzt hatte, wollte der Anton Branschli unbedingt Bruderschaft mit mir trinken. Also hat er eine Flasche Rotwein bestellt. Irgend so einen Tropfen aus Frankreich, Jahrgang 1967, fast so alt wie ich. Dennoch habe ich bloß am bauchigen Burgunderglas genippt. Schließlich mußte ich damit rechnen, daß Anton gleich zur Sache kommen würde – was er aber nicht tat. Immer wieder mußten wir den Bruderkuß wiederholen, weil der – nach Antons Wahrnehmung – meinerseits nicht genau auf seine rechte Wange zentriert war. Nach dem zehnten Versuch sowie der dritten Flasche Wein war ich der Küsserei müde und drückte Toni den finalen Kuß mitten auf den Mund. Das war es doch, was er wollte – oder?

»Ist er immer noch besoffen?« will ich von Henry wissen, während er mit wichtiger Miene mein schmuckes Doppelzimmer betritt und meine Minibar inspiziert. Ja, die dreieckige Schokolade ist noch da.

»Non, il n'est plus ivre.«

»Mensch, Henry, rede doch deutsch! Oder laß es sein. Aber nicht dieses unverständliche Zeug – ich bitte dich!«

»Pardon. Monsieur Branschli ist wieder bei Bewußtsein.«

Das ist immerhin eine Nachricht. Haben meine Aspirin-Tabletten also doch geholfen. Ich darf nicht vergessen, mir in der Apotheke neue zu besorgen – Frau kann ja nie wissen ...

»Du sollscht in fünf Minuten unten sein.«
»Ich? Wo?«
»In der Hotellobby.«
»Nein.«
»Doch.«
»Warum?«
»Er will dich und mich zum Abendessen einladen.«
»Nicht schon wieder Zürcher Geschnetzeltes!«
»Non. Isch habe vorgesorgt und Herrn Branschli gesagt, daß du thailändisches Essen magst ...«
»Was?«
»Thailändisches Essen.«
»Thai ... wieviel?«
»Roter und grüner Curry, gebratener Reis, Garnelensalat«, strahlt Henry.
»Ist das etwa auch typisch Schweizerisch?« Dann führe mich zu den eidgenössischen Reisfeldern! Zeig mir die heimischen Curryplantagen!
»Eigentlich nicht. Aber es ischt sehr bekömmlich. Viel bekömmlicher als die schwere Schweizer Küche mit Sahnesaucen, Käse ...«
»Muß ich da mit Stäbchen essen?«
»Non. Niemand muß müssen.«
Schön gesagt, Henry. Wenn ich mal alt und berühmt bin, werde ich diesen deinen Satz in die weite Welt hinaustragen. Niemand muß müssen! Sag das mal der ältesten Tochter meiner Schwester. Die hat nämlich so gar keine Lust, in den Kindergarten zu gehen.
»Wir warten auf dich im Elephanten.«
Jetzt mach aber halblang, Henry. Gehen wir nun in den Zirkus oder zum Essen? Sag, was Sache ist, dann kann ich mein Outfit entsprechend wählen – wilde Jane oder arrogante Business-Tusse, ihr entscheidet.
»Black Elephante heischt das Reschtaurant. Es soll eines der beschten Thai-Lokale der Stadt sein. Und es befindet sich erscht noch im Erdgeschoß dieses Hotels.«

Auch gut, dann brauche ich mich anschließend nur noch in den Aufzug zu rollen. Abgesehen davon ertrage ich keinen Curry. Aber was soll's! Es war schon immer mein größter Wunsch, mit einer Lebensmittelallergie in Zürich auf der Matratze zu liegen – die Läden und Kaufhäuser sind für uns Ruhrpöttler wegen des starken Frankens sowieso viel zu teuer.

Ob ich kurz mal meine Schwester anrufen sollte, um ihr zu sagen, daß ich noch lebe? Mein Blick fällt auf Anton Branschlis ultraflache Uhr.

»Eine schöne Watch.«

»Das ischt keine Watsch.« Unter dem flachen Bartisch rammt Henrys viereckiger Designerschuh mein ungeschütztes Schienbein.

Faul! Der Henry hat mich gehauen! Toni, gib ihm Saures, wenn dir etwas an mir liegt. Zudem hat er mein »Flüt-Glas« umgestoßen. So nennt ihr doch die langstieligen Champagnergläser – oder? Du willst mich doch nicht etwa verdursten lassen, Anton! Der Chili vom Thailänder brennt mir in der Kehle nach, als hätten sich sämtliche Kariesteufel im Rachenraum zum fröhlichen Grillfest versammelt.

Anton – ganz auf elegant im dunklen Anzug mit grünem Propeller um den Hals – rückt den Ärmel seines hellblauen Hemdes ein bißchen zurück. Gerade so viel, wie es seine goldenen Manschettenknöpfe zulassen. So ein Zufall, die sind ja von derselben Marke wie der Siegelring. War wohl ein Schnäppchen – drei für zwei. Das kenne ich. Bei den Unterhosen kaufe ich auch immer drei für zwei. Manchmal sogar vier für eins – aber das ist dann schon ein Mega-Super-Schnäppchen.

»Gefällt sie dir?«

Ob die Uhr mir gefällt? Ja und nein. Wenn schon, möchte ich für mein schmales Handgelenk die Damenausführung.

»Die kriegst du von mir, wenn du den Auftrag zu meiner Zufriedenheit erfüllst.« Anton Branschli hält mir den Ticker ans Ohr.

Welchen Auftrag? Ich dachte, das hier sei bereits härteste Arbeit: zwei mal pro Tag ausgiebig essen, im Sterne-Hotel logieren, zu vorgerückter Stunde Champagner an der Bar ... Und was soll das überhaupt für ein lächerlicher Auftrag sein – wenn dabei als Gegenleistung gerade mal eine Watch herausspringt?

»Weißt du, was diese Uhr wert ist?«

Dreißig Euro? Oder sind es vielleicht vierzig?

»Fünfzig«, antwortet Anton Branschli und löst das Band. Nicht schlecht geschätzt. Auf die paar Euro mehr kommt es ja wohl nicht an.

Anton läßt den Zeitmesser in meine Handfläche gleiten. Ganz schön schwer. Massiv Plastik?

Der Prügeli-Fabrikant gibt sich großmütig: »Für fünfzigtausend Euro darf es ruhig Gold sein.«

Fünfzig ... Die Nullen bleiben mir im Hals stecken.

»Fünfzigtausend«, wiederholt Henry. Der soll sich hier bloß nicht so aufspielen, dieser kleine Werber. Er trägt ja keine halben Hunderttausender am Arm spazieren – oder?

»Darf es noch ein ›Flüt‹ sein?« erkundigt sich die Kellnerin, genannt Bardame.

»Ja«, sagt Henry.

Nein, finde ich. Zuerst die Wahrheit, dann der Champagner. Wir haben ja erst halb zwölf. Um meine Schwester Laura anzurufen, ist es bereits zu spät – und um allein ins Bett zu gehen, noch viel zu früh.

Henry bittet die kellnernde Dame, in einer halben Stunde nochmals vorbeizukommen. Bis dahin wisse man auch, was man noch zu trinken gedenke.

»In einer halben Stunde ist die Bar zu«, orientiert sie trocken wie ein Stück Knäckebrot.

»Mittagspause?« frage ich.

»Nein, Nachtruhe.«

Die hat aber auch gar keinen Humor. Nur Henry gluckst. Oder hat er bloß den Schluckauf?

Anton, du bist mir eine Erklärung schuldig.

»Wegen der Uhr?«

Nicht nur die Uhr ...

»Ich spreche nur ungern über Geld«, druckst Anton Branschli herum, während er krampfhaft versucht, das letzte Erdnüßchen aus der Silberschale zu fischen.

»Monsieur Branschli ischt in dieser Beziehung ein rischtiger Berner. In Bern hat man Geld, aber man sprischst nischt darüber. Außer man hat keines ...«

Henry, sei still. Hier geht's um richtig viel Kohle. In solchen Dimensionen kannst du noch nicht mal träumen!

Ich rücke meinen Stuhl ein wenig näher in Antons Dunstkreis. Er raucht. Nein, es ist nur ein Zahnstocher. Ich schäme mich für ihn – aber was soll's, es dürfte jedem Barbesucher klar sein, daß Anton Branschli unmöglich mein Sohn sein kann. Wer immer seine Mutter war – sie hat versagt. Kläglich. Ein Zahnstocher kauender Sohn ist in etwa genauso schlimm wie ein Zeckenstich im Genitalbereich.

»Auf dir werden wir unseren künftigen Erfolg aufbauen«, spricht der Schokoladenfabrikant mit vollem Mund. Er kaut eben das letzte Erdnüßchen.

Auf mir? Mehr als 120-115-140 hab auch ich nicht zu bieten. Überschätze mich nicht, Anton! Für noch ausladendere Größen empfehle ich dir eine Reise in die USA. Dort gibt's welche, die sind so dick, daß sie mit dem Wagenheber in die Badewanne gehievt werden müssen. Wieder andere sind die Hälfte von Gallus und joggen den lieben langen Tag die verstopften Highways entlang.

Anton Branschli winkt ab: »Du bist genau die Richtige für uns!«

Für uns? Wer ist uns? Du, dein Verkaufsleiter, dein Produktionschef und vielleicht noch der Speditionsverantwortliche? Solche Schweinereien sind nichts für mich.

Henry sieht seine Zeit gekommen: »Monsieur Branschli spricht von seiner Firma.«

Die Prügeli-Fabrik?

»Ja, genau die«, nickt Anton. »Wir haben ein Problem.«

Probleme habe ich selber genug. Doch im Gegensatz zu mir könnt ihr sie euch leisten. Nur damit ihr es wißt: Morgen früh besteige ich den ersten Zug in Richtung Heimat. Danach werdet ihr mich hier nie wieder sehen. Und jetzt laßt uns in aller Freundschaft unsere »Cüpli« leeren. Kein Wort mehr über kleine, mittlere oder große Katastrophen, sonst läuft bei mir innerlich das Badewasser über. Okay?

»Unsere Absatzzahlen sind rückläufig«, vertraut mir Anton Branschli mit einer Stimme an, die seine Mutter zu Tränen gerührt hätte.

Das ist bitter. Vielleicht solltest du deine Prügeli in Deutschland verkaufen. Immerhin ist der deutsche Markt zehnmal größer als der schweizerische Binnenmarkt.

»Das versuchen wir ja schon lange«, jammert der Fabrikant. »Eben dort liegt ja das Problem.«

»In Deutschland?«

»Ja. Die Deutschen akzeptieren unsere Prügeli nicht, allen voran die Münchner. Irgendwie fehlt ihnen die emotionale Bindung zu unserer Schokolade. Dabei könnten wir mit der richtigen Werbestrategie ein Mehrfaches absetzen, vor allem in Bayern.«

Kein Wunder. Bei dem Namen! Nennt die Dinger doch gleich Kotzstengel. Wenn du mir noch etwas Zeit zum Nachdenken gibst, fällt mir vielleicht sogar noch ein besserer Name ein.

Anton ermahnt mich zur Räson. »Mußt wissen, das ist ein tragisches Kapitel meines Unternehmerdaseins, das nun immerhin schon fünfunddreißig Jahre dauert und dessen ich manchmal müde bin. In der Schweiz sind wir mit unseren Bruttoumsätzen mehr als zufrieden. Den Break-even hat mein Vater Mitte der fünfziger Jahre schon nach sechs Monaten erreicht! Aber wie gesagt: Die Deutschen bocken. Sie vermasseln uns die ganze Wachstumsstrategie, über der ich fünf lange Jahre gebrütet habe.«

Und ich soll nun sämtliche für Deutschland bestimmten Prügeli aufessen? Vergiß die Golduhr. Vergiß, daß wir Brüderschaft getrunken haben. Vergiß, daß es mich gibt. Auch wenn ich die Prügeli mit Leichtigkeit wegputzen könnte – ich hasse Haselnüsse!

»Aber du sollscht die Prügeli ja nicht selber essen«, beruhigt Henry meine übersättigten Fettzellen. »Du sollscht sie den Leuten bloß schmackhaft machen.«

Und wie das, bitte schön?

»Kennst du die Sophia Loren? Die mit den prallen Brüsten?«

Anton, lenk nicht ab. Daß ihr Männer immer bloß an das eine denken könnt …

»Sag, kennst du Sophia Loren?«

Persönlich?

»Nein, allgemein.«

Ob ich Sophia Loren allgemein kenne? Was heißt denn das schon wieder? Wenn du, Anton, damit meinst, daß ich mit der Sophia schon mal auf einer Vespa durch Rom getuckert bin – nein.

»Ist nicht so schlimm. Wichtig ist nur, daß du weißt, wer sie war.«

Ist sie tot? Warum hat mir das niemand mitgeteilt?

»Nein, sie lebt noch.«

Und ich schlafe gleich ein. Anton, bitte komm zum Punkt. Henry und ich sind mitten in der Nacht in diesen ICE eingestiegen, um rechtzeitig zum Mittagessen bei dir in Zürich zu sein. Seither reden und reden wir – mal über die Prügeli, mal über dein Goldührchen, mal über deine verschollene Frau ... Aber deswegen hast du mich ja wohl nicht erster Klasse anrollen lassen – oder?

»Wir machen aus dir eine zweite Sophia Loren!«

Ich? Eine billige Kopie? Das laß ich nicht zu. Wer bin ich denn?

Anton tätschelt beruhigend meine Hand. »Vielleicht erinnerst du dich, daß die Sophia Loren bei jeder Gelegenheit erzählte, sie habe ihre alterslose Schönheit und ihre weiblichen Rundungen einzig und allein den Spaghetti zu verdanken.«

Mag sein. Ich habe auch schon Pasta gegessen und bin deswegen keinen Deut schöner geworden, geschweige denn schlanker. Um wirklich abzunehmen, hilft bei mir nur eines: radikale Nulldiät.

»Du sollst nicht abnehmen. Auf keinen Fall!«

Anton Branschli, das hast du aber rührend gesagt. Tränen der Erleichterung benetzen meine trockene Netzhaut. Ich sniffe. Wäre Gallus immer noch der Mann an meiner Seite, würde er mir jetzt sein Taschentuch reichen. Doch dessen bedient sich mittlerweilen Anna, das bildhübsche Unterwäschemodel mit der Vorliebe für zartbittere Schokolade. Ob die beiden noch zusammen sind? Das wäre dann schon bald eine ganze Woche.

»Hier, nimm meines.« Henry reicht mir seinen klebrigen Wochenrückblick. »Wir machen aus dir einen Schtar.«

Mit diesem Taschentuch? Das gehört nicht aufs Promi-Parkett, sondern in die 90er-Wäsche. Meine Schwester Laura hätte dafür die passende Family-Maschine, übrigens mit extra großer Wäschetrommel.

7

»Laura? Kannst du nicht etwas lauter sprechen? Ich höre dich kaum. Was hat dein Mann?« Kaum Aufträge, weil sein ehemaliger Angestellter ihn mit einem eigenen Geschäft konkurriert? Und Sohn Tobias liegt mit einer doppelten Mittelohrentzündung im Bett? Und deine Älteste, Caroline, hat die Jüngste, Susi, in den Backofen gesteckt? Dann ist ja alles in Ordnung. Ich dachte schon, es sei etwas passiert.

»Wie es mir geht?« Ich kann diese Frage so nicht beantworten – nicht auf leeren Magen. Zudem stecke ich noch tief unter der Decke, und es ist auch kein Mann da, der mir bei jedem geräuschvollen Atemzug seinen Mundgeruch ins Gesicht bläst.

»Wo ich bin?« Wenn mich nicht alles täuscht, noch immer auf Erden. Die genauen Koordinaten sind über Henry erhältlich, der hat nämlich gestern in Antons Wagen den Navigator gespielt. Sozusagen ein lebendiges GPS. Endlich mal keine lispelnde Frauenstimme, sondern was richtig herb Schwules, das uns – vorbei an Einbahnstraßen und Dauerstaus – aus der Weltmetropole Zürich hinausbringen sollte.

Grundsätzlich hat Henry seine Sache gut gemacht, bloß beim Paradeplatz – das ist dort, wo die obersten Bankbosse täglich soviel verdienen wie unsereiner in einem Jahr – verließ ihn sein räumliches Vorstellungsvermögen. Ausgerechnet im Ballungsgebiet der monetären Macht strandeten wir. Immerhin direkt vor der Züngli-Hauptfiliale.

Während Anton und Henry mit der strafzettelschwingenden Politesse eine Diskussion über Sinn und Unsinn von verkehrsfreien Innenstädten anfingen, habe ich die Gunst der Stunde genutzt, um mich beim Chocolatier aller Schweizer Chocolatiers am Schaufenster zu ergötzen. Ehrlich, ich wollte nicht rein. Warum auch? Schokolade steht mir zur Zeit in rauhen Mengen zur Verfügung – aber leider immer nur in Form dieser Prügeli aus Anton Branschlis Fabrik. Es mag ja durchaus sein, daß es Menschen gibt, die diese Art von gepreßtem, mit Haselnüssen angereichertem Schokoladenabfall einem wahrhaftigen Stück viereckiger Vollmilchschokolade von lila Kühen vorziehen – aber mein Ding sind diese Prügeli nicht.

Da stand ich also mitten im Geschäft, Auge in Auge mit einem zartschmelzenden Truffes-Cake. Er lächelte mich an, zwinkerte mir zu. Peinlich berührt, senkte ich den Blick, spürte, wie sich in mir ein unendliches Verlangen nach seiner Nähe breitmachte. Zaghaft berührte ich seinen perfekten Körper, strich mit meinen feuchten Fingerkuppen an seiner Außenfläche entlang, bohrte meine Zungenspitze in sein Innerstes. Es war warm und weich, so wie ich mir das in meiner Phantasie vorgestellt hatte. Er gab sich meiner Leidenschaft hin und zerschmolz unter meinen Berührungen.

»Darf ich Ihnen den Cake einpacken?« fragte auf einmal die adrette Verkäuferin auf der anderen Seite des Tresens.

Ich errötet bis hin zu den farblosen Zehennägeln, griff zur nächstbesten Übersprungshandlung und rieb mir die Nase, worauf ich niesen mußte und sich das ganze schöne Schokoladenpulver des Truffes-Cakes über ihr makellos weißes Brust-Lenden-Schürzchen verteilte.

»Haben Sie auch etwas ohne Schokolade? Ich lebe nämlich auf Dauerdiät.«

Sie präsentierte mir einen Cake Richelieu, das sei »was ganz Feines«. Für den Preis, so fand ich, müßte es dies auch sein, und erkundigte mich nach den Ingredienzen. Worauf die Adrette mich aufklärte, daß es sich hier um eine Art Gleichschwer-Kuchen handle. Meine Kinderstube verbat es mir, angesichts des läppischen Butter-Eier-Zucker-Mehl-Gemisches unhöflich zu werden. Ich bat um »etwas einfallsreich Leckeres, das durchaus auch fein sein darf, aber sich möglichst nicht in dieser gehobenen Preisklasse bewegen sollte«.

Sie griff zur Blechdose.

Nein, ich wollte kein Pralinen-Assortiment für dreißig Franken. Und erst recht kein Schaustück. Ich wollte, wenn überhaupt, was richtig Feines. Die Adrette kam gehörig ins Schwitzen und zog dann ihren letzten Trumpf aus der Schürzentasche: die Monatsspezialität.

Um was es sich denn dabei handle, fragte ich.

»Rhabarber-Erdbeer-Joghurt-Würfel«, sagte sie.

Ich antwortete ihr, daß ich, wenn ich auf gesund machen wollte, bestimmt nicht das Lüngli-Hauptgeschäft betreten hätte, wo es doch in nächster Nähe jede Menge gesundes Obst zu kaufen gebe. Worauf sie mir kleinlaut Recht geben mußte und ich den Laden unbewaffnet, also ohne Kalorienbombe, wieder verließ.

»Laura?« Nein, liebste Schwester, ich schweife nicht ab. Oder etwa doch?

»Sag endlich, was Sache ist«, bittet Laura, vor ihrem inneren Auge die Telefongebühren.

Eurospalterin! Dann schreib mir doch einen Brief, anstatt mich morgens in aller Früh aus dem Bett zu klingeln! Will sie auch nicht. Die Deutsche Post sei ein einziges Desaster: teuer und langsam. Und dann diese ewigen Warteschlangen vor den Schaltern. Kürzlich habe sie eine geschlagene Stunde – und das mit allen drei Kindern! – in einem überhitzten Postamt ausgeharrt, um letztendlich von einem Postbeamten zu erfahren, daß er jetzt Mittagspause mache.

Ob es mit der Schweizer Post besser stünde, will sie wissen.

Wie soll ich das wissen? Wahrscheinlich denkt Laura, ich verbringe meine Tage auf der Zürcher Sihlpost mit Päckchen sortieren und Briefe durch den Schredder lassen. Dabei können das die hiesigen Banken viel besser – das Schreddern, meine ich. Bevor mich Laura auch noch über die Familienermäßigungen bei der Schweizer Bundesbahn und die Qualität des Trinkwassers ausfragt, gebe ich lieber freiwillig preis, was ich in den letzten zwei Tagen bereits über das Heidiland gelernt habe. Schließlich hat Henry von Monsieur Branschli die höchst anspruchsvolle Aufgabe bekommen, aus mir im Schnellgang eine Eidgenossin zu machen, damit ich später im schönen München seine Schweizer Prügeli glaubhaft an die Leute bringen kann.

»Laß dir einen Witz erzählen. Er ist zwar nicht von mir, aber trotzdem gut, und vor allem trifft er die Schweizer mitten ins Patriotenherz, finde ich.«

»Nein, keine Witze!« stöhnt Laura. Wenn sie lache, drücke der Fötus auf ihre Blase, was ihrerseits zu unkontrolliertem Harndrang führe und deswegen tunlichst zu vermeiden sei.

»Dann setz dich doch aufs Klo, und hör zu!«

Ich stecke mir ein Ricola-Hustenbonbon zwischen die Zähne, damit dieser Milchkannenton in meiner Stimme verschwindet. Mit der Kraft sämtlicher unbehandelter Bergkräuter fange ich zu erzählen an.

»Als der liebe Gott den Schweizer erschaffen hat, war ihm dieser sehr sympathisch. Deshalb wollte er ihm einen Wunsch erfüllen. Der Schweizer wünschte sich schöne Berge mit saftigen grünen Wiesen und kristallklaren Gebirgsbächen. Gott erfüllte ihm diesen Wunsch und fragte, was er denn sonst noch möchte. Der Schweizer wünschte sich auf den Wiesen gesunde, glückliche Kühe, welche die beste Milch auf der ganzen Welt geben sollten. Auch diesen Wunsch erfüllte Gott. Daraufhin molk der Schweizer eine der Kühe und ließ Gott von der wunderbaren Milch kosten. Und wieder fragte Gott, was er noch tun könne. Worauf der Schweizer zwanzig Franken für die Milch verlangte!«

»Und wo ist die Pointe?« erkundigt sich Laura, während sie hörbar die Spülung betätigt.

»Warum spülst du, wenn du gar nicht lachen mußtest?«

Ob ich ihr sagen soll, daß die Schweizer die Deutschen gar nicht sonderlich mögen? Die Italiener und die Franzosen, ja sogar die Österreicher sind den Eidgenossen als Nachbarn sympathischer als wir Deutschen. Und das trotz Jahrhunderten langer, erbitterter Kämpfe gegen die Habsburger! Vielleicht, daß des Schweizers Abneigung gegen uns Deutsche etwas mit Schokolade zu tun hat. Denn so viel steht fest: Gegen unsere quadratische Vollmilch kommt so schnell keine zartschmelzende Schweizer Tafel an – und Toni Branschlis Prügeli schon gar nicht.

Laura hatte Mühe, meinen präzisen Ausführungen zu folgen.

»Verstehe ich recht, daß du mit diesem Branschli durch die Schweiz trampst?«

»Nein, Laura, du verstehst falsch. Erstens trampen wir nicht, sondern bewegen uns standesgemäß in einem klimatisierten Wagen der mittleren Oberklasse fort. Zweitens handelt es sich nicht um irgendeinen Trip, sondern um eine eigens für mich organisierte Bildungsreise durch die Schweiz. Neudeutsch könnte man durchaus auch Coaching-Tour sagen. Und drittens ist außer Branschli und mir auch noch Henry dabei.«

»Ist der vielleicht etwas für dich?« Meine Schwester, sie will mich partout unter der Haube sehen. Dabei sollte sie ja am besten wissen, was es heißt, mit Mann, Haus, Kindern und Waschmaschine verheiratet zu sein.

»Ob Henry etwas für mich ist?« Ich kichere. »Henry würde eher zu Hartmut Böckenkrüger passen – er ist nämlich schwul.«

»Böckenkrüger ist schwul?«

»Bei Hartmut weiß ich das nicht so genau, aber bei Henry ist es hundertprozentig klar.«

»Du, ich habe gestern Böckenkrügers Bruder im Supermarkt gesehen. Zusammen mit seiner Frau. Du weißt schon, die, der er die Hälfte seines Hauses überschrieben hat ...«

Und wie ich das weiß! Immerhin bin ich deswegen gefeuert worden. Bloß weil ich ihre Namen fälschlicherweise in ein Scheidungsbegehren eingetragen habe, statt sie auf dem Grundbuchamt vormerken zu lassen.

»Ich glaube, die stecken mitten in einer Ehekrise«, rapportiert Laura.

Das gibt's doch nicht!

»Doch. Warum sonst hätte die Frau mitten in der Tiefkühlabteilung in Tränen ausbrechen sollen?«

Vielleicht hat sie empfindliche Augen. Es soll durchaus Leute geben, die auf Kälte mit Tränen reagieren.

»Vergiß diese Ehe! Noch zwei oder drei Monate, und die beiden sind geschieden«, prophezeit mein Schwesterherz.

Das nützt mir jetzt auch nichts mehr. Wenn schon, hätten sie ihre Ehekrise ein paar Wochen früher abhalten sollen. Dann säße ich nämlich immer noch bei Hartmut Böckenkrüger im Vorzimmer – und die Welt wäre in Ordnung.

»Bist du denn nicht zufrieden? Sei doch froh, daß du die Schweiz genießen kannst.«

Genießen? Wer redet denn hier von Genuß? Wenn Laura wüßte, wie steinig der Weg vom mondänen Zürich in dieses urige Berghotel im Urnerland war, würde sie keine so leichtzüngigen Aussagen von sich geben. Vielmehr würde sie mich für meine eiternden Blasen an den Füßen bemitleiden. Und dafür, daß ich während des zweistündigen Aufstiegs um mein Leben bangen mußte, weil die freilaufenden Kühe – und vor allem ihre männlichen Genossen – Gefallen an meinem roten T-Shirt gefunden hatten. Branschli meinte, ich solle das Shirt ausziehen. Das hätte dem so gepaßt! Aber ich blieb standhaft, denn erstens trug ich keinen BH, und zweitens wußte ich nicht, wie die Stiere auf meine Brustwarzen reagieren würden. Doch das braucht Laura ja nicht zu wissen. Lieber frage ich sie nach Gallus. Will wissen, ob er immer noch mit der schönen Anna liiert ist.

»Und wie!« schreit meine Schwester ins Telefon, als ginge es darum, mich zu überzeugen, den Rest meines noch einigermaßen jungen Lebens in einer verlassenen Alphütte ohne Internetanschluß und Maggi zu verbringen. Und das bei einer durchschnittlichen Lebenserwartung von sechsundachtzig Jahren.

Ich schaue mich in meinem bescheidenen Schlafgemach um: hölzerne Wände, hölzerne Decke, hölzernes Bett, hölzerner Stuhl, hölzerner Tisch – ein Glück, wenigstens sind die Scheiben aus Glas. Ich robbe zum Bettende und schaue ins Freie hinaus. Die Schweizer Fahne weht mir entgegen ...

»Sag, Laura, ist das Schweizer Kreuz rot oder weiß?«

Laura schweigt. Hab ich dich, du kleine Besserwisserin!

»Weiß«, sagt sie endlich.

Und wann war der Rütlischwur?

»Welcher Schwur?«

»Der auf diesem Hügel bei Luzern. Da, wo sich die Dickköpfigen zum ersten Mal so richtig zusammengetan haben und woraus später die Schweiz entstanden ist.«

»Noch nie gehört.«

»1391«, sage ich, innerlich um mindestens drei Zentimeter gewachsen.

»1291«, erwidert Laura.

»Und woher willst du das so plötzlich wissen?«

»Aus Carolines Kinderbuch. Du weißt schon, Gallus hat es ihr zum letzten Geburtstag geschenkt.«

Ich habe es geschenkt! Nur daß da keine Mißverständnisse aufkommen. Gallus hat sich nie, aber auch wirklich gar nie an irgend etwas in irgendeiner finanziellen Form beteiligt. Selbst die Kondome mußte ich ihm kaufen.

»Weißt du, daß Anna in der Zwischenzeit bei Gallus eingezogen ist?«

Nein. Und ich will es auch gar nicht wissen. Soll sie doch nächtelang auf meiner durchgelegenen Matratze wach liegen und in seinem ungenießbaren Biogemüse herumstochern, bis ihr die Haut von den Knochen fällt.

»Anna liebt seine Küche.«

Und woher willst ausgerechnet du das wissen, Laura?

»Ich habe die beiden ebenfalls im Supermarkt getroffen. Übrigens am selben Tag wie den Böckenkrügerschen Bruder.«

Nein. Niemals.

»Doch, sie schoben einen Einkaufswagen vor sich her, oben drauf drei Tafeln zartbittere Schokolade. Anna liebt diese Schokolade. Zudem hat mir Gallus voller Stolz erzählt, daß er nun regelmäßig im Supermarkt einkaufe, weil da alles viel billiger sei als im Reformhaus – und genauso öko. Zudem könne er hier auch noch Punkte sammeln.«

Hat das Fabelwesen Anna es vielleicht geschafft, aus Gallus einen richtigen Mann zu machen?

»Davon bin ich überzeugt. Sie ist nämlich in Erwartung.«

In Erwartung wessen? Ist ihr Verlobter vielleicht Seemann und kommt bald von großer Fahrt nach Hause?

»Nein, sie kriegt ein Kind.«

Samenraub?

»Kaum. Wahrscheinlich einfach nur Liebe.«

Muß denn Liebe immer gleich im Absoluten gipfeln? Die sind doch noch keinen Monat zusammen!

»Aber sie sind glücklich.«

Ich weigere mich, solches zu glauben. Die werden doch nicht etwa heiraten wollen?

»Tut mir leid. Bevor ich sie das fragen konnte, hat mich die Kassiererin gebeten, die EC-Karte in den Schlitz zu schieben. Und weil ich doch immer diese blöden Codes verwechsle, mußte ich mich voll und ganz auf die Zahlenkombination konzentrieren.«

Ich kann's nicht fassen: Ihr habt in der Warteschlange im Supermarkt tatsächlich über Annas ausgebrochene Schwangerschaft gesprochen?

»Ja, und? Sie ist eine sehr offene Frau.«

In jeder Beziehung, wie mir scheint.

»Magst du Gallus sein Glück denn nicht gönnen?«

Doch, natürlich. Ich möchte bloß nicht, daß er heiratet.

»Das wirst du kaum verhindern können.«

Wohl wahr. Und dennoch liegt mir dieser Umstand schwer auf dem Magen – noch schwerer als jede dreistöckige Hochzeitstorte mit Marzipan-Ehepaar oben drauf.

»Du redest schon von einer Torte, obwohl die beiden wahrscheinlich noch nicht mal das Brautkleid bestellt haben.«

Nicht nur das Auge, auch der Magen ißt bei einem solchen Fest mit, liebe Laura. Aber darum geht's ja gar nicht. Die Sache ist nämlich die: Nach einer meiner unzähligen Gallus-Frust-Attacken habe ich mir eines häßlichen Tages geschworen, daß ich mindestens zweifache Mutter bin – bevor Gallus eine Frau zum Heiraten abkriegt. Und in meiner Dämlichkeit habe ich ihm das auch noch an den Kopf geworfen.

»Er weiß also von deinem Schwur?«

Ja.

Laura meint, es sei nie zu spät. »Du hast noch ganze fünf Jahre Zeit, bist du vierzig bist. Und sowieso geht der Trend immer mehr in Richtung Spätgebärende.«

Sind das die, die ihre Kinder mitten in der Nacht auf die Welt bringen?

»Nein, das sind die, die mit vierzig oder noch älter ihr erstes Baby kriegen.«

Ich will aber kein Kind kriegen! Eine Schwangerschaft würde mich noch dicker machen, als ich eh schon bin. Sie würde meine Figur endgültig ruinieren.

»Jetzt rege dich nicht auf. Wenn es soweit ist, wirst du es bestimmt erfahren, vor allen andern.«

Darauf bestehe ich – als werdende Mutter.

»Ich rede nicht von einer Schwangerschaft, sondern von Gallus' und Annas Hochzeit.«

Ach so! Hast du mir sonst noch was Relevantes vom angehenden Ehepaar Möckli zu erzählen? Vielleicht, daß Gallus neuerdings Hochleistungssport betreibt?

»Nein, das nicht. Aber scheinbar trainiert Anna in diesem Fitneßstudio ...«

Gegenüber der Wohnung?

»Ja. Gallus sitzt dann am offenen Fenster und schaut ihr zu, wie sie Rad fährt.«

Spanner! Zu meiner Zeit hat er so etwas nicht getan.

»Du hast ja auch nicht im Fitneßstudio trainiert.«

Warum sollte ich auch? Meine Reithosen sprechen nicht auf Radfahren an.

»Doch, etwas hat Anna mir noch erzählt: Gallus steht scheinbar kurz vor der Beförderung.«

Gleich beiß ich mir meinen linken oberen Weisheitszahn aus. Da fällt mir ein, daß ich den längst an meinen Zahnarzt verloren habe. Also lasse ich statt dessen mein Ricola-Hustenbonbon in der Mundhöhle zerschellen, daß es nur so kracht. Zubeißen befreit – hat sich übrigens auch schon mal ein ziemlich berühmter Boxer gesagt und seinem Gegner das halbe Ohr abgebissen.

Ja, auf dem Berg ist eben alles ein bißchen anders. Da tröpfelt das Wasser im Minutentakt aus der Etagendusche, und die ganz und gar nicht flauschigen Handtücher sind mindestens so löchrig wie ein Emmentaler Käse. Bloß etwas funktioniert hier wie im Tal unten: Die Haare des Vorduschers verstopfen auch hier den Abfluß, so daß meine Füße bis hin zu den Knöcheln in den unfreiwilligen Genuß eines Aprikosenpeelings kommen. Die dazu gehörige, aufgerissene Einwegpackung schwimmt wie die untergehende Titanic dem bräunlichen Beckenrand entgegen.

Ich werde Henry fragen, ob er Aprikosenpeeling verwendet. Denn Männer wie Henry legen äußersten Wert auf ihr Äußeres. Finde ich grundsätzlich in Ordnung. Schade nur, daß sie so gar nicht auf weibliche Reize ansprechen. Dabei habe ich immer das Gefühl, mit schwulen Männern besonders gut auszukommen.

Da! Henry schaut zu mir rauf. Ich – nackt wie Gott mich schuf soeben aus der Dusche gestiegen – lächle auf den geteerten Vorplatz hinunter und frage mich, wie denn der Berg zum Teer gekommen ist. Früher haben die Gletscherzungen das Bergland unter sich begraben, heute scheint es die Teerwalze zu sein.

Henry gibt mir ein Zeichen, ein unmißverständliches: Er reibt sich die Magengegend.

Okay, bin in drei Minuten beim Frühstück!

»Ischt gut. Isch habe schon gegessen – mit Pierre.«

Hat Henry nun Pierre oder Peeling gesagt? Ich hake nach.

»Pierre.«

»Und wo steckt Anton?« frage ich, um auf Umwegen zu erfahren, wer denn dieser Pierre ist.

»Die Fabrik hat angerufen. Anton muschte sofort zurück, nach Zürich. Ein Schtromausfall hat die Schokolade in den Leitungen schtocken lassen.«

»Dann soll Anton die Schokolade einfach wieder zum Schmelzen bringen, so was tut jeder halbwegs vernünftige Confiseur bei Züngli am Paradeplatz in Zürich hundertmal am Tag.«

»Das ischt nicht so einfach, wie du denkscht. Die Leitungsrohre müssen mit Spaten und Pickel von der gehärteten Schokoladenmasse befreit werden.«

Was für eine Vorstellung! Der gute Anton, jetzt muß er mal so richtig mit den Händen arbeiten. Das hat er nun von seinem Erbe!

»Und wann kommt er zurück?«

»Sobald die Schokolade wieder fliescht. In der Zwischenzeit sollen wir möglichscht rasch nach München fahren, um dort in den Teschtmarkt einzudringen. Monsieur Branschli wird nachkommen.«

Ich, nach wie vor nackt am Badfenster, höre bloß das Wort »eindringen«, weil hinter Henry eine Herde frisch geschorener Schafe bimmelnd den schmalen Weg ins Tal hinab sucht.

»Über das ›Eindringen‹ reden wir noch«, rufe ich Henry zu und beeile mich, das angelaufene Fenster zu schließen, damit sich der Schafsbock, das arme Tier, an meiner geballten Naturschönheit nicht noch die Haxen bricht.

Henry erwartet mich in Begleitung. Das also ist Pierre, der Typ vom Vorabend. Ein richtiger »Böser«, wie die Schwinger sagen würden. Bei unserer Ankunft gestern ist er bloß brummig hinter der Theke gestanden und hat mir, statt einer eisgekühlten Cola light, ein Glas lauwarme Ziegenmilch vorgesetzt. Pierre ist hier so etwas wie der Hüttenwart. Er nennt sich zwar Hotelier, aber unter Berücksichtigung seines deodorantlosen Daseins und seines für mich gänzlich unverständlichen Dialektes taugt er höchstens zum stummen Zimmermädchen. Was Henry bloß an dem findet? Von diesem Pierre würde ich mir nicht mal eine Alpenrose pflücken lassen, geschweige denn ein Enzian.

»Je suis tombé amoureux«, flötet Henry und vergißt einmal mehr, daß ich mit keiner der Schweizer Sprachen irgendwas anfangen kann. Schon gar nicht mit Französisch, Italienisch oder Rätoromanisch. Vielleicht gerade noch mit Schweizerdeutsch, aber das auch nur in der Zürcher oder Berner Variante. Alle anderen Dialekte klingen in meinen Ohren nach schlimmstem Halskatarrh und gehören deshalb dringend von einem Spezialisten behandelt.

Henry bemüht sich um sein Deutsch: »Isch bin in die Liebe gefallen«, übersetzt er sein eigenes Gequassel dem Wortlaut nach.

Mensch, Henry, Mausefalle? So etwas könnte ich auch gebrauchen. Bei mir im schwülen Dachzimmer wären mindestens fünf davon nötig, um wenigstens die Hälfte der vorhandenen Nager dingfest zu machen.

Pierre schweigt. Man merkt ihm nichts an. Dafür klebt an seinem markanten Berglerkinn ein weißer Klecks, hellbraun gepunktet. So ist das also! In der miefigen Gaststube einen auf bösen Peter machen – und unter der Dusche Weiber-Peeling benutzen. Henry, nimm dich in Acht, dieser Pierre ist mit größter Wahrscheinlichkeit ein Warmduscher.

Doch Henry schwelgt im Ozean seiner Gefühle. Daß er mir bloß nicht untergeht, sonst wird nichts aus unserer Promotionstour für Antons Schokoladenwunder. Henry, mein Junge, paß auf, ich werfe dir jetzt einen verbalen Rettungsanker zu: »Wann reisen wir eigentlich ab?«

Pierre bleibt gleichgültig. Sein Blick stoisch geradeaus gerichtet. Ob der auch schon mal nach rechts und nach links geschaut hat? Politisch bestimmt nicht. Aber es gibt ja auch noch andere Bereiche im Leben eines Berglers, gell, Pierre!

»Wir fahren morgen nach München.«

Ich ahne das Schlimmste: »Dann bleiben wir noch eine Nacht hier?«

»Möchtescht du gerne länger bleiben?«

»Ich?« Bloß das nicht! Wenn es nach mir ginge, könnten wir sofort das Weite suche – im wörtlichen Sinn, denn diese drohende Nähe der Berge macht mich fast krank so wie der Gedanke an das bevorstehende Glas lauwarmer Ziegenmilch, das mir Pierre gleich zum Frühstück servieren wird.

Er stellt die Milch, zusammen mit zwei Scheiben trockenem Brot, auf einen der klebrigen Tische vor dem Haus. Ohne Teller. Ohne Messer. Ohne Serviette.

Bevor er mich fragt, welche Sorte Konfitüre ich morgens auf mein ofenfrisches Gebäck wünsche, sage ich »Nutella« und lächle süß. »Und wenn's geht, die Butter bitte nicht allzu hart. Ich mag sie gerne streichfähig.«

Nichts gibt es außer einem orangefarbigen Sonnenschirm der Marke Ovomaltane. Den kann ich zwar nicht verzehren, aber dafür läßt er meine Arme und Beine weiterhin in mattem Weiß erstrahlen.

»Könnte ich vielleicht zu der Nutella und der Butter auch noch etwas Ovomaltinepulver haben?«

Henry findet, der Krug sei nun voll. Er hat zwischen meinen subtilen Bemerkungen längst gespürt, was Sache ist: Pierre und ich sind weit davon entfernt, jemals dicke Freunde zu werden.

Dennoch setze ich noch einen oben drauf, sozusagen als zweifaches Pünktchen auf das U: »Nein, Henry, der Krug ist noch nicht voll. Er geht so lange zum Brunnen, bis er bricht.«

»Non, isch bitte disch! Pierre hat einen weichen Kern.«

Schon gut, Henry. Ich weiß, daß du in der Liebe andere Prioritäten hast als ich. Aber muß es wirklich dieser Ziegenpeter sein? Laß ihn doch hier auf seiner Alp. Die kleine Sünde mit dir wird ihm der Herrgott wohl verzeihen. Wer weiß, vielleicht hat ihm der »Alpöhi« auch schon ein nettes Heidi ausgesucht. Eines mit roten Backen und geblümtem Unterrock, das zur Zeit bei der kranken

Klara in Frankfurt seine Sporen als Kinderbuchheldin verdient.

»Pierre ischt der Mann fürs Leben.«

Und das sagst du so leichtfertig nach einer einzigen Nacht? War dieser Ziegenpeter denn wirklich so verdammt gut im Bett?

»Oh, oui!«

Dann will ich dir jetzt mal was sagen: Ich habe nicht schon nach einem Tag Zürich verlassen, um auf diesen Berg zu kraxeln und mich hier mit der Frage zu befassen, wo du deinen Bimmel reinstecken könntest. Wir sind gemeinsam unterwegs, damit du mir die Schweiz zeigst! Doch bis jetzt habe ich bloß Fragmente von Zürich und dieses Berghotel im Urnerland gesehen. Das kann ja wohl nicht alles gewesen sein, oder?

»Doch.«

Und was ist mit Bern? Die Altstadt soll eine der schönsten Kulissen Europas sein, sogar ein Weltkulturerbe, so wie die Pyramiden von Gizeh. Ich möchte sie sehen!

Henry schnauft verächtlich. »Wenn schon, dann lieber Genf.«

Auch gut. Laß uns nach Genf reisen und dort mit dem Ruderboot unter dem riesigen Wasserspiel im See durchfahren. Das macht Spaß.

»Non.«

Und warum dieses kategorische »non«?

»Weil Genf eigentlich zu Frankreich gehört.«

Und Basel ist wohl ein Teil von Deutschland?

»Oui.«

Jetzt mach aber halblang, Henry. Was du da von dir gibst, spottet jedem Weltatlas.

»Mag sein, daß du theoretisch recht hascht, aber in der Praxis ischt es so, wie isch sage: Die Westschweizer orientieren sich nach Frankreich, die Südschweizer nach Italien, die St. Galler nach Österreich und die Basler nach Deutschland.«

Und wo, bitte schön, befindet sich die Restschweiz?

»Hier! Die Berge!« Henry macht eine ausladende Bewegung mit dem rechten Arm und schmeißt dabei meine Ziegenmilch um.

»Und jetzt sage isch dir, was du von den einzelnen Schweizer Städten wissen muscht, damit du ab morgen in München als glaubhafte Schweizerin auftreten kannst, so daß die deutschen Konsumenten schlußendlich wegen dir Antons Schokoladen-Prügeli kaufen.«

Ob ich mitschreiben soll?

»Nicht nötig. Es gibt nischt viel zu sagen. Du kannscht dir das gut merken.«

Danke, Henry. Danke für dein Vertrauen in meine Intelligenz. Und danke, daß du mir bei Pierre ein weiteres Glas Ziegenmilch bestellt hast. Das wäre nun wirklich nicht nötig gewesen.

8

Liebste Eltern!

Dies sind wohl die allerletzten Zeilen, die Ihr von mir lesen werdet. Auf die Abfassung eines Testamentes habe ich aus verschiedenen Gründen verzichtet. Der triftigste Grund liegt wohl darin, daß ich gar nichts zu vererben habe. Gallus, dieser Parasit, hat mich während unseres Zusammenlebens bis auf die Fettdepots ausgehöhlt. Das wenige, was nach meinem tragischen Ableben in den Bergen dennoch übrigbleibt, soll meinem Patenkind gehören – so es denn je auf die Welt kommen wird. Irgendwie habe ich nämlich das Gefühl, Laura mache mit der Schwangerschaft nicht so recht vorwärts. Dabei hielt ich sie bis jetzt für die produktivste aller Gebärmaschinen, zuverlässiger als jeder altgediente Ford-Motor. Aber wenn sie in diesem Schneckentempo fortfährt, wird sie nie zur Obermutter der Nation erkoren.

Laura und ihre Familie konnte ich über mein bevorstehendes Ableben leider nicht unterrichten. Die Telefonleitung ist tot. Genauso tot, wie ich sein werde, wenn der Blitz mich im Holzbett erschlagen hat. Seid froh, daß Ihr Euch den Wunsch nach Wanderferien in den Schweizer Bergen nie erfüllen konntet. Genießt Eure Greiswerdung auf Mallorca, denn hier im gehobenen Urnerland hättet Ihr keine Chance auf senilen Parkinson gehabt, vorher wärt Ihr einem Berggewitter erlegen!

Da! Wieder ein Blitz, wenig später der Donner. Es ist die Rache des Herrn im Himmel. Er entlädt seinen Zorn über dem abtrünnigen Katholiken Pierre, und das, obwohl im Vatikan erwiesenermaßen auch viele Schwule verkehren. Aber dieser Umstand nützt mir im Moment der fürchterlichsten Todesangst auch nichts mehr. Hagelkörner, so groß wie Wagenräder, peitschen an die Scheiben. In der letzten halben Stunde habe ich verzweifelt versucht, mir einen rauschenden Sandstrand vorzustellen. Von wegen autogenes Training befreit! Meine Nervosität ist bloß noch größer geworden. Das kommt wohl davon, daß ich an diesem Sandstrand direkt unter einer Palme gelegen habe und mir in regelmäßigen Abständen Kokosnüsse auf den Kopf gefallen sind.

Nun, liebste Eltern, ich weiß, daß ich nicht das einfachste aller Kinder war. Gut, ihr hattet zum Glück bloß zwei – und Laura war ja wirklich ein Vorzeigepüppchen sondergleichen, da durfte ich ruhig etwas aufdrehen. Dennoch gibt es drei, vier Dinge, für die ich mich kurz vor meinem Übertritt ins Nirwana höchst offiziell entschuldigen möchte: zum Beispiel die Sache mit Großmutter. Heute weiß ich, daß man alten Menschen das Gebiß nicht aus der Nachttischschublade klaut, um es am Mittag als U-Boot in der Suppenschüssel wieder auftauchen zu lassen. Ich weiß auch, daß es sich nicht ziemt, anderen Menschen den Stuhl unter dem Hintern wegzuziehen, weil sie sich sonst – so wie Mutter damals im Nordsee-Urlaub – das Steißbein brechen und mehrere Wochen in Bauchlage im Krankenhaus liegen müssen. Was jedoch die Sache mit dem zerschlagenen Kinderregenschirm betrifft, so stehe ich immer noch voll und ganz hinter meiner Tat: Dieser Junge, ich glaube, er hieß David, war nun mal ein Kotzbrocken. Ich mußte ihm einfach Saures geben. Oder hätte ich zuschauen sollen, wie er immer die Kleinen und Schwachen plagte? Zudem war sein Vater Chirurg und konnte die Platzwunde über der rechten Augenbraue bestimmt am Küchentisch nähen.

Nun, mich für jede meiner juvenilen Unzulänglichkeiten zu entschuldigen würde den Rahmen dieses Briefes sprengen. Und sowieso geht mir gleich das Papier aus. Laßt Euch umarmen! Eure Pfundstochter.

PS: Falls Ihr gedenkt, mir irgendwelche Grabbeigaben auf den Weg über den Ganges mitzugeben, so bitte nur Bargeld. Am besten Dollarscheine, die werden nämlich überall akzeptiert.

Ich habe den Brief noch nicht abgeschickt und lese ihn immer wieder, während Henry mit dem gemieteten Smart über die Autobahn in Richtung Bayern donnert, als müßte er sich auf dem Nürburgring gegen die Schumacher-Brothers behaupten. Dabei haben wir Zeit. Viel Zeit. Es ist erst kurz vor acht Uhr – und wir haben schon mehr als hundert Kilometer hinter uns gebracht.

Mir war's übrigens ganz recht, daß Henry offensichtlich auch nicht schlafen konnte. Als er gegen halb fünf an meine Zimmertür klopfte, um mit belegter Stimme nachzufragen, ob wir unverzüglich abreisen könnten, sprach ich ihn mit keinem Wort auf seine Eroberung an, sondern hüpfte in meine zu engen Bergschuhe und trabte sogleich in Richtung Tal hinunter, der nächsten Blase entgegen.

Doch zurück zum Abschiedsbrief. Abschicken muß ich ihn vorläufig nicht. Ich lebe ja noch. Was für ein Glück! Das Gewitter ist vorbei und Henrys aufgeflackerte Liebe zu diesem Ziegenpeter augenscheinlich auch. Mir war ja schon am Anfang klar: Ein biegsamer Halbfranzose und ein steiniger Urschweizer – das kann nicht gutgehen, oder?

Die Dollarscheine. Genau. Jetzt weiß ich, was mir an dem Abschiedsbrief nicht paßt. Was, wenn mir die Dollarscheine aus dem letzten Hemd geklaut würden? Nein, Dollarscheine taugen nicht als Grabbeigabe. Viel besser wären Reiseschecks, die würden bei Verlust ersetzt. Also werde ich die Zeilen umgehend ändern. Aber eigentlich ist das Unwetter ja vorbei. Nun, wer weiß, was noch kommt. »Hast du deinen Nachlaß eigentlich geregelt, Henry?«

Mein fahrender Nachbar bringt den Mietwagen zum Stehen, sozusagen von hundertfünfzig auf null. Zum Glück reisen wir ohne Gepäck, sonst hätte mich jetzt bestimmt ein nach vorne fliegender Koffer erschlagen.

»Paß doch auf, Henry! Ich habe dich ja nicht gefragt, ob du gleich sterben willst, sondern ob du deinen Nachlaß geregelt hast.«

»Isch will nie sterben.«

»Das will wahrscheinlich niemand. Und dennoch wird der Tag kommen – auch für dich. Wenigstens in dieser Beziehung sind die Schwulen mit den Heteros gleichgestellt.«

Henry dreht die Musik ab. Kann es sein, daß wir seit einer geschlagenen Stunde das immer selbe Lied gehört haben?

»Nein«, meint Henry. »Aber bei diesen amerikanischen Retortensängern tönt eben alles irgendwie ähnlich.«

Wie recht du hast, Henry. Ich weiß, daß dein Franzosenherz sowieso eher für melancholische Chansons schlägt. Aber bitte denk daran, daß Céline Dion in ihren Anfängen ebenfalls französisch trällerte, bevor sie, dank eines Crash-Englisch-Kurses, zum Weltstar mutierte. Da fällt mir ein, daß die gute Céline in den achtziger Jahren für das Schweizer Ländle den Grand Prix d'Eurovision de la Chanson gewonnen hat. Wie hieß doch dieses Lied schon wieder?

»Ne partez pas sans moi«, sagt Henry und übersetzt sich sogleich: »Geh nicht ohne misch.«

Hat das der Ziegenpeter heute morgen vielleicht auch zu dir gesagt?

»Eher das Gegenteil.«

Nimm's nicht tragisch. Bei deinem knackigen Po wirst du bestimmt auch noch was anderes kriegen. Falls du an einem verkappten Schwulen aus dem Anwaltsmilieu interessiert bist, sag es mir, ich könnte dir in dieser Angelegenheit unter Umständen weiterhelfen.

»Du bischt ja so gut zu mir.«

Übertreibe nicht, Henry. Wenn du den Böckenkrüger erst mal kennengelernt hast, wirst du mich auf den Mount Everest wünschen, ohne Sauerstoff.

»Würde isch nicht. Isch weiß ja inzwischen, daß du keine hohen Berge magscht.«

Du sagst das nur, damit du mir nicht sagen mußt, wer einmal in den Genuß deines Nachlasses kommt.

»Nein, warum auch. Isch werde meinen Besitz der Stiftung für herzlose Hunde vermachen.«

Kann es sein, daß du »herrenlose Hunde« meinst?

»Ja, herrenlos. Habe isch das nicht gesagt?«

»Warum beglückst du nicht deine Brüder und Schwestern mit dem Bargeld, das von dir übrig bleiben wird? Oder vielleicht sogar deine Eltern?«

»Weil sie sich von mir abgewendet haben, seit sie wissen, daß isch anders bin.«

Das ist hart.

»Es ischt der Preis für die Ehrlichkeit.«

Er wirkt gefaßt. Der Junge hat Rückgrat, das muß man ihm lassen. Ich will ihm meine Hand tröstlich auf den Oberschenkel legen, da bricht er in schallendes Gelächter aus.

Henry! Bist du am Ende gar nicht schwul? Dann laß uns heiraten – wenn möglich in der nächsten Autobahnkapelle.

Er hält sich den Bauch und gackert wie eine alte Henne, bevor sie zu Currygeschnetzeltem verarbeitet wird.

»Mensch, paß doch auf, da vorne kommt eine scharfe Kurve. Halt das Lenkrad fest!«

»Aber isch muß doch so lachen ...«

»Warum denn bloß?«

»Weil isch gar keine Eltern und Geschwischter habe. Isch bin nämlich ein Waisenkind!«

»Oder möchten Madame vielleicht doch lieber das dezent Gestreifte mit dem steifen Stehkragen?«

Ich zweifle – an dieser hochgestochenen Verkäuferin, an dem dezent Gestreiften mit dem steifen Stehkragen, das mich wie eine schwangere Giraffe aussehen läßt, und an Henrys Loyalität. Da sind wir noch keine Stunde in München. Und noch vor dem ersten Weizenbier soll ich eine so folgenschwere Entscheidung treffen: geblümt oder gestreift?

Und was tut Henry? Mir beistehen? Mitnichten! Er lümmelt mit übereinandergeschlagenen Beinen in einem der Sofas herum und telefoniert. So weit, so gut. Aber daß er sich bei meiner Verkäuferin eben zwei Weißwürste mit süßem Senf bestellt hat, das finde ich ganz einfach widerlich. Und noch widerlicher ist, daß ihm dieser Wunsch auch noch erfüllt wird – inklusive frische Brezen.

Zugegeben: In teuren Modeboutiquen bewirkt die adäquate Betreuung des zahlenden Ehemannes in aller Regel mehr als ein gutsitzender Stoffetzen um die ausladenden Hüften der Gattin. Aber Henry ist ja gar nicht mein Mann! Und bezahlen tut der auch nicht! Wenn schon, dann berappt Anton Branschli meine neue Garderobe. Er, der reiche Schokoladenproduzent, besteht darauf, daß ich als noble Dame durch Bayerns Metropole stolziere. Keine Jeans. Keine Turnschuhe. Nur noch Spitzen-BHs und Rühr-mich-nicht-an-Kleidchen.

»Was ist mit dem kleinen Roten dort drüben in der Ecke?«

Die Verkäuferin schaut zuerst mich und dann das Kleidchen an. Und dann wieder mich und wieder das Kleidchen. Schließlich schüttelt sie den Kopf: »Gibt es nicht in 44.«

Warum so laut? Etwas mehr Diskretion, wenn ich bitten darf! Wir befinden uns hier sozusagen auf feindlichem Gebiet: Was über Kleidergröße 38 trägt, muß froh sein, geduldet zu werden.

»Wie wäre es mit diesem Modell hier?« Sie rollt mit einem blaß wirkenden, braunen Zelt an. Das sei der neueste Schick aus Japan.

Ob man darin auch gleich nächtigen könne, will ich wissen.

Als Nachthemd sei das Stück wohl doch etwas zu teuer, meint sie mit Seitenblick auf den kauenden Henry.

Laß mir auch ein Stück von der Wurst übrig, wenigstens den Zipfel! Henry!

»Ich möchte aber etwas Rotes«, trotze ich, um dem japanischen Fummel zu entkommen.

»Sind Sie sich da ganz sicher?«

Eigentlich schon. Aber wahrscheinlich nicht mehr allzu lange. Los, raus mit der Sprache! Was paßt ihnen nicht an mir?

»Rot ist nicht unbedingt Ihre Typenfarbe.«

Meine was?

»Verhaltene Grau- und Brauntöne kaschieren viel besser. Mit Rot fällt Frau unweigerlich auf.«

Ich will aber auffallen! Anton Branschli bezahlt mich dafür. Ganz München soll meinetwegen seine Schokoladen-Prügeli kaufen. Ich werde wie die farbigen Kühe in die Schokoladengeschichte eingehen. Noch in zehntausend Jahren wird man sich meiner erinnern: Den Kindern wird man meinen Namen mittels Chip ins Gehirn einpflanzen.

»Monsieur Branschli wünscht uns viel Glück.« Henry schwenkt sein Mobiltelefon durch die Luft.

»Und was hat Anton sonst noch gesagt? Hat er die Schokolade wieder flüssig gekriegt?«

»Non. Sie müssen die Rohre ersetzen. Es wird lange dauern und viel Geld koschten.«

Wer, so wie Anton Branschli, einen assortierten Siegelring zu goldenen Manschettenknöpfen trägt, verfügt ja wohl auch noch über das nötige Kleingeld, um in seiner Fabrik neue Leitungsrohre einbauen zu lassen, oder?

»Monsieur Branschli wird vorerscht nicht nach München kommen können.«

Haben wir ihn denn überhaupt erwartet?

»Oui. Er wollte die Konsumentenstimmung vor Ort beurteilen und teschten.«

Kann man das überhaupt?

»Eigentlich nischt, aber der Kunde ischt König. Und Monsieur Branschli ischt Kunde meiner florierenden Werbeagentur.«

Wenn Branschli der König ist, was bin ich? Die Kaiserin?

»Du bischt sozusagen meine einzige Angestellte.«

Nein, Henry! Das hatte ich schon mal: einen wankelmütigen Chef über mir. Da mach ich nicht mit. Entweder, wir spielen Gleichberechtigung – oder wir lassen es bleiben. Schließlich verzichte ich freiwillig auf meine weiblichen Privilegien, sprich Mutterschaftsurlaub und Friseurtermin.

»Genau! Der Coiffeur!«

»Du meinst wohl den Hairstylisten?«

»Egal, wir müssen dir die Haare schneiden.«

»Wir?« Und vor allem welche? Ich bin in dieser Beziehung ein gebranntes Kind. Erinnerst du dich noch an unser allererstes Zusammentreffen im Holiday Out in Bochum? Du warst nicht eben nett zu mir, oder?

»Das tut mir schrecklich leid. Ehrlich.«

»Du hast damals in dieser unterkühlten Hotelhalle lauthals verkündet, daß dich meine Schamhaare nicht interessieren ...«

»Pardon! Die Zeiten ändern sich.« Henry senkt die Augen. Ob seine Vorfahren Bernhardinerhunde waren? Die haben nämlich diesen Ich-kann-kein-Wässerchen-trüben-

Blick auch ganz gut drauf. Bloß das kleine Faß am Hals fehlt.

Henry ist immer noch bei meinen Schamhaaren. »Es war Sandys Schuld.«

Falsch! Sandy hat sich mit keinem Pieps dazu geäußert. Die hat nämlich ihre eigenen Probleme, sprich Zellulitis im Anfangsstadium. Wenn die jetzt nicht aufpaßt, wird sie ein schlimmes Alter kriegen – falls du weißt, was ich meine.

»Isch war damals ziemlich nervös bei diesem Unterhosenauftrag. Isch wollte ihn unter keinen Umständen verlieren.«

»Dafür hast du mich gefunden.«

»Ja«, strahlt Henry. »Dies hier ischt der Job meines Lebens. Isch werde disch berühmt und mich reich machen.«

»Ich hätte, ehrlich gesagt, auch nichts einzuwenden gegen ein paar Fränkli mehr auf meinem Konto.«

Oh, Gott! Ich habe Fränkli gesagt! Ist denn das die Möglichkeit? So weit bin ich also schon. Der nächste Schritt wird wohl sein, daß ich auf dem Marienplatz zu jodeln anfange und im Biergarten am chinesischen Turm Käsefondue bestelle. Dabei tun so etwas wirklich nur die Asiaten. Das allerdings bloß einmal, weil sie danach drei Tage lang an Magenkrämpfen leiden. Kein Wunder, ihre Innereien sind ja fast ausschließlich auf Reis und Fisch programmiert, nicht aber auf fetten Schweizer Fonduekäse.

»Welches Kleid darf's denn nun sein?«

Die Verkäuferin möchte endlich Umsatz machen. Es ist kurz vor halb zwölf, der Laden leer. Die Upper-class-Weiber von Bogenhausen und Grünwald pilgern erst am Nachmittag in Richtung Maximilianstraße, um hier, auf der Nobelmeile Münchens, ihrem sorglosen Dasein den ultimativen Kick zu geben. Wie? Indem sie dem neuesten Todds- oder Chanel-Täschchen nachjagen. Am Vormittag beraten sie sich in aller Regel mit ihren Innendekorateuren über die optimale Beleuchtung der goldenen Namensschilder an den ferngesteuerten Eingangstoren ihrer Villen. Oder aber sie huschen im trendigen Tenniskleidchen durch den Feinkostladen, um ihren Kinderchen eine tiefkühlfrische Pizza zu besorgen – fürs Kochen bleibt ja sowieso keine Zeit mehr übrig. Sie selber, die Damen der High Society, verzichten aufs Mittagessen – zugunsten eines Gläschens Champagner bei Strahlemayer an der Austerntheke.

»Wir nehmen alle«, entscheidet Henry.

»Nein, das japanische Zeltgewand bitte nicht.«

»Doch, auch das Japanische.«

»Warum denn, Henry? Es ist einfach nur häßlich. Dem Lumpen fehlt jeder Schnitt.«

»Egal«, meint Henry. »Vielleicht kommscht du in deiner Funktion als Schweizer Star plötzlich in die Lage, etwas Japanisches tragen zu müssen.«

Ich kann mir nun wirklich nicht vorstellen, wann dies sein sollte.

Henry auch nicht. Doch er braucht den Fummel ja nicht zu bezahlen. Die Rechnung geht postwendend an Anton Branschli – mit freundlichen Grüßen aus München.

9

»Und du meinst wirklich, ich soll den obersten Knopf der Bluse offen lassen?«

Ja, nickt Henry. Er telefoniert wieder mal. Neuerdings trägt er, ähnlich wie die Teddys aus Plüsch, einen Knopf im Ohr und redet ins Leere hinaus.

»Jetzt leg schon auf, wir sind bestimmt gleich da.«

Henry läßt sich nichts befehlen. Nicht von mir. Das ist seine Quittung dafür, daß ich beim Hairstylisten gezickt habe. Aber ich konnte ja nicht anders. Der wollte mir doch tatsächlich aschblonde Haare ansetzen, um sie danach, in der Form des Kopfes, wieder abzuschneiden. Ich sagte ihm freundlich, aber bestimmt, daß er mit den vorhandenen Ressourcen zu arbeiten habe. Schließlich seien die besten Köche auch nicht diejenigen, die immer nur aus der vollen Kaviardose schöpften.

Moderne Mittellanghaarfrisur. So steht's auf der handgeschriebenen Rechnung. Die Zahl hundertfünfzig ist dreifach unterstrichen. Anton Branschli wird staunen. Wie teuer doch diese Münchner Coiffeure in Sachen Spitzenschneiden sind! Vielleicht kann Branschli ja wenigstens die Mehrwertsteuer vom Endbetrag abziehen – in aller Regel dürfen das die Schweizer.

Sobald meine Mission hier erledigt ist, will auch ich mich um einen Sonnenplatz auf Europas einziger Festlandinsel bemühen. Ich werde es wahrscheinlich so drehen wie all die superreichen Ausländer in der Schweiz – und mich pauschal besteuern lassen. Das rechnet sich vorteilhaft. Und Henry hat mir außerdem erzählt, daß jeder der sechsundzwanzig Kantone über eine eigene Steuergesetzgebung verfügt. Und nicht nur das! Jede einzelne Stadt und jede Gemeinde geht, fiskal- oder steuerpolitisch gesehen, ihren eigenen Weg. Die Eidgenossen mögen die Vielfalt eben nicht bloß beim Käse.

Käse! Ich hab doch während meines Schweizer Ultrakurzaufenthaltes tatsächlich vergessen, meiner Schwester Laura Greyerzer Käse zu besorgen. Sie bäckt damit diese langgezogenen Käseröllchen. Wobei die Stangen vom Supermarkt genauso gut schmecken und, aufs Stück umgerechnet, billiger sind. Aber Laura steht nun mal gerne mit zwei weißen Händen am Küchentisch und setzt sich dabei in die Steinzeit zurück. Dies übrigens ganz im Gegensatz zu Henry!

Manchmal denke ich, der Typ ist bloß schwul, weil das Schwulsein momentan »in« ist. Genauso »in« wie schwarze Armani-Anzüge, Handys und Waschbrettbäuche.

Mein guter Henry! Er ist ein ausgewachsenes Faultier. Gut möglich, daß sein starker Drang zum Nichtstun auf sein Intimleben zurückzuführen ist. Wie frau so hört, soll es ja beim Schwulensex ganz schön hart zur Sache gehen.

Trotzdem hätte Henry sich bemühen können, mir die Schweiz zu zeigen, statt mir ein paar vergilbte Postkarten auf den Nachttisch zu legen.

Eine vom Emmental war dabei. Dort, mitten in der Seele von Mutter Natur, war auch dieser schreibende Pfarrer namens Gotthelf tätig. Sein Vorname: Jeremias.

Ich würde ja mein Kind niemals Jeremias taufen! Aber da ich glücklicherweise keine Kinder habe und der Gotthelf bereits im vorletzten Jahrhundert von uns gegangen ist, tut sein Vorname eigentlich nichts zur Sache.

Warum ich Jeremias Gotthelf kenne? Der Anton Branschli hat ihn mir ans Herz gelegt – oder, genauer gesagt, in die Hand gedrückt. Nicht den Pfarrer, sondern eines seiner Bücher. Es könne ja nicht schaden, wenn ich da mal reinlese, hat Toni gemeint. Albert Bizius – so hieß

Gotthelf mit richtigem Namen – habe nämlich einen Teil seiner Ausbildung im schönen Göttingen in Deutschland absolviert. Somit könne Gotthelf für meine Schokoladen-Promotionstour vielleicht in irgendeiner Form von Belang sein. Glaube ich, ehrlich gesagt, nicht.

»Merde!« Henry hängt zwischen den Kopfstützen der BWM-Limousine. Ganz klar, in München fährt Mann BWM. Für Frau darf es auch mal ein schnittiger Sportwagen oder eine B-Klasse sein. Aber da wir ja auf prominent machen, mußte für die Vorfahrt im Fünf-Sterne-Hotel ein bayerisches Qualitätsprodukt her.

Ich stehe ja nicht unbedingt auf Autos. Aber das Exemplar, das Henry geordert hat, gefällt mir schon ganz gut. Wahrscheinlich liegt es weniger an der frostigen Klimaanlage und dem eingebauten Zigarrenfach als vielmehr an unserem Fahrer, Chauffeur genannt. Mensch, hat der Typ einen Oberkörper! Mindestens so breit wie Omas Kleiderkasten. Schade bloß, daß er zur weißen Uniformjacke eine ebenfalls weiße Mütze mit schwarzem Schild trägt. Ich hätte zu gerne seine Haare gesehen. Wahrscheinlich trägt er sie raspelkurz. Ich glaube, sie sind schwarz. Schwarz wie die Nacht. Und er ist schön wie der blühende Tag.

»Isch klemme fescht«, jault Henry verzweifelt.

Selber schuld. Warum mußt du auch immer und überall deinen Kopf reinstecken? Unsanft ziehe ich an Henrys Hosenbund und habe unvermutet seinen Slip zwischen meinen Fingern.

»Henry! Du trägst ja die schlaffen Zebras auf blauem Untergrund!«

»Oui. Isch habe zehn Stück davon geschenkt gekriegt.«

»Weil du den Auftrag vermasselt hast?«

»Isch habe den Auftrag nicht vermasselt. Wenn schon, dann warscht du es!«

»Nicht schon wieder, Henry. Die Sache mit den verwechselten Regenmänteln ist erledigt. Die schöne Anna hat ihr gutes Stück samt ihrem Handy noch vor meiner Abreise zurückgekriegt. Und Gallus habe ich ihr obendrein auch noch überlassen.«

Henry klappt die lederne Mittellehne hoch und schiebt seinen Po auf meine Sitzhälfte.

Was ist los?

Er flüstert. Ich ebenfalls.

»Henry, sei kein Spielverderber! Ich will auch mal!«

»Keine Chance!«

»Aber der Typ gefällt mir. Hast du seine muskulösen Oberschenkel gesehen?«

»Natürlich. Und diese Hände!«

»Laß ihn mir gehören!«

»Non. Wetten, daß er schwul ischt?«

»Mit dir schließe ich bestimmt keine Wette ab.«

»Wer gewinnt, muß den anderen zu einem Cocktail in der Hotelbar einladen.«

»Okay, dieses eine Mal. Abgemacht.« Ich kreise schon mal lüstern mit der Zungenspitze über die trockenen Lippen. Und Henry streicht sich selbstverliebt übers frischrasierte Kinn. Wenn ich gewinne, lasse ich ihn zur Strafe fünf Gläser Weinschorle trinken. Das haßt er. Jeder Franzose haßt verdünnten Wein.

»Wir sind jetzt am Theatinerplatz«, spricht unser gemeinsames Objekt der Begierde.

Na und?

»Noch knapp drei Minuten bis zum Ziel.«

Henry verwirft die Hände. »Wir sind viel zu früh! Die Leute werden noch nischt dasein.«

Henry quasselt etwas von Statisten. Das sei wie im Film. Bei Derrick und Tatort arbeite man regelmäßig mit solchen Statisten, behauptet er. Manchmal sei sogar der Tote ein Statist.

Verständlich, der muß ja auch nicht reden, sondern einfach still daliegen. Dafür braucht die Bavaria ja wirklich keinen hochbezahlten Filmstar zu engagieren.

Ich bitte Henry gnädigst, auf jeglichen unnötigen Firlefanz zu verzichten, und verweise auf unsere bisherigen Reisekosten, die auch ohne Statisten bereits über dem liegen, was ich bei Dr. Böckenkrüger für einen ganzen Monat Fingerkuppen-wund-Tippen verdient habe.

Henry sagt, Anton Branschli fahre mit mir in jedem Fall kostengünstiger, als eine doofe Plakatkampagne in ganz Deutschland gekostet hätte. Und zudem gehöre es bei prominenten Leuten zum guten Ton, viel Geld auszugeben.

Wenn dem so ist, möchte ich für den Rest meines Lebens prominent sein!

»Du wirscht schon sehr bald sehen, wie das ischt«, prophezeit mir Henry. Zum Fahrer sagt er: »Einmal um die Stadt, bitte schön.«

»Das dauert um diese Zeit aber mindestens zwei Stunden. Im Moment ist Abendverkehr.«

Nein, so lange können wir die Statisten nicht warten lassen. Die kosten bestimmt für jede einzelne Minute, in der sie sich die Beine in den Bauch stehen, eine Menge Geld. Das dürfen wir Anton Branschli und seinen ausgeglichenen Bilanzen wirklich nicht antun.

»Dann einmal um den Block – aber nicht zu schnell, wir kommen schlußendlich aus der Schweiz!«

Stimmt nicht! Ich bin Deutsche und keineswegs langsam.

Henry bangt um seinen schönen Plan. »Znascht du es vergessen, ab sofort bischt du Schweizerin! Kapiert?«

Ich weiß, Henry, bloß keine Panik. Rück lieber mal ein Stück Schokolade aus dem eingebauten Kühlschrank raus.

Er streckt mir zwei Prügeli entgegen. Das eine in rotes, das andere in blaues Knisterpapier eingepackt.

»Ich will quadratische Vollmilchschokolade, keine Prügeli.« Anton verzeih mir!

»Du muscht aber Prügeli essen. Sonscht wirkscht du nicht glaubwürdig.«

»Also, her damit!« Lieber zwei Prügeli als gar keine Schokolade.

»Weißt du noch, wie du aus dem Wagen steigen muscht?«

Ich bin ja nicht blöd! Knie zusammengepreßt, Füße angehoben, die rechte Hand gegen das Polster abgestützt, mit der linken leicht abstoßen – und dann mit Schwung eine Vierteldrehung ins Freie. Das ist ganz einfach. Und wenn es wider Erwarten doch nicht klappen sollte, so bist ja du an meiner Seite. Du kannst als mein Manager der tobenden Menge mitteilen, daß ich halt etwas geschwächt sei. Der lange Flug und so ...

»Wie lange fliegt man eigentlich von Genf nach München?«

»Du wohnscht aber nicht in Genf!«

Ruhig, Henry. Ich wohne in Zürich. So viel ist klar. Aber ich könnte ja – auch wenn ich in Zürich wohne – ab Genf fliegen, oder?

»Non! Niemals! Ein Zürcher würde unter keinen Umständen den Genfer Flughafen benützen – außer die Pescht wäre ausgebrochen und er müschte die letzte Maschine ins Ausland erwischen, um sein wertvolles Leben in Sicherheit zu bringen.«

Du hast ja eine schöne Meinung über die Zürcher. Und mich willst du ausgerechnet als Zürcherin vermarkten? Warum kann ich nicht eine Bernerin sein? Die würden mit ihrer behäbigen und biederen Art eher meinem Naturell entsprechen.

»Weil Bern noch nischt einmal über ein Dior-Geschäft verfügt.«

Das ist doch immerhin ein Argument. Henry, ich vertraue dir! Bloß noch diese eine Frage: Soll ich nun wirklich nicht versuchen, Schweizer Dialekt zu sprechen?

»Auf keinen Fall! Du sollscht die deutsche Sprache sprechen, damit die Leute disch auch verstehen. Deshalb haben Monsieur Branschli und isch ja auch keine Schweizerin für den Job ausgesucht.«

Du und der Toni Branschli – ihr scheint ja zwei ganz Durchtriebene zu sein. Aber wenn ihr schon alles so genau geplant und strategisch durchdacht habt, weshalb seid ihr dann ausgerechnet auf mich gestoßen? Unter den achtzig Millionen Deutschen gibt es doch wahrlich bessere Heidifiguren als meine Wenigkeit!

»Das bezweifle isch. Deine geplatzten Äderchen in Verbindung mit den breiten Hüften und den Fettknien sind sozusagen perfekt. Wichtig ischt nur, daß du den Fotografen nie deine linke Gesichtshälfte zeigscht.«

Was hast du denn gegen meine linke Gesichtshälfte einzuwenden?

»Der Nasenflügel. Er ischt asymmetrisch.«

Wenn's nur das ist.

»Und der Mundwinkel. Er ischt ausgefranst.«

Was noch?

»Das Ohr steht ab.«

Jetzt sag bloß noch, die Stirn sei runzlig.

»Ja, manchmal. Vor allem dann, wenn du mich grimmig anschauscht.«

Sag doch gleich, ich sei eine Fehlkonstruktion.

»Non, das stimmt nischt. Du hast wunderschöne Augen.«

Hab ich das wirklich? Das wäre doch immerhin ein Anfang.

»Und du hascht Humor.«

Ob das reicht, den Mann fürs Leben zu finden?

»Isch würde disch sofort nehmen.«

Schon gut, Henry, aber meinetwegen brauchst du nicht ans andere Ufer zu schwimmen. Bleib lieber auf deiner Seite und schick mir ab und zu eine Flaschenpost rüber.

»Isch glaube, der Monsieur Branschli hat ein Auge auf disch geworfen ...«

Aber der ist doch mindestens doppelt so alt wie ich!

»Macht nischts. Es gibt viele Frauen, die alte Männer heiraten, weil sie dann nischt mehr so lange aufs Erbe warten müssen.«

Ich bin kein solches Weib! Vergiß es. Der Branschli mag ja Millionär sein, aber das war's dann auch schon. Und wer weiß, vielleicht taucht ja sein Marili doch noch aus der Versenkung des Thunersees auf.

»Nie!«

Henry, man soll niemals nie sagen. Und wenn, dann bloß in Angelegenheiten, bei denen man sich absolut sicher ist. So wie ich zum Beispiel weiß, daß ich nie ein Kind haben werde.

»Bischt du unfruchtbar?«

Ich wäre es gerne!

»Dann könntescht du ja für mich Leihmutter sein.«

Jetzt mach aber einen Punkt, Henry. Ich stehe kurz vor meinem ersten großen Auftritt – und du willst mich schwängern und mir die Karriere versauen, noch bevor sie begonnen hat? Was, wenn es Zwillinge würden?

»Isch möchte nur ein Kind.«

Und das zweite?

»Das könntescht du behalten.«

Das ist aber sehr großzügig von dir, Henry.

Hotel »Bayerische Burg«. Endlich. Meine Blase frohlockt. Wenn dieses Auto wirklich was taugen würde, wäre statt des Zigarrenfachs und der Minibar ein stilles Örtchen eingebaut. Aber daran haben die Herren Autoingenieure mal wieder nicht gedacht. Sind selber wohl noch nie in der mißlichen Lage gewesen, in einem Endlosstau dringend zu müssen. Egal. Der Chauffeur setzt eben zur Landung vor dem Hoteleingang an – das Ende meines Leidens wird somit absehbar.

»Es tut mir leid, Henry, aber ich muß dringend. Hast du was dagegen, wenn ich mich zuerst ganz kurz dorthin zurückziehe, wo Frauen sonst in aller Regel bloß zu zweit hingehen?«

»Durchstarten!«

Henry, warum so entfesselt? Wir Frauen haben's beim Pinkeln nun mal nicht so leicht wie ihr Männer. Dafür brauchen wir auch nicht mit einem hormoninduzierten Steuerknüppel zwischen den Beinen herumzulaufen.

»Oh, Gott! Die Statischten haben die falschen Fahnen!«

Ach ja? Ich habe, ehrlich gesagt, gar nichts gesehen. Zu sehr beansprucht mich meine Blase, als daß mein Sehnerv noch voll funktionstüchtig wäre.

»Es waren schwedische Fahnen, die sie geschwenkt haben. Hascht du gehört: Schweden! Dabei habe ich ausdrücklich gesagt, es müschten Schweizer Fahnen sein.«

Henry ist in Rage. Sein Handy läuft heiß. Und noch heißer fühlt sich wohl das rechte Ohr der linkischen Dame am anderen Ende der Verbindung an. Sie zeichnet nämlich sowohl für die Auswahl der Statisten verantwortlich wie auch für die Ausrüstung derselben mit Schweizer Fahnen.

»Was ist los! Sie haben keine Schweizer Fahnen gefunden? In ganz München nicht?« Henry beginnt zu hyperventilieren. Ich schaue mich schon mal nach einem Plastiksack um, den ich ihm notfalls über den Kopf ziehen kann, damit er wieder zu seiner Normalfrequenz findet.

Ruhig, Henry. Schön tief und bewußt ein- und ausatmen.

»Nur weiße Fahnen mit rotem Kreuz?« Das Ventil ist ab. Henry kondensiert zum Vernunftstropfen: »Gut, dann bringen Sie eben die weißen … Ich will die Statischten in späteschtens zehn Minuten mit dem roten Schweizerkreuz winken sehen. Verstanden?«

»Aber Henry«, versuche ich mich einzubringen, »wir sind doch nicht vom Roten Kreuz!«

»Macht nischts«, beruhigt mich der Werber. Wenn überhaupt Fotoreporter vor dem Hotel in Knipsbereitschaft stünden, so seien diese sowieso bloß zu schwarzweißen Bildern befähigt – womit das Farbproblem im Keim erstickt sei.

Fotoreporter?

»Natürlich.«

Und wozu dann noch die Statisten?

»Das ischt das Geheimnis guter Vermarktung. Am Anfang, wenn ein Produkt noch nicht bekannt ischt, muß man so tun, als sei es bereits riesig begehrt. Das ischt moderne Werbe- und Marketingstrategie. Verstehscht du?«

Ansatzweise. Vor allem habe ich verstanden, daß ich für dich ein Produkt bin.

»Mit den Statischten vor dem Hotel will isch erreichen, daß die großen Zeitungen und Zeitschriften auf disch aufmerksam werden, disch interviewen, mit dir ihre Seiten füllen. Ein redaktioneller Beitrag ist erschtens billiger als eine Anzeigenseite und zweitens sehr viel glaubwürdiger, da von dritten abgefaßt. Alles klar?«

Und was ist mit den Fotoreportern, die trotz allem bereits vor dem Hotel Spalier stehen?

»Das sind Lokalreporter von ganz kleinen Zeitungen. Bei denen reicht es völlig, wenn du ihnen einen Imbiß versprichscht. Dann kommen die, wohin du willscht, drücken mit ihrer Kamera ab und füllen zwanzig oder dreißig Zeilen.«

Was willst du denn noch mehr?

»Isch will die großen Blätter! Millionenauflagen interessieren mich. Erscht, wenn du von den Titelblättern der bunten Illuschtrierten lächelscht, bin ich ganz zufrieden. Und mit mir Anton Branschli, der ja über deine Berühmtheit seine Prügeli verkaufen will.«

Ich bitte Henry, mir nun mitzuteilen, weswegen ich denn in der Schweiz prominent sein soll. Es könne ja durchaus passieren, daß mich jemand darauf anspricht.

Henry mimt den Gleichgültigen. »Keine Ahnung. Ischt aber auch nicht wirklich wischtig. Du muscht einfach nur von deinen großen Erfolgen in der Schweiz sprechen. Kein Journalischt wird sich wagen, genauer nachzufragen, weil jeder Angscht davor hat, sich wegen seiner Unwissenheit zu blamieren.«

Die Sache wird platzen, wie ein Luftballon, der mitten in der Wüste auf einem Kaktus landet.

»Bestimmt nicht. Viel eher wird die Geschichte in den Medien eine Eigendynamik entwickeln. Jetzt im Sommer, der Saurengurkenzeit, sind die Redaktionen froh für jeden Promi-Furz, über den sie berichten und spekulieren können.«

Aber unsere Geschichte stinkt zum Himmel!

»Das tun die Promi-Fürze auch«, erwidert Henry und läßt den Chauffeur zum zweiten Mal vor der »Bayerischen Burg« vorfahren. Diesmal ist alles bereit. Die weißen Fähnchen mit den roten Kreuzen sind gehievt, die etwa fünfzig Statisten klatschen, jubeln und kreischen – je nach Höhe ihres Stundenhonorars.

Wenn das meine Schwester Laura sähe! Oder noch besser Gallus Möckli! Oder der Dr. Hartmut Böckenkrüger! Die würden allesamt in Ohnmacht fallen.

Soll ich? fragen meine schönen Augen den entzückten Henry.

»Erscht, wenn dir der Portier die Türe aufmacht. Und vergiß nicht …«

»… ja, Henry, ich werde meine Fettknie zusammenpressen. So wie du es mir beigebracht hast.«

»Muß ich eigentlich Autogramme geben?«

»Nein, bloß das nicht! Wenn du erscht einmal so richtig berühmt bischt, lassen wir bei Christie's eine Autogrammkarte von dir an den Höchschtbietenden versteigern. Mit dem Geld kannscht du dann deine Wettschuld bei mir einlösen.«

Ich habe keine Wettschulden bei dir. Wenn du die Sache mit dem Chauffeur meinst: Der Mann ist nicht schwul. Nie und nimmer!

Henry besteht auf der Homo-Variante.

Es bleibt uns – kurz bevor der Hotelportier meine Tür aufreißt – nichts anderes übrig, als den Schönling unverblümt auf seine sexuellen Neigungen anzusprechen.

Der läßt uns wissen, daß er sich auf kein Geschlecht festlegen möchte. Er liebe eben die Vielfalt.

Das mit der Vielfalt kenne ich doch schon. »Sind Sie etwa Schweizer?«

»Ja, in dritter Generation im Freistaat Bayern lebend.«

»Dann sind wir ja fast Landsleute«, entkommt es mir zu Henrys größter Befriedigung. Und weil er sichtlich stolz ist – beinahe so wie mein Vater, als ich zum ersten Mal auf zwei Rädern fahren konnte –, setze ich noch einen oben drauf:

»Darf ich Ihnen ein echtes Schweizer Qualitätsprodukt anbieten? Ein Prügeli aus der berühmten Schokoladenfabrik Branschli?«

»Bloß nicht!« wehrt der Chauffeur ab. Er sei heilfroh, nichts mit der Schweiz zu tun zu haben. »Oder möchten Sie in einem Land leben, wo das Faßbier ohne Krone serviert wird?«

»Ja, durchaus«, raune ich, das vor sich hinschmelzende Prügeli wie eine brennende Fackel in der rechten Hand haltend.

10

»Eine Sehnenscheidenentzündung. Weiter nichts Schlimmes. Einfach schmerzhaft und langwierig.«

Henry tätschelt meine linke große Zehe – als ob deswegen mein rechtes Handgelenk schneller heilen würde. Er tut es wohl zu seiner eigenen Beruhigung. Denn ich kann damit leben, fortan keine verschwitzten und anonymen Hände von korrupten Fans mehr schütteln zu müssen. Obwohl ich es nur gestern bei der Ankunft in der »Bayerischen Burg« tun mußte. Aber bereits diese halbe Stunde war für mein untrainiertes Handgelenk scheinbar zuviel des Guten. Und sowieso würde ich bei der nächsten Ankunft – sofern es überhaupt eine gibt – nur noch in Handschuhen grüßen. Weiß der Himmel, was jeder dieser fünfzig Statisten zuvor alles angelangt hat, bevor er meine desinfizierte Hand zwischen die Finger kriegte ...

»Soll ich Ihnen den Arm bandagieren?« fragt der Weißkittel.

Mir doch egal. Und jetzt hör endlich damit auf, ständig auf der schmerzenden Stelle rumzudrücken. Weh tun kann ich mir selber, dazu brauche ich weder einen Hotelarzt noch einen unsensiblen Mann.

»Spielen Sie Tennis?«

Ich, Tennis? Ob er Wimbledon oder so was meint? Sehe ich denn auch nur annähernd so aus, als könnte ich einen kleinen, gelben Ball mit hundert oder mehr Stundenkilometern durch die Luft schmettern, ohne dabei gleich in meine Einzelteile zu zerfallen? Nein, ich spiele kein Tennis. Aber falls es darum gehen sollte, daß du mit mir ein Spielchen wagen möchtest – dazu bin ich, in Anbetracht deines Doktortitels und der buschigen Augenbrauen, gerne und spontan bereit. Deshalb meine Antwort »Ja, ich spiele leidenschaftlich gerne Tennis«, und die dringende Hoffnung, daß du mich gleich mit auf den privaten Tennisplatz des Hotels schleppst.

»Ich rate Ihnen unbedingt davon ab«, sagt er so, als würde sich sein rechter Beckenknochen nicht seit zehn Minuten an meinem reiben. Jetzt beugt er sich sitzend über mich, um auch noch das linke Handgelenk zu begrapschen. Ich liege flach, meine Füße in Henrys Händen. Das Stethoskop des Weißkittels baumelt über meinem Körper und berührt immer wieder rein zufällig meine Brustwarzen. Sie sind hart und spitz. Es ist zum Verzweifeln: zwei Männer an meinem Bett, und keiner will was von mir.

»Isch kann das nischt akzeptieren«, heult Henry am Bettende. Seine Tränen waschen auch noch die letzten Sandkörner vom vorjährigen Strandurlaub aus meinen Zehenzwischenräumen.

Was kannst du nicht akzeptieren, Henry?

»Deine kaputte Hand.«

Laß nur, ich werde es überleben. Der nette Doc hier verschreibt mir bestimmt ein paar farbige Pillen gegen den Schmerz.

»Natürlich. Was hätten's denn gerne? Valium?«

Eigentlich steht mir ja der Sinn eher nach etwas Flüssigem. Wie wär's mit einem trockenen Martini? Das Valium überlasse ich Henry, der braucht es dringender als ich.

»Isch brauche doch kein Valium, isch brauche disch. Und zwar gesund!«

Wie möchtest du mich denn haben, Henry? Mit blauen oder grünen Augen, groß oder klein, dick oder dünn? Der Herr Doktor wird uns gegen ein kleines Entgelt etwas Nettes ohne Sehnenscheidenentzündung klonen, oder?

Nein, kann er nicht. Oder besser: Will er nicht. Er sei gegen Tierversuche. Und sowieso sei eine Sehnenscheidenentzündung kein Grund, in eine tiefe Depression zu verfallen.

Für Henry schon. Der bangt um unsere Promotionstour, die eben erst begonnen hat. Hände schütteln sei dabei genauso notwendig, wie in aller Öffentlichkeit schweizerische Schokoladen-Prügeli essen.

»Prügeli?« Der Doktor horcht auf.

Womit Henry bereits zur Hälfte versöhnt wäre. Da interessiert sich doch tatsächlich jemand für Anton Branschlis Prügeli! In Windeseile steht Henry mit einer Geschenkauswahl da. Der Medizinmann, dem Berufsstand entsprechend anfänglich noch etwas skeptisch, mampft sich durch die ganze Farbpalette der Verpackungen durch. Sein Fazit: »Wirklich lecker.«

Ich überlege mir, ob wir dem Doktor sein Honorar für die Konsultation in Naturalien, sprich in Form von abgelaufenen Prügeli, bezahlen sollen.

Plötzlich durchfährt Henry ein Geistesblitz: »Könnten wir die Hand nicht eingipsen?«

»Wir nicht«, brummt der Doktor schmatzend, »ich aber schon.«

»Dann tun Sie es. Bitte!« Henry ist kurz davor, sich auf die Knie fallen zu lassen.

Paß auf! Dein Meniskus!

»Warum wollen's denn die Hand eingipsen?«

»Weil das den Absatz fördert. Mitleid ischt immer gut und läßt sich erscht noch gut vermarkten.«

»Ich versteh' nicht. Seien's doch froh, daß es nix Schlimmeres ist.«

Von wegen! Auf einmal wünscht sich Henry meine rechte Hand bis auf ein paar wenige Sehnen durchtrennt. Je grausiger, desto besser. Ihm schwebt sogar eine blutige Notoperation auf dem roten Eingangsteppich zur »Bayerischen Burg« vor – live übertragen von sämtlichen privaten TV-Stationen, die national und international die Medienlandschaft bereichern.

Ich lege mein Veto ein. Der Doktor enthält sich der Stimme, weil er den Mund bereits wieder voller Prügeli hat. Dafür redet Henry doppelt auf mich ein – bis ich schließlich klein beigebe. Lieber ein Gips an der Hand als gar keine Begleitung.

Die Hunderttausender-Marke haben wir geschafft. Dem Gips sei Dank! Doch ob es tatsächlich die Mitleidsmasche ist, die bei den Medien zieht? Oder einfach nur die saure Gurkenzeit in den Redaktionen, die meine Popularität fördert – das werden Henry und ich nie erfahren. Ist uns ehrlich gesagt auch egal. Wichtig ist, daß jetzt – und das schon nach wenigen Tagen! – nicht mehr bloß Lokalanzeiger, Kirchenorgane und Kinderrundfunksender über unsere Präsenz berichten, sondern auch namhafte Medien mit Niveau – was immer das heißen mag. Henry jedenfalls ist glücklich.

Heute gab ich eine Audienz für eine Journalistin der führenden Regionalzeitung. Will heißen: Was die Dame schreibt, wird von mehr als hundert Personen gelesen. Nein, im Ernst: Die »Münchner Tageszeitung« hat eine Auflage von sage und schreibe zweihunderttausend Stück! Das ist doch schon mal ein Anfang, oder?

Morgen werde ich von der letzten Seite strahlen, unter »Vermischtes«. In Farbe! Darunter wird zu lesen sein, daß die hier abgebildete Schweizer Berühmtheit derzeit in der »Bayerischen Burg« residiere und sich die bayerische Landeshauptstadt glücklich schätzen könne, einen solch prominenten Bergkristall auf Stippvisite zu haben. Welch eine Ehre!

Und natürlich habe ich während des wohltemperierten Gesprächs im Salon meiner Dachsuite der »Bayerischen Burg« nicht vergessen, die Journalistin auf die Tatsache hinzuweisen, daß ich meine ganze Ausstrahlung, ja meinen ganzen Erfolg den Prügeli aus Anton Branschlis Schokoladenfabrik zu verdanken hätte. Ob sie das auch so schreiben wird, weiß ich nicht. Ich hoffe es – für sie. Denn Henry, neuerdings mein persönlicher Sekretär und Manager, hat durchblicken lassen, daß die Schokoladenfirma Branschli nicht ungewillt sei, in absehbarer Zeit eine breit angelegte Anzeigenkampagne in der »Münchner Tageszeitung« zu lancieren. Damit sollte auch der Journalistin klar sein, wie der Trend der Story läuft: wohlwollend und grundsätzlich positiv. Denn selbst kritisch programmierte Zeitungsleute wissen, wo ihre Brötchen herkommen – nämlich aus den Backstuben der Anzeigenkunden.

»Wo steckscht du?«

»Hier. Ich muß mich von diesem Interview regenerieren. Meine Antworten waren, so glaube ich wenigstens, ziemlich gut. Oder?«

»Wo ischt hier?«

»Auf dem Klo.«

»Auf welchem Klo?«

»Auf dem mit der runden Schüssel.«

»Isch weiß ja nicht, wo das runde Klo ischt.«

Ich kann mir nicht helfen, aber manchmal hat Henry eine lange Leitung, so wie Gallus. Ob es daran liegt, daß sie Männer sind? Oder Schweizer? Oder beides zusammen?

»Du findest mich im Badezimmer hinter dem dritten Elternschlafzimmer auf der zweiten Etage. Soll ich dir einen Lageplan schicken?«

»Non, isch warte unten an der Bar auf disch.«

»Gibt es was zu feiern?«

»Im Gegenteil. Isch will mich betrinken!«

Henry! Tu das nicht. Ich werde dir nicht beistehen können, und mein Aspirin ist alle.

»Vielleicht werde isch mich auch von der Marienkirche werfen.«

»Das ist nicht die Marienkirche, Henry! Das ist die Münchner Frauenkirche. So jedenfalls steht's auf dem Stadtplan.«

»Hauptsache, sie hat einen hohen Turm.«

Dann springe ich auch! Ich werde dich im freien Fall auffangen und mit dir in meinen Armen in der Luft ausharren, bis sich die Münchner Feuerwehr durch die Massen der Schaulustigen zu uns vorgearbeitet hat.

»Werde glücklich.« Das sind seine letzten Worte, bevor Henry, gepeinigt vor Liebeskummer, die gepanzerte Eingangstür zu unserer Suite hinter sich zufallen läßt.

Ich finde Henry, knapp eine Stunde später, tatsächlich an der Bar vor.

»Endlich«, raunt er weinerlich über die Trockenfutterschale hinweg und näßt seine Zungenspitze im abgestanden Wasser.

Jetzt sei aber nicht ungerecht, Henry. Ich habe von unserer Terrasse aus eine geschlagene Stunde mit dem Fernglas die beiden Türme der Frauenkirche beobachtet. Fazit: Du bist gar nicht hinaufgeklettert. Dann habe ich den Chefreporter der Bild-Zeitung angerufen und ihm erklärt, daß er zu Hause bleiben könne – mir aber das Info-Honorar trotzdem beim Portier auf meinen Namen hinterlegen dürfe. Danach bin ich einhändig ins Gestreifte geschlüpft und eigenhändig mit dem Fahrstuhl nach unten in die Halle gefahren. Ja, und hier habe ich mich kurz von den Preisen der Hotelboutique inspirieren lassen, bevor ich dann den Weg zu dir fand.

»Warum bischt du nicht gleich gekommen?«

Soll ich ehrlich sein? Ich habe erwartet, daß du an der Hundebar endest.

»Isch wollte mich umbringen.«

Schon gut. Wollen tun manche vieles.

»Was willscht du denn?«

Zum Beispiel diesen sehr nützlichen, aufklappbaren

Marienkäfer aus reinstem Gold. Erhältlich in der Hotelboutique.

»Was willscht du damit?«

Nichts. Ich will ihn einfach nur haben. So, wie manche Leute für Millionen Picassos oder van Goghs besitzen und die Dinger im Tresor lagern. Sie wollen die schönen Bildchen einfach nur haben.

»Isch möchte lieber einen treuen Hund haben.«

Aber du bist doch einer, Henry. Oder kannst du mir glaubhaft erklären, weshalb ein ausgewachsenes Menschenkind sich an der Hundebar vergnügt?

»Isch wollte mich vergiften ...«

Mit Hundefutter? Davon wird dir wahrscheinlich nicht mal übel. Wenn schon, mußt du dir Rattengift besorgen.

»Haben sie hier im Hotel nicht.«

Kein Rattengift? In der ganzen »Bayerischen Burg« nicht?

»Non. Die nehmen nur zahlende Gäschte auf.«

»Dann laß uns wenigstens was Handfestes trinken – mit Wasser auf leeren Magen wirst du nie absaufen.«

»Wollen's wirklich noch ein Bier?«

Unbedingt! Es ist ja erst halb sieben. Der Abend fängt erst an. Und wenn der nicht reicht, um über die Ein-Promille-Grenze zu kommen, nehmen wir noch die Nacht dazu.

»Wird's Ihnen denn nicht zu viel?«

»Was hat sie gesagt?«

Die fesche Dirndlträgerin hinter der Zapfsäule hat uns gefragt, ob wir zur Abwechslung nicht lieber ein alkoholfreies Wässerchen zu uns nehmen möchten.

Henry mag kein Wässerchen. »Isch habe heute schon genug Wasser geleckt. Jetzt will isch mich aktiv besaufen.«

Na, passiv geht das ja wohl schlecht.

»Stimmt nicht! Und was ischt mit diesem Marathonläufer, dem sie Dopingmittel in die Zahnpastatube gesteckt haben?«

Schon gut, Henry. Und mir stopft im Schlaf eine unbekannte Hand haufenweise Schokolade in den Schlund, weshalb mir völlig schleierhaft ist, woher mein Übergewicht kommt ...

»Du könntescht dir den Mund ja mit Heftpflaschter zukleben. Das hätte auch noch den Vorteil, daß du nachts nicht mehr so viel reden würdescht.«

Hörst du mich denn durch die Wände hindurch?

»Oui. Manchmal schreischt du sogar um Hilfe.«

Oh, das muß vorgestern gewesen sein. Da habe ich doch tatsächlich geträumt, der Mann meiner Schwester hätte eine andere Frau – und Anton Branschli verkaufe neuerdings Schlankheitsmittel.

»Gar keine schlechte Idee.«

Schuft! Meine Schwester Laura liebt diesen Kaminkehrer über alles.

»Hascht du mir nicht erscht neulich gesagt, sie hätte einen besseren Typ verdient?«

Ja, schon ...

»Dann weiß isch nicht, wo das Problem liegt.«

Aber Anton Branschli, der kann doch nicht, mir nichts, dir nichts, plötzlich Schlankheitsmittel verkaufen!

»Und ob er das kann. Zuerscht macht er die Leute mit seinen Prügeli dick. Und dann bringt er für sie das ultimative Schlankheitsmittel auf den Markt – das ischt höhere Verkaufsstrategie.«

Und was, bitte schön, wäre tiefere Verkaufsstrategie?

»Wenn Monsieur Branschli zuerst das Schlankheitsmittel und dann die Prügeli verkaufen würde.«

Das leuchtet mir ein. Henry, sag, kann ich im nächsten Leben auch ein Werbe-Fuzzi werden?

»Warum?«

Weil ich die Leute an der Nase herumführen möchte.

»Dann wirscht du besser Politikerin, die können das viel besser.«

Aber was, wenn es gar kein Leben nach dem Tod gibt? Mein Melancholiepegel steigt überproportional zum Promillegehalt im Blut. Dabei war dies mein erstes Bier – nach den fünf letzten. Henry ist schon bei Nummer acht, und entsprechend hört er sich auch an.

»Isch möchte mein nächstes Leben in den Schweizer Bergen verbringen …«

Nachtigall, ich hör dich bellen! Dieser Wunsch hat ja wohl etwas mit deinem Ziegenpeter zu tun, oder?

»Nicht direkt.«

Aber indirekt?

»Man könnte es so sagen.«

Hast du seit unserer überstürzten Abreise noch etwas von ihm gehört?«

»Nein.«

Henry, wir spielen hier nicht »Wen liebe ich?«, sondern diskutieren über das reale Leben. Hier kriegt man kein Schwein, sondern man hat es!

»Ich möchte ihn so gerne mal anrufen.«

Und warum tust du es nicht? Telefone gibt's in unserer Suite ja genügend – selbst neben jeder Kloschüssel hängt eines.

»Pierre hat meine Liebe nicht verdient.«

Das klingt jetzt aber arg nach Mann-Frau-Beziehung. Müßt ihr alles nachmachen? Ruf ihn an! Sofort!

»Sofort auf keinen Fall. Wenn, dann morgen.«

Gut, morgen. Ich werde dich so lange im Badezimmer einsperren, bist du seine Nummer gewählt hast.

»Du hascht morgen gar keine Zeit, mich einzusperren.«

Und das sagst du mir zwischen zwei Barhockern?

»Ja. Morgen besuchscht du ein Kinderheim.«

Ich? Nie!

»Du muscht aber! Ein Reporter von der ›Farbigen‹ wird auch dort sein.«

Wie hast du denn das hingekriegt?

»Das war gar nicht so schwierig. Erschtens bischt du schon in mehreren Zeitungen zu sehen gewesen, zweitens hascht du die Hand in Gips, und drittens ischt der Besuch eines Kinderheimes ein Meischterstück, jedenfalls aus der Werbeoptik.«

Noch besser als der Gips?

»Ja, und wie! Babys und junge Tiere sind durch nichts zu überbieten. Darauf fahren unsere Konsumenten und Leser voll ab! Sie werden wie Wahnsinnige unsere Schokoladen-Prügeli kaufen.«

Und was soll ich mit den Kindern reden?

»Gar nichts.«

Und was bringe ich ihnen mit?

»Ein Prügeli! Was denn sonst?«

Ein einziges Prügeli? Fangt ihr jetzt zu sparen an?

»Du brauchscht das Prügeli ja bloß für das Bild mit einem der Kinder. Sobald der Fotograf abgedrückt hat, kannscht du es wieder einstecken.«

Das Kind?

»Nein, das Prügeli.«

Aber die armen Kinderlein wollen doch bestimmt alle Schokolade haben.

»Vielleicht. Aber noch lieber will ihre Heimleitung Geld sehen.«

Muß Anton Branschli für meinen humanitären Einsatz Geld abwerfen?

»Fräulein, noch zwei Bier.«

Jetzt weich nicht aus, Henry.

»Isch weiche nicht aus. Aber isch habe Durscht. Das kommt wohl von dem heißen Wetter da draußen.«

Heute hat's aber geregnet, Henry. Und es war verhältnismäßig kühl.

»Aber morgen soll es sehr schwül sein. Und übermorgen noch viel mehr. Und auf den Wochenbeginn sind Temperaturen von dreißig Grad vorausgesagt …«

Und am Mittwoch fängt es wohl zu schneien an, nicht wahr, Henry?

11

»Schneller! Das muß noch viel schneller gehen!«

Ich öffne das Paket. Sechzig Sekunden habe ich Zeit, bis das nächste Paket übers Fließband anrollt. Ich muß die Handgriffe perfektionieren, sonst komme ich hier mein Leben lang nicht mehr raus.

»Du, da hinten!« schreit die Aufseherin im gestreiften Strampelanzug mit angenähten Füßen, »wenn du dich nicht beeilst, werde ich dich zur Strafe auch noch für die Nachtschicht einteilen.«

Nein, bitte nicht. Ich bin ja so was von müde. Hab Erbarmen, und laß mich schlafen …

»Das würde dir so passen! Und was sollen all die armen Mütter sagen, die wegen ihrer Babys nächtelang kein Auge zutun können?«

Aber die haben doch in aller Regel einen Kindsvater zur Seite, der sich darum reißt, mitten in der Nacht aus dem warmen Bett zu springen, um dem Nachwuchs die verkackten Windeln zu wechseln.

»Du mußt noch sehr viel lernen.«

Ich wüßte nicht warum. Mein Diplom als Anwaltssekretärin habe ich längst im Sack.

»Schon wieder! Der Babypuder! Du hast den Puder vergessen!«

Tatsächlich. Dafür habe ich beide Backen eingecremt. Und diesmal habe ich auch nicht vergessen, das Schnäbelchen zu putzen.

»Ein Mädchen hat kein Schnäbelchen«, schreit die Aufseherin durch die Fabrikhalle. Warum steckt sie sich nicht einfach ihren Schnuller in den Mund und schweigt?

Verdammt, ich kann doch ein weibliches Baby von einem männlichen unterscheiden!

»Eine Minute dreißig! Fünfzig Prozent über der Zeit!«

Kein Wunder, wenn du mich immer von der Arbeit abhältst!

»Du wirst nie eine gute Mutter sein.«

Hab ich denn gesagt, daß ich je eine werden will?

»In jeder erwachsenen Frau schlummert das Mutter-Gen. Es ist nur eine Frage der Zeit, bis es ausbricht.«

Ich reiße das nächste Windelpack auf. Nicht schon wieder: Durchfall! Zudem sind meine Kleenex-Tücher alle.

»Da mußt du durch! Die anderen tun es auch.«

Unter meiner weißen Hygienekappe äuge ich das Fließband entlang. Da stehen angehende Mütter und Väter – zu Hunderten! Alle haben bloß ein Ziel: den Eignungstest zu bestehen, damit sie in spätestens neun Monaten die Quintessenz ihres gemeinsamen Erbgutes in den Händen halten können. Ich scheine so ziemlich die einzige Person zu sein, die alleine am Fließband steht – ohne Ehemann. Was sich hier sonst die Finger wund schrubbt, ist paarweise eingeteilt. Kein Wunder, schaffen die zu zweit mehr als ich mit einem Arm. Das ist ungerecht. Ich verlange nach einem unabhängigen Schiedsrichter.

Statt meiner Bitte Folge zu leisten, läßt die Aufseherin das Fließband hinter mir stoppen.

»Während die Paare jetzt in die Pause gehen, wirst du hier ganz alleine weitermachen. Dir bleiben von jetzt an genau zehn Sekunden pro Kinderpo. Okay?«

Genug! Ich stampfe in meinem lächerlichen rosaroten Strampelanzug zu der gestreiften Aufseherin hin und verpasse ihr mit meiner rechten Gipshand einen Kinnhaken.

»Aua! Was ist denn hier los?«

Hat da jemand gesprochen? Ich schließe das linke Auge, öffne das rechte. Dann umgekehrt. Doch mein Unterbewußtsein läßt sich nicht zügeln. Es scheint, daß ich im Traum davon träume, zu träumen. Etwas einfacher ausgedrückt: Der Kopf meines Schwagers Sebastian liegt auf dem Kissen neben mir. Das kann doch gar nicht sein, oder?

Sebastian, kneif mich!

»Ich mag dich nicht kneifen. Es reicht, daß du mich mit deinem Gips mitten ins Gesicht geschlagen hast. Ich glaube, mein Nasenbein ist gebrochen.«

Und ich glaube, ich sitze im falschen Film. Wir drehen hier keinen Softporno der Sorte Ich-verführe-meine-Schwägerin-im-Schlaf.

Sebastian schiebt die Unterlippe vor und zieht die Bettdecke bis unters Kinn hoch. Diese Nummer hat er wohl bei seinen drei Balgen mitgekriegt. Vor allem der mittlere, der käsige Tobias, hat die Show ganz gut drauf.

»Wie kommst du in mein Bett?« frage ich, nach der anderen Ecke der Bettdecke schielend.

»Durch die Tür.«

Und wie viele Euroscheine hast du gebraucht, um den Portier zu bestechen, damit er dir Eintritt in meine Gemächer gewährt hat?

»Keinen einzigen Euro! Du selbst hast mir die Türe geöffnet …«

Das ist der ideale Moment. Ich reiße Sebastian die Bettdecke aus den Händen. Die Decke gehört mir!

»Dann schlafe ich eben ohne Decke«, raunzt er und dreht sich auf die Seite. Seine Pobacken sind mit Hitzebläschen übersät.

In mir wächst die leise Hoffnung, daß dies hier wirklich bloß ein Traum ist. Gleich kommt die Aufseherin im gestreiften Strampelanzug an mein Bett und befiehlt mir, Babypuder auf die geröteten Po-Stellen zu streuen. Ich werde ihr sagen, daß ich im Sinne meiner Muttertauglichkeitsprüfung gerne dazu bereit sei – aber, bitte schön, nicht in der vorgeschriebenen Zeit. Für diese riesige

Hautfläche brauche ich auch ohne Trockenlegen mindestens drei Minuten!

»Warum schaust du mich so an?«

Wie kannst du wissen, daß ich dich angucke? Hast du Augen auf dem Rücken?

»Ich sehe dich im Spiegelschrank.«

Eins zu null für Sebastian. Und nun raus mit der Sprache: Was führt dich zu mir ins Bett?

»Sag bloß, du erinnerst dich nicht mehr an gestern nacht?«

Nein.

»Aber du mußt!«

Kein Mensch muß müssen, auch ich nicht.

»Hey, du mußt ja einen ganz starken Brummschädel haben!«

Mein Schädel brummt nicht mehr als sonst. Meinst wohl die paar Bierchen gestern abend an der Pilsbar? Die habe ich aus Solidarität getrunken. Weil der arme Henry doch solchen Herzschmerz hatte.

»Und die Whiskeys? Und der Portwein? Und die Pina coladas?«

So viel?

»Noch viel mehr! Aber frag mich nicht im Detail – ich bin schließlich erst kurz vor Mitternacht zu euch gestoßen.«

Dann hast du Henry bereits kennengelernt?

»Und wie!«

Ist er nicht super süß?

»Für meine Begriffe etwas zu süß – vor allem dir gegenüber.«

Henry ist schwul. Der kann mir gegenüber gar nicht süß genug sein.

»Wenn der schwul ist, dann bin ich der König der Schweiz.«

Die Schweizer haben gar keinen König. Mensch, Sebastian, es wäre für dich wirklich an der Zeit, etwas für die

Allgemeinbildung zu tun. Nimm dir ein Vorbild an deiner Frau – die lernt täglich aus den Kinderbüchern ihrer Tochter und weiß sogar, wann der Schweizer Nationalfeiertag ist.

»Am 1. August.«

Erstaunlich! Und wie viele Bundesräte hat die Schweiz?

»Sieben.«

Und wer macht die beste Schweizer Schokolade?

»Die lila Kühe.«

Falsch! Noch nie was von Anton Branschli gehört?

»Natürlich. Das ist doch der Typ, der dich gestern nacht an der Bar immer wieder begrapscht hat …«

Ich dachte, es sei Henry gewesen.

»Du meinst die Schwuchtel?«

Ja.

»Nein, der hing die ganze Zeit am Handy.«

Hat er ihn also doch angerufen!

»Wen?«

Den Ziegenpeter!

»Liebste Schwägerin, ich glaube, dein plötzlicher Ruhm ist dir in den Kopf gestiegen. Mit Verlaub, du spinnst!«

Wenn ich nackt im Bett meiner Schwägerin läge, wäre ich bei meiner Wortwahl etwas vorsichtiger. Oder möchtest du, daß ich Laura gleich anrufe? Ich wollte es nämlich erst später tun – wenn du unter der Dusche stehst.

»Du meinst wohl, sie wüßte nicht, daß ich hier bin?«

Ehrlich gesagt: Ja.

»Was denkst du eigentlich von mir?«

Im Moment nicht das Beste. Ich wäre vor allem froh, wenn du mir gelegentlich deine vordere Gesichtshälfte zeigen könntest.

Sebastian wälzt seinen Elfenkörper über die Matratze und drückt dabei mein unangetastetes Betthupferl platt. Ich muß ja gestern nacht wirklich ganz schön besoffen gewesen sein, wenn ich sogar meine abendliche Schokoladenration neben dem Kopfkissen liegengelassen habe.

»Besser so?«

Besser ist übertrieben – aber immerhin appetitlicher.

»Laura läßt dich herzlich grüßen. Sie wäre gerne selber gekommen, aber du weißt ja, die Kinder. Caroline, Susi und Tobias lassen dich übrigens auch grüßen ...«

Und wahrscheinlich sämtliche Kaninchen in eurer Voliere und die Gartenzwerge und der Nachbar im weißen Trägershirt und der Busfahrer, der nie auf mich wartet, und die nette Bäckersfrau aus Herne und der albanische Zeitungsverkäufer und der robuste Eiermann ...

»Nein, der Eiermann hat mir keinen Gruß mit auf den Weg gegeben.«

Na dann, ich werde es verkraften.

»Was machst du eigentlich, wenn die dich plötzlich in der Zeitung sehen? Als falscher Schweizer Promi?«

Daran habe ich, ehrlich gesagt, noch gar nicht gedacht. Aber Henry wird es bestimmt richten. Und sowieso sind wir ja noch nicht im Ruhrgebiet oben angelangt. Zur Zeit bearbeiten wir ja immer noch den Großraum München – bis und mit Starnberger See.

»Laura macht sich Sorgen um dich.«

Wenn schon, müßte ich mir Sorgen um sie machen. Die gute Schwester ist ja noch immer schwanger, oder?

»Ja. Es wird ein Junge.«

Oh, nein! Bitte kein Junge. Wenn ich schon Patentante werden muß, dann möchte ich ein Mädchen, dem ich mindestens hübsche Kleidchen kaufen und die Engelshaare bürsten kann.

»Sorry, aber der Junge steht fest.«

So was Dummes. Und da ist gar nichts mehr zu machen?

»Nein.«

Und wenn sich Laura ganz fest ein Mädchen wünschen würde?

»Auch dann gäbe es einen Jungen. Wir haben ja schon zwei Mädchen.«

Das heißt, ihr wißt noch gar nicht sicher, was es wird?

»Sicher nicht. Aber ich hoffe doch, daß es ein zweiter Junge wird.«

Ich bin überzeugt, daß es ein drittes Mädchen wird.

»Auch gut. Dann werde ich Laura eben bitten, mir noch ein weiteres Kind zu schenken.«

Noch eines? Habt ihr nicht schon mehr als genug? Ich meine, das kostet doch alles eine Unmenge Geld.

»Na und? Solange wir genug zum Leben haben und gesund sind ...«

Sebastian, bedenke: Kinder werden mit zunehmendem Alter nicht leichter in der Handhabe. Irgendwann kommt die pubertäre Phase.

»Die hatten wir auch! Und unsere Eltern haben sie genauso überstanden wie wir.«

Aber unsereiner will doch mehr vom Leben, als es bloß überstehen. Ich zum Beispiel möchte immer genau das machen können, worauf ich gerade Lust verspüre. Mit einem Baby am Hals kannst du weder ins Kino gehen noch spontanen Sex haben. Und wenn das Kind älter ist, zerstört es dir mutwillig das Meissener Porzellan und findet das auch noch lustig. Noch später findet es zu Hause gar nichts mehr lustig – da bist du in seinen Augen bloß noch der mobile Geldautomat, die Ernährungsstätte und das geistig zurückgebliebene Fossil. Wenn du Glück hast, wird aus dem Balg später wenigstens mal was Anständiges, vielleicht ein Banker, Jurist oder Börsenmakler. Aber auch das ist nicht garantiert. Als allseits tolerante Erziehungsperson mußt du dich selbst mit einem tätowierten, halb kriminellen Sohn oder einer Tochter, die als blondtoupiertes Gogo-Girl von Disco zu Disco zieht, zufrieden geben. Und diese Wunderkinder warten dann bloß noch auf dein Ableben, damit sie an dein sauer erspartes Geld herankommen.

»Das Lächeln eines Kindes ist durch nichts zu ersetzen«, erwidert Sebastian im Gebetston.

Das sagen sie alle, die Eltern. Für mich ist das genauso unverständlich wie höhere Mathematik.

»Ich bin sowieso nicht hier, um mit dir über Kinder zu philosophieren.«

Genau. Wir sind vom Thema abgewichen. Soll ich nun Laura anrufen und dich verpetzen?

»Laß es sein. Sie war es, die mich geschickt hat, um nach dir zu sehen.«

Das ist ja eine der einfallslosesten Ausreden, die ich je gehört habe. Hast du wirklich nichts Originelleres auf Lager, lieber Schwager?

»Nein. Laura konnte dich ja nicht erreichen ...«

Ich hab ihr doch gesagt, daß ich – seit dem Zwischenfall mit Anna – mein Handy nicht mehr benutze. Und ich habe ihr auch die Nummer von diesem Hotel durchgegeben.

»Das war vor einer Woche.«

Ja. Und seither hat Laura nicht ein einziges Mal angerufen.

»Doch, hat sie. Mehrmals sogar. Aber die an der Rezeption wollten sie ganz einfach nicht zu dir durchstellen, weil du hier als sogenannte VIP logierst.«

Ich bin halt neuerdings eine »very important person«, daran müßt ihr euch nun gewöhnen – und ich mich übrigens auch. Weißt du, daß mir das Zimmermädchen jeden Morgen frische Ziegenmilch ans Bett bringt, bloß weil ich mal, aus Spaß, gesagt habe, daß ich die so gerne mag?

»Die lesen dir hier wohl jeden Wunsch von den Lippen ab?«

Fast jeden. Äußerlich betrachtet, leide ich hier auf hohem Niveau.

»Du leidest?«

Nicht direkt. Sagen wir: Ich bin fast glücklich.

»Was fehlt dir denn noch?«

Der tiefere Sinn – wenn du weißt, was ich meine.

Sebastian schweigt. Entweder versteht er mich nicht, oder er ist mir meilenweit voraus.

Irgendwie habe ich das Gefühl, daß ich mich ihm erklären muß. Ich meine nichts Religiöses oder so. Ich denke bloß an etwas, das mir Halt gibt.

»Wie wär's mit einem Mann?«

Nein, kein Mann! Männer und Schokolade bringen mich aus dem Gleichgewicht.

»Aber dieser Anton Branschli scheint ja mächtig an dir interessiert zu sein ...«

Ich weiß gar nicht, weshalb du immer wieder von diesem Anton Branschli sprichst. Den habe ich zuletzt auf dem Berg oben gesehen. Seither schaufelt er in seiner Schokoladenfabrik gestockte Kakaomasse aus den Leitungen.

»Stimmt nicht. Der Mann ist gestern nacht zeitgleich mit mir hier im Hotel angekommen. Ich weiß das so genau, weil mir sein Luxusschlitten aufgefallen ist und weil wir beide an der Rezeption gleichzeitig nach dir gefragt haben.«

Waren Henry und ich da schon an der Pilsbar?

»Den leeren Gläsern nach zu urteilen ... Ja, wahrscheinlich bereits mehrere Stunden.«

Mensch, ist das peinlich! Ich weiß überhaupt nichts mehr.

»Das erstaunt mich nicht. Dann hast du wohl auch nicht mitgekriegt, daß dieser Anton dir unablässig die Knie gestreichelt hat?«

Bist du dir da ganz sicher?

»Fünftausendprozentig sicher!«

Hundert Prozent reichen zur Not auch. Angenommen, der Mann gestern nacht war wirklich Anton Branschli, dann kann ich dich beruhigen: Mich interessieren Männer mit gelöcherten Wohlfühlschuhen und Schuppen auf dem Jackenkragen nicht.

»Aber er ist Schweizer und sehr reich!«

Und ich bin Deutsche und habe fast kein Geld. Ist das etwa ein Grund, unglücklich zu sein?

Sebastian zeigt sich erleichtert: »Laura meint, wir müßten auf dich aufpassen.«

Ihr? Auf mich? Wieso denn das?

»Weil die meisten Berühmtheiten irgendwann seelisch verkrüppeln.«

Im Klartext: Ihr habt Angst, daß ich zu saufen anfange und mein Gedächtnis verliere?

»Zum Beispiel.«

Ich will »nie und nimmer« sagen, da fällt mir ein, daß mir der Vorabend völlig entschwommen ist. Erste ernstzunehmende Anzeichen?

Sebastian findet, ich bräuchte etwas fürs Herz, um richtig glücklich zu sein.

Finde ich auch. Bloß was? Der aufklappbare goldene Marienkäfer aus der exklusiven Hotelboutique kann's ja wohl nicht sein, oder?

Rote Rosen nach meiner Nacht mit Sebastian! Anton Branschli serviert sie mir zwischen einem Drei-Minuten-Ei und einer ofenfrischen Brezen. Ich, sein herzallerliebstes Prügeli, dürfe ihm nicht böse sein, daß er am Vorabend erst so spät in München angekommen sei und bereits heute gegen Abend wieder abreisen müsse. Aber seine Sekretärin – dieser feuerspeiende Drachen – habe ihn für die nächsten Wochen bis über den Kopf mit Geschäftsterminen zugedeckt. Er sei der Sklave seiner eigenen Agenda, gepeinigt von den rasenden Zeigern seiner fünfzigtausend Franken teuren Uhr.

Ich könnte Toni Branschli jetzt sagen, daß ich ihn wegen seiner Zeitnot zutiefst bemitleide. Es ist ja auch wirklich anstrengend, ständig dem lieben Geld – und den Börsenkursen – hinterherrennen zu müssen, während ich hier auf mindestens zehn Schuhnummern zu groß lebe. Doch ich behalte mein Mitleid für mich. Anton Branschli soll ja nicht noch auf die Idee kommen, Henry und mir die Sechszimmersuite zusammenzustreichen. Zwei Besenkammern ohne Sicht auf den Promenadenplatz, ohne täglich frische Obstschale, ohne flauschigen Morgenmantel, ohne privaten Butlerservice – und höchstwahrscheinlich ohne unbeschränkten Zutritt zum hoteleigenen Swimmingpool.

Ja, der Swimmingpool. Nicht, daß ich eine leidenschaftliche Wasserratte wäre. Mit dem Gips am Arm darf ich sowieso nicht ins Wasser. Doch allein schon auf einer der gepolsterten Liegen zu sitzen und das ausgelassene Treiben im Pool zu verfolgen – das macht Spaß. Ich mag vor allem die ausgemergelte Alte mit dem silbernen Badeanzug und dem violetten Haar. Zuerst dachte ich, die Haare seien eine Badekappe, aber offensichtlich darf man in der »Bayerischen Burg« oben ohne schwimmen.

Unglaublich, wie die Silbrigviolette in den Pool steigt! Als wären die aufgewärmten dreiundzwanzig Grad gerade mal deren fünf. Zähneklappernd, mit hochgezogenen Schultern und gespreizten Zehen nähert sie sich dem Beckenrand, bleibt unmittelbar davor stehen und wartet. Sie wartet so lange, bis sich im Wasser nichts mehr rührt. Die Oberfläche des Swimmingpools muß ganz glatt sein, wie die Haut ihrer Pobacken – vor siebzig Jahren. Dann, endlich, steigt sie in die Wogen, den Kopf hochgereckt, der Haare wegen. Ihrer Sorge ums gepflegte Haar schreibe ich auch den formidablen Schwimmstil zu. Er ist mindestens so gut wie der einer trockengelegten Badeente. Dazu anmutend, edel und wahrscheinlich höchst verkrampfungsfördernd. Sie schwimmt scheinbar täglich. Leider auch heute morgen.

Aus reinster Verlegenheit habe ich meinen Schwager Sebastian zum Trockenschwimmen mitgenommen – was sollte ich sonst mit ihm tun, nachdem wir die Nacht im selben Bett verbracht haben? Ihn mit Anton Branschli und Henry das Frühstück einnehmen lassen? Nein, das wäre nicht sehr romantisch gewesen – auch wenn er der Mann meiner Schwester ist und zwischen uns absolut nichts lief und auch nie laufen wird.

Kaum hatten wir die nassen Stufen zum Pool erklommen, da brach in meinem Begleiter das Kind im Manne durch. Das ist einer der Momente, in denen ich Lauras Liebe zu Sebastian verstehe. Er kam so richtig aus sich heraus. Planschend, hüpfend, spritzend und johlend durchwühlte er das Naß. Es war eine wahre Freude, ihn so ausgelassen zu sehen. Als dann am unteren Beckenrand ein undefinierbares Etwas aus der Tiefe des Pools emporstieg, da dachte ich im ersten Moment an Nessie und erst später an die Silbrigviolette. Sie war kaum wiederzuerkennen – mit pudelnassen Haaren.

12

»Aber nicht doch dieser traurige Blick! Du mußt lächeln, Junge. Lächeln!«

Karamba mag nicht lächeln. Auch nicht für den Fotografen der »Farbigen«. Karamba ist sieben Jahre alt und kommt aus Zentralafrika. Seine Hautfarbe ist wie Schokolade. Die anderen Heimkinder nennen ihn und seine kleine Schwester »Neger«. Sie finden das lustig, die anderen Kinder. Karamba, so die Heimleiterin, weint oft nächtelang. Er ist alt genug, um zu begreifen, daß er seine Eltern nie wieder sehen wird. Sie sind beide tot, Opfer eines sinnlosen Glaubenskrieges. Aber hier in Europa will ja niemand etwas davon hören. Afrika ist weit weg. Zudem dauert das Gemetzel dort unten schon lange an. Es ist nicht mal mehr eine Zehn-Zeilen-Meldung wert.

Das Rote Kreuz hat Karamba und Muba vor dem Hungertod gerettet. Seither leben sie am Stadtrand von München, unweit von Familien, die ihre Kinder mit den neuesten und modischsten Klamotten verwöhnen. Karamba trägt Hosen aus der Kleidersammlung. Seine Schwester Muba ist noch nicht mal ein Jahr alt. Ein Kleinkind.

Ich halte Karamba auf den Knien. Der Junge ist mager. Schreiend mager. Durch sein T-Shirt kann ich die Rippen spüren. Jede einzelne Rippe. Er wolle ganz einfach nicht essen, sagt die Betreuerin.

Der Fotograf fordert mich auf, den Jungen zum Lachen oder doch wenigstens zum Lächeln zu bringen. Man wolle den Leserinnen und Lesern der Illustrierten fröhliche Kinder zeigen. Trauerklöße gebe es auf den Straßen genug. Die meisten davon seien auf Drogen. Andere auf Alkohol. Aber clean – sprich sauber – sei keiner von denen, sagt der Fotograf.

Ich schaue hilflos zu Anton Branschli. Er wollte mich unbedingt zum Fototermin ins Kinderheim begleiten, nachdem er schon die Nacht nicht mit mir verbringen konnte.

Anton ist nicht in der Lage, mir betreffend des traurigen Jungen einen väterlichen Rat zu geben. Er spielt lieber mit ein paar schreienden Fünfjährigen im Ballbecken. Das ist dort, wo hundert bunte Bälle am Boden liegen. Man kann sich auf ihnen wälzen – so lange, bis einem übel wird.

»Möchtest du Schokolade?« Hilflos strecke ich Karamba ein Prügeli entgegen. Zu meinem großen Erstaunen nimmt er es und steckt es in seine Hosentasche. Das mache er immer so, klärt mich die Heimleiterin auf. Er horte die Nahrungsmittel, um sie später seiner Sippe zu bringen.

Der Fotograf löst den Blitz aus. Und ich bin den Tränen nah. Karamba schließt die Augen. Schützend drücke ich ihn an meinen Körper. Nein, Karamba, hier in München herrscht kein Krieg! Wir machen nur ein paar harmlose Fotos. Verstehst du mich?

Er versteht nicht. Wie sollte er auch? Karamba und Muba sind noch keine drei Monate in Deutschland. Vielleicht werden sie schon bald wieder in ihre Heimat zurückgeschickt, abgeschoben. Möglich ist alles.

Der Fotograf findet, daß dies so nicht gehe. Ein anderes Kind müsse her, ein fröhliches.

Die Heimleiterin beeilt sich, mir einen achtjährigen Rotzlöffel auf den Schoß zu setzen. Der Junge habe zwar Eltern, »aber die taugen nichts«, wie die Heimleiterin sagt. Die Mutter sei im höchsten Grad von Drogen abhängig, der Vater ein Spieler. Der Junge lacht. Weiß die Zähne, weiß die Haut. Karamba zieht sich in eine Ecke zurück, die kleine Schwester in seinen Armen.

Die Bilder sind im Kasten. Eher schlecht als recht. Auch der Rotzlöffel kriegt ein Prügeli. Er reißt das Papier auf, beißt hinein, spuckt die braune Masse postwendend wieder aus und schmeißt den angefressenen Schokoriegel angeekelt auf den Boden. Ich überlasse es der Heimleiterin, geeignete erzieherische Maßnahmen zu ergreifen, die der weiteren Entwicklung des Kindes förderlich sind.

Anton Branschli findet, ich müsse nun ins Ballbecken steigen. Finde ich nicht. Nicht mit dem eingegipsten Arm. Er nennt mich eine Spielverderberin und schmeißt mit roten Bällen nach mir. Ich fordere Karamba auf mitzukommen. Er schüttelt den Kopf, langsam, bedächtig. Seine Bewegungen haben so gar nichts Kindhaftes, Unbeschwertes an sich. Viel mehr erscheint mir der Junge wie ein alter, weiser Mann, der die Last seines langen und mühsamen Lebens auf den Schultern trägt, dessen Augen zu viele schreckliche Bilder sehen mußten. Ich würde ihn gerne lächeln sehen – und bücke mich zu ihm nieder. Karamba, bitte lächeln! Nur für mich.

»Jetzt laß mal den Jungen in Ruhe«, mault Anton. »Siehst ja, daß er bockt.«

Der Junge bockt nicht. Ich spüre es.

»Du tönst ja wie eine dieser hysterischen Supermütter!«

Lach du nur, Anton. Im Gegensatz zu dir hat der Junge nichts zu lachen.

»Wenn du jetzt nicht kommst, dann ...«

Was »dann«? Die Augenbrauen bis zur Nasenspitze heruntergezogen, stelle ich mich breitbeinig vor Anton Branschli. *Du* kleiner, absatz- und gewinnorientierter Schweizer Schokoladenproduzent willst *mir* drohen? Da bin ich ja mal gespannt ...

Ratsch. Er hat mich eiskalt von vorne am linken Knöchel erwischt. Farbige Bälle überall. Finger weg, Anton, das ist kein Ball, das sind meine Brüste!

»Ha, ha!« Er läßt es rosarote Bälle auf mein Haupt regnen. Der Fotograf ist begeistert, packt die Kameraausrüstung noch einmal aus und bittet uns, ganz ungeniert weiterzumachen. Vielleicht sei dies sogar das Titelbild – oder mindestens eine Variante dazu. Spontaneität sei eben durch nichts zu überbieten.

Ich spähe nach Karamba, kann ihn aber nicht sehen, weil Anton Branschli sich eben auf mich wirft. Die Kinder im Becken tun es ihm gleich.

»Wir spielen Hamburger!«

Gibt es denn kein gescheites Münchner Spiel? Muß es unbedingt Hamburger sein?

»Ja«, grölt Anton über mir. Er gefällt sich in der Rolle des Beefsteaks. Das spüre ich sehr genau. Es ist sozusagen eine erhärtete Tatsache.

Kinderlein, so seid doch artig. Die Tante ist lädiert!

Rechts unten ist die Isar. Anton Branschli fährt die Limousine selbst. Wir quälen uns von Ampel zu Ampel den Fluß entlang. Ich habe den Beifahrersessel in Liegeposition gebracht und den Kopf nach rechts abgedreht, damit Anton nicht sehen kann, wie ich zum Fenster hinausschaue. Er soll denken, ich schlafe. Ich mag nicht reden. Mit niemandem.

Allerhöchstens mit Sebastian. Aber den habe ich mit den besten Grüßen an meine Schwester nach Hause geschickt – bereits nach dem Frühstück. Es geht ja nicht an, daß der Mann seinen Job als Kaminkehrer vernachlässigt, um sich um das seelische Wohl seiner Schwägerin zu kümmern, während zu Hause Frau und Kinder auf ihren Ernährer warten.

Zudem kann ich es wirklich nicht verantworten, daß Sebastian ein weiteres Mal die violetten Haare der silbrigen Madame am Swimmingpool bespritzt. Und dann möchte ich auch verhindern, daß Henry sich überflüssig und wie die Nummer zwei vorkommt. Schließlich ist er mein Manager, Beschützer und Seelentröster. Kommt hinzu, daß Sebastian beim Frühstück so viele Würste auf seinen Teller geladen hat, daß die andern Gäste mindestens vier Hunde unter unserem Tisch vermuten mußten. Peinlich! Und um ganz ehrlich zu sein: Ich wollte ja nicht noch eine weitere Nacht mit roten Hitzebläschen auf weißem Männerpo konfrontiert werden …

»Dein Auftritt im Waisenhaus war hervorragend.« Anton Branschli hupt.

Finde ich nicht.

»Natürlich! Der Fotograf ist derselben Meinung.«

Warum redet Anton mit mir? Ich schlafe doch …

»Seit Beginn deiner Promotiontour haben sich die Prügeli-Umsätze im Großraum München verzehnfacht. Hast du gehört, verzehnfacht! Die Medienarbeit hat sich also bereits ausgezahlt.«

Immerhin etwas.

»Ich bin wirklich sehr zufrieden. Obwohl natürlich immer noch einiges drin liegt, oder?«

Wenn du es sagst, wird es wohl so sein. Ich bin ja hier bloß das Mittel zum Zweck.

»Übrigens, Henry hat mir noch einen Vorschlag unterbreitet. Er ist der Meinung, daß man dir einen Mann zur Seite stellen sollte.«

Und wozu das, bitte sehr? Gibt es irgend etwas auf dieser Welt, was ein Mann besser könnte als eine Frau – außer im Stehen zu pinkeln?

»Henry glaubt, daß die Medien sich dankbar auf ihn werfen würden …«

So wie du dich heute auf mich geworfen hast? Das war nun alles andere als erotisch und fair. Wären da keine Kinder gewesen, hätte ich dir eine geklebt. Mitten ins Gesicht!

»Ein Mann kann viele verschlossene Tore öffnen.«

Das brauchst du nicht speziell zu betonen. Ich bin ja nicht keusch.

»Aber doch nicht so, wie du denkst …«

Was denke ich denn?

»Wir müssen deine ansteigende Popularität nutzen. Daß du eine Prominenz aus der Schweiz bist und auf meine Prügeli stehst, das ist nun mehr oder weniger bekannt. Damit mobilisieren wir keinen einzigen Journalisten mehr. Aber wenn wir den Medien jetzt den passenden Mann vorsetzen und später vielleicht sogar noch eine nette Ehegeschichte nachreichen …«

Wie sähe der Mann denn aus?

»Keine Ahnung! Bestimmt nicht so wie dieser hölzerne Typ, der dir gestern nacht und heute morgen wie ein Pudel nachgelaufen ist. Wer war dieser Mann überhaupt?«

Tu nicht so, als ob du nicht wüßtest, daß es mein Schwager war.

»Habt ihr was zusammen?«

Nein. Und wenn, dann ginge es dich nichts an. Mein Job ist es, deine Schokoladen-Prügeli zu propagieren. Dafür bezahlst du mich. Mehr nicht.

»Warum so angriffig, meine Liebe?«

Ich? Angriffig? Da mußt du etwas verwechselt haben. Ich bin nicht angriffig, ich bin nachdenklich.

»Warum müßt ihr Frauen dauernd in euch kehren und euer Seelenheil analysieren?«

Wahrscheinlich, weil ihr Männer uns bloß von außen wahrnehmt. Schöne Augen, schöner Busen, schöner Po – damit hat sich's.

»Das stimmt nicht!«

Wer sagt das?

»Ich.«

Womit meine These hinlänglich bewiesen wäre!

Anton Branschli drückt mit seinen gelöcherten Wohlfühlschuhen aufs Gaspedal. So, als ob seine gesamte Manneskraft in den rechten Schuh gesunken wäre. Ich kneife die Augen zusammen, sehe schwitzende Jogger, radfahrende Mütter und Teenager auf Roller-Skates an mir vorüberziehen wie in einem Stummfilm. Gleichzeitig stelle ich mir vor, wie es wäre, wenn ich nicht hier in diesem Luxusschlitten, sondern unten am idyllischen Ufer der Isar sitzen würde. Die Autos würden genauso über die Straße flitzen, die Jogger ihres Weges rennen, die Mütter in die Pedalen treten und die Teenager über den Kiesweg straucheln. Bloß, daß ich eben an der Isar sitzen würde – und nicht bei Anton Branschli auf dem Beifahrersitz. Es wäre dieselbe Welt, bloß meine Sichtweise wäre anders. Besser? Schlechter? Nein, wahrscheinlich eben nur anders.

Karamba. Ich kriege diese Augen einfach nicht aus dem Kopf. Sie schauen mich an, seit ich den Jungen gesehen habe. Mensch Mädchen, rede ich mir ein, es ist alles nur eine Frage der Sichtweise. Wenn du diesen Jungen und seine Schwester in diesem Kinderheim nicht getroffen hättest, wüßtest du gar nicht, daß es sie gibt. Folglich würdest du gar nicht an sie denken. So einfach ist das, oder?

Ich brauche jetzt Zerstreuung. Soll ich Anton Branschli bitten, daß er mit mir was Feines essen geht? Wie wär's denn mit dem »Katzlmacher« an der Kaulbachstraße, direkt am Englischen Garten? Der gute Toni würde sich bestimmt nicht lumpen lassen, den teuersten Rotwein aus dem Friaul und gleich eine doppelte Portion Tiramisu zu bestellen. Doch ich verspüre so gar keinen Hunger. Nein, noch schlimmer: Ich habe überhaupt keine Lust auf Essen! Selbst die quadratische Schokolade kann mir gestohlen bleiben.

»Wollen wir für ein Stündchen durch den Englischen Garten spazieren? Ich hätte noch Zeit, bevor ich in die Schweiz zurückfahre ...«

Sorry Anton, ich mag nicht.

»Sag mir, wonach dir der Sinn steht. Ich lege dir die Welt zu Füßen – oder wenigstens ganz München. Du hast es verdient.«

Nichts habe ich verdient. Rein gar nichts. Ich mime hier die erfolgreiche Schweizer Promi mit Manager, Starallüren und Luxussuite im Nobelhotel, dabei kann ich einem siebenjährigen Jungen nicht mal ein Lächeln entlocken! Das ist arg. Warum bloß habe ich diesen verdammten Job angenommen? Warum bin ich nicht in Bochum geblieben, bei Gallus, in unserer spießigen Dreizimmerwohnung? Ich würde Herrn Dr. Böckenkrüger die Golfschuhe lecken, damit er mich wieder in sein Vorzimmer läßt – bloß, um diese Augen nicht mehr sehen zu müssen. Diese Augen! Sie sind das Traurigste und Deprimierendste, was ich je zu Gesicht bekommen habe.

Anton Branschli tätschelt mir die Knie, während er seine Limousine mit der linken Hand in die Parklücke direkt vor dem Hotel zwängt.

»Nimm's nicht tragisch, Kleines. Ich werde den Concierge bitten, daß er dem Jungen was Nettes zum Spielen schickt. Es gibt da neuerdings diese Maschinengewehre aus Plastik, infrarot und mit allen Schikanen. Jungs mögen so etwas.«

Genau das tust du, Anton. Dann kannst du dir wenigstens sicher sein, daß ich nie wieder ein Wort mit dir reden werde!

»Ein gewisser Gallus hat heute nachmittag nach dir verlangt. Isch habe ihm gesagt, daß du für niemanden zu sprechen seischt. Darauf hat er geantwortet, er sei nicht niemand und isch solle dir ausrichten, du hättescht noch ein knappes halbes Jahr Zeit, um deinen Schwur einzulösen.«

Welchen Schwur?

»Das wollte er mir nicht sagen. Er meinte, du wüßtest Bescheid.«

Nach diesem Tag im Kinderheim kann Gallus froh sein, daß ich mich überhaupt noch seines Namens erinnere. Alles andere wäre übermenschlich. Und ich bin nun mal kein Übermensch – und schon gar keine Übermutter, wie Anton Branschli mich allen Ernstes geschimpft hat. Nur weil ich mich um Karamba und seine Schwester gekümmert habe, muß ich ja nicht gleich die Nachfolge von Mutter Teresa antreten.

Henry nimmt mir die Handtasche ab, reicht mir einen weißen Martini ohne alles und fragt, wie ich das Badewasser gerne hätte: heiß oder lauwarm. Ich entscheide mich für eisig kalt. Ich will, daß mein Blut in den Adern erstarrt, mein Hirn einfriert und folglich nicht mehr fähig ist, mir das Bild des Jungen vor Augen zu halten. Ich muß ihn aktiv vergessen.

Denn was im Moment zählt, ist die Gegenwart: das Champagnerglas auf dem Badewannenrand, die entkorkte Flasche im silbernen Kübel, die Kaviarbrötchen, die duftenden Rosenblätter im Badewasser ... Henry spielt sanfte Klaviermusik von Chopin ab, dämmt das Licht, streicht mir die Haare aus dem Gesicht, legt frisch aufgeschnittene Gurkenscheiben auf meine geschlossenen Augenlider, schäumt mir den Rücken ein. Dann setzt er sich auf die runde Kloschüssel und liest mir mit leiser Stimme die Fanpost des Tages vor. Alles wie gehabt. Alles Männer. Alle über sechzig. Einer reicher, schöner und gebildeter als der andere. Papier ist ja so geduldig.

»Was, du hascht schon genug?« Henry findet, ich solle noch ein paar Minuten in der Badewanne liegen bleiben. Das entspanne Körper und Geist ungemein. Zudem sei er mit der Post erst bei der Hälfte angelangt.

»Mach es wie immer, Henry. Schicke den Typen je eine Portion Gratis-Prügeli. Das ist es doch, was die wollen.«

Er legt mir den flauschigen Bademantel über die Schultern und drückt den Stoff leicht an meine feuchte Haut.

»Morgen kommt Besuch«, flüstert Henry, während er mir meine Füße in die Pantoffeln steckt.

»Kommt Anton etwa schon wieder? Der ist doch eben erst abgefahren ...«

»Non.« Henry besprüht mich mit Magnolienduft. Ich drehe mich ganz langsam um mich selbst.

»Es kommt jemand, den du unbedingt wiedersehen möchteschst.«

Noch immer drehe ich mich im Kreis. Immer schneller. Mit mir meine Gedanken. »Karamba? Du hast Karamba eingeladen?« Ich laß mich dankbar in Henrys Arme fallen. »Henry, du bist der Allerbeste!«

Erst als ich lächelnd die Augen öffne und Henrys fragender Blick mich trifft, wird mir klar, daß er Karamba gar nicht kennt. Daß ich und Anton Branschli allein in diesem Kinderheim waren – und daß Henry mit dem bevorstehenden Besuch nur eine einzige Person gemeint haben kann: seinen Ziegenpeter. Als ob ich mich freuen würde, seinen Lover wiederzusehen.

13

»Zwei, zwei, drei, sieben, neun.«

»Paßt!«

»Okay, der Ton ist gut. Ich verkable dann mal den ersten Gast.«

»Die Schweizerin? Sag, wie sieht die aus?«

»Ganz passabel.«

»Schöne Beine?«

»Sehe ich nicht.«

»Schlanke Fesseln?«

»Weiß ich nicht.«

»Pralle Brüste?«

»Keine Ahnung.«

»Mensch, Udo, irgend etwas wirst du doch von ihr sehen. Sag schon!«

»Sie hat wunderschöne Augen und einen unglaublichen Durst.«

Womit Udo durchaus recht hat. Ich nippe bereits an meinem fünften Wasserglas. Ohne Sprudel. Auf Kohlensäure habe ich diesmal bewußt verzichtet. Nicht daß mir während des Gesprächs ein unkontrolliertes Bäuerchen meinen ersten, großen Fernsehauftritt versaut.

Udo ist der Tonmann. Frauen gebe es in diesem Beruf so gut wie keine. Und wenn, dann würde man sie, der inneren Logik folgend, wohl als Tonfrau bezeichnen. Aber wie gesagt: Wenn sich eine Frau jobmäßig ins Fernsehen verirrt, dann entweder vor die Kamera, in die Redaktion oder in die Maske. Die Maske ist da, wo ich die letzten zwei Stunden in mühsamster Kleinarbeit und mit unendlich vielen Farbnuancen zu dem gemacht worden bin, was Udo eben als »ganz passabel« taxiert hat.

Udo ist also dafür verantwortlich, daß die auswendig gelernten Sprüche, die ich gleich von mir geben werde, auch wirklich bis in die guten Stuben der zwei bis drei Millionen TV-Zuschauer kommen. Die meisten Leute dösten um diese Zeit sowieso schon ihrer Schlaflosigkeit entgegen, versucht Udo mich zu beruhigen und durchwühlt mein braunes Zelt, um irgendwo in dem Textil den Sender fürs Mikrophon unterzubringen.

Es war Henrys Idee, meinen Körper mit diesem Zelt zu verpacken. Nach längerer Konsultation meines Kleiderschranks meinte er, daß dies nun die große Stunde des – namenlosen – japanischen Modedesigners sei. Ich würde damit erst noch einen bescheidenen Beitrag zur Globalisierung leisten: eine Schweizerin in einem japanischen Hochpreistextil in einer populären deutschen Talkshow.

Ich frage Udo, wer da eben über diesen Ohrenknopf mit ihm gesprochen habe.

»Das war Schwänzchen, der Regisseur.«

Redet der immer so laut, daß eure Gäste gleich alles mithören können?

»In der Regel schon.«

Und warum nennt ihr ihn Schwänzchen? Hat er nichts oder fast nichts in der Hose?

»Weiß ich doch nicht! Aber er trägt so einen komischen Pelz auf dem Kopf: überall kurz, bloß hinten drei lange Strähnen – eben ein Schwänzchen!«

Na, bravo! Und so ein Typ führt bei euch Regie – hält sozusagen die Fäden der Sendung in der Hand, läßt den Moderator nach Gutdünken lächeln, die Zuschauer klatschen und die Gäste schwitzen?

Udo nickt. »Das ist auf alle Fälle immer noch besser, als wenn unser Schwänzchen vor der Kamera stehen würde!«

Die Verkabelung steht. Nun der Text, der eingespielt wird. Die Fernsehleute wollen wissen, wie ich mich nenne. Nicht den Namen, nur die Gattung. Es stehen zur Auswahl: TV-Star, Sängerin, Politikerin, Boxen-Luder, Fotomodell, Gesellschaftsdame, Bestsellerautorin, Schönheitskönigin. Hinzu kommen zwei mögliche Zusätze: ex (mit Vergangenheit) oder aufstrebend (mit Zukunft). Die zu mir passende Bezeichnung soll dann während des Auftritts in einem schwarzen Balken am unteren Bildrand jeweils eingeblendet werden.

Ich fang beim Zusatz an, kann mich aber nicht entscheiden: ex oder aufstrebend?

Die Leute von der Redaktion meinen, »aufstrebend« sei derzeit überhaupt nicht »in«. Das habe wohl mit der lahmenden Konjunktur und der Flaute an den Börsen zu tun.

Ausgerechnet! Dabei wollte ich mich für »aufstrebend« entscheiden.

Sie raten mir zu »ex«.

Ich bin aber keine »Ex«, so wie all die Weiber, die mit sechzig noch davon zehren, daß sie mit siebzehn den dritten Platz bei den Wahlen zur Miss Spargelkönigin gewonnen haben. Das sind »Exen«, nicht ich!

Man müsse auch gar keinen Zusatz wählen, läßt man mich wissen und verweist darauf, daß die Zeit dränge. In zehn Minuten sei Sendebeginn. Bis dahin müsse man mir noch mal die Lippen nachziehen, die Nasenspitze pudern und den Lidschatten etwas auffrischen. Und ich dürfe – um Himmels willen! – auf keinen Fall vergessen, den Morgenrock auszuziehen …

Soll ich mich etwa nackt auf die Bühne stellen? Wollt ihr mit mir tatsächlich einen Quoten-Selbstmord begehen?

Nein, wolle man nicht. Man wolle bloß endlich meine korrekte Berufsbezeichnung erfahren.

Schreibt doch einfach »heiliges Boxen-Luder«.

Null Punkte. Verknüpfungen innerhalb der Berufsbezeichnung seien nicht möglich. »Oder haben Sie schon mal eine Politikerin angetroffen, die einen Schönheitspreis gekriegt hat?« fragt mich so ein TV-Exponent.

Dann schreibt doch, was ihr wollt. Schön wäre zum Beispiel: »Sucht ihr Glück.«

Das hingegen sei zu lang und keine Berufsbezeichnung.

Ob man denn nicht etwas mit Schokolade schreiben könne – ich sei doch für meine Prügeli-Naschereien bekannt, fragt mich ein anderer TV-Mensch.

Wenn schon, dann nasche ich die quadratische Vollmilchschokolade und bestimmt nicht Anton Branschlis Prügeli. Allerdings: Was bei mir unter der Bettdecke geschieht, ist reinste Privatsache. Das werde ich diesen Fernsehleuten sicher nicht auf die Nasen binden.

Mann will wissen, wie viele Schokoladen-Prügeli ich pro Tag verzehre.

Eine Fangfrage. Henry hat mich darauf vorbereitet. Ich weiß, daß ich jetzt sagen muß »Oh, diese Frage kann ich so nicht beantworten. Mal sind es mehr, mal etwas weniger ...«

In Interviews, vor allem wenn sie live am Fernsehen übertragen würden, solle ich mich nie, aber auch gar nie festlegen, hat mir Henry geraten. In Gesprächen mit Zeitungsjournalisten dürfe ich hingegen ruhig etwas offener sein – denen könne man im nachhinein immer noch vorwerfen, sie hätten Lügen, Unwahrheiten oder falsche Fakten verbreitet.

»Ein ganz kleines Stückchen?«

Nein.

»Nur einen Mund voll – du magscht sie doch so gerne.«

Laß es, Henry. Du brauchst die Verpackung gar nicht erst aufzureißen. So wie bei andern Schokoladentafeln wird auch diese hier unangetastet auf meinem Nachttisch vor sich hin schimmeln.

»Was ischt los mit dir? Ischt es wegen Pierre? Isch weiß, das war nischt ganz fair von mir.«

Ach laß nur, Henry. Ich kann damit leben, daß du Anton Branschli überredet hast, mir einen Ehemann anzudichten. Und ich kann auch damit leben, daß dein Pierre sich längst auf dem Weg nach München befunden hat, als du mich fragtest, welche Sorte von Mann mir denn vorschwebe.

»Dann bin isch wirklich erleichtert!«

Henry, erleichtere dich nicht zu früh. Womit ich nämlich nicht leben kann, ist die Tatsache, daß Pierre morgens meine frische Milch trinkt. Inzwischen haben sich meine Geschmacksnerven an diesen Ziegengeruch gewöhnt. Ich möchte ihn nicht mehr missen!

»Isch werde es Pierre sagen.«

Einen Teufel wirst du tun. Du weißt, daß ich mit Pierre in Scheidung lebe, oder?

»Oui. Du selbst hascht von Anfang an darauf bestanden.«

Natürlich habe ich darauf bestanden. Mit diesem Ziegenpeter in Scheidung zu leben ist so ziemlich der einzige eheliche Zustand, den ich mir mit diesem Langweiler aus den Bergen vorstellen kann.

»Hascht du das hier schon gesehen?« Henry zeigt mir die »Zeitung des Tages«.

»Enziankrieg: Schweizer Star nach München geflohen!«

Ich reiße ihm die Druckerschwärze aus den Fingern. Henry, das da auf dem Titelbild bin ja ich! Und der leblose Typ mit der schwarzen Sonnenbrille und dem eingezogenen Kopf ist Pierre …

»Und da, ganz hinten, wer ischt das?«

Meinst du diesen Farbklecks in der fünften Reihe?

Henry schmollt. »Erkennscht du mich denn nicht?«

Ehrlich gesagt: Nein.

»Dabei habe ich mir speziell für den Auftritt eine Original Moosschläger umgebunden.«

Da kann man nichts machen, Henry. Wer nicht ganz vorne mitläuft, hat schon verloren. Und jetzt sei mal für zwei kurze Minuten ruhig, damit ich den Text lesen kann.

»Du brauchst ihn nicht zu lesen. Isch kann dir auswendig sagen, was da drinsteht.«

Dem Wortlaut nach?

»Mit jedem Komma. Schließlich habe isch die Zeilen geschrieben.«

Henry! Wie bist du dazu gekommen, für die »Zeitung des Tages« zu schreiben?

»Frag lieber, wie die dortige Redaktion auf die Idee gekommen ischt, meine Pressemitteilung mehr oder weniger unverändert abzudrucken.«

Du hast eine Pressemitteilung rausgelassen?

Henry sagt, er habe sich unter Druck gefühlt. Der Sommer, somit auch die Sauregurkenzeit in den Redaktionen, neige sich seinem Ende zu. Es gelte nun, die letzten weißen Kaninchen aus dem Zylinder zu zaubern, denn schon sehr bald würden die Politiker, Börsenspekulanten und Wirtschaftsbosse die begehrten Schlagzeilen auf den Titelseiten wieder für sich in Anspruch nehmen.

Das hat mein Schwager Sebastian an einem Kindergeburtstag auch mal gemacht – Kaninchen aus dem Zylinder gezaubert. Oder besser: machen wollen.

»Und?«

Nichts »und«! Das Kaninchen war längst erstickt, bis Sebastian den Trick herausgefunden hatte – und die Party endete in lautem Geheul der Kinder.

»Es wäre übrigens von Vorteil, wenn du manchmal auch weinen würdescht.«

Etwa um Ziegenpeter? Und das in aller Öffentlichkeit?

»Nischt um Pierre, aber um die Umstände, die dir wegen der Scheidung entstehen.«

Soll eine unverheiratete Frau noch die Welt verstehen!

»Du brauchst die Welt nicht zu verstehen, bloß nach deinem Geschmack zu formen.«

Behalte deine Weisheiten für dich und sag mir jetzt lieber, was in deinem Artikel steht.

»Nicht viel Neues. Bloß der wahre Grund für deinen Aufenthalt in München ...«

Also keine Stippvisite?

»Non. Du bischt sozusagen aus deiner Villa am Zürichsee geflohen.«

Ich wüßte nicht, weshalb ich das tun sollte. Eine Villa am Zürichsee ist hundertmal besser als eine Suite in der »Bayerischen Burg«, wo alle zehn Minuten ein Butler auftaucht, um dich mit seiner bloßen Anwesenheit daran zu erinnern, daß er im Zimmerpreis nicht inbegriffen ist.

»Dafür bist du hier vor deinem Mann sicher.«

Sag bloß, Ziegenpeter und ich bewohnen die Villa am Zürichsee gemeinsam ...

»Aber bestimmt! Noch seid ihr ein Ehepaar.«

Und warum ist nicht Pierre ausgezogen?

»Weil du ihn mit einem Mann im Ehebett überrascht hascht.«

Henry! Du in meinem Bett?

»Zum Beispiel«, grinst Henry. »Wenn das alles nicht bloß eine erfundene Geschichte wäre, könnte isch mir durchaus vorstellen, dir den Ehemann auszuspannen.«

Mir geht ein Licht auf. Mehr noch, ein ganzer Tannenbaum erstrahlt. Einer von der Sorte, wie er bei meiner Schwester Laura im zusammengebauten Einfamilienhäuschen auf dem Estrich harrt.

Henry, laß mich die Fakten zusammentragen: Eines verregneten Abends bin ich von irgendeinem wahnsinnig wichtigen Cocktail in unsere Villa am Zürichsee zurückgekehrt. Das Hausmädchen hatte an diesem Tag frei, ebenso der Gärtner, der Chauffeur und die Köchin. Ich deponierte mein mit Diamanten bestücktes Armband und alle andern Glitzerteile im Safe, entblätterte mich bereits auf der geschwungenen Treppe im Foyer, um dann in meinen sexy Dessous zu meinem über alles geliebten Ehemann ins Bett zu steigen. Ich öffnete ganz sachte die gepolsterte Schlafzimmertür – und vernahm ein leises Stöhnen. Schweißtropfen zerstörten mein Make-up. Ich fürchtete um die Gesundheit meines Herzallerliebsten. Ein Infarkt? Ein Kollaps? In Gedanken telefonierte ich bereits mit unserem Freund vom Golfclub, einem prominenten Herzchirurgen. Doch dann entsann ich mich, zuerst das Licht anzudrehen, um nachzuschauen, ob sich die Telefongebühren überhaupt lohnen würden. Und tatsächlich, die Gebühren lohnten sich nicht: Mein Gatte und irgend so ein Halbfranzose lagen zusammen im Bett. In meinem Bett! Und das Schlimmste: Keiner von beiden wäre der Höflichkeit halber aufgestanden – nicht einmal ihre besten Stücke erhoben sich!

»Genau so ist es richtig. Bravo!«

Die Geschichte ist aber nicht rund.

»Warum nicht? Es ischt doch alles da: Sex, Seitensprung, Leidenschaft, Enttäuschung, Luxus, Geld …«

Zwei Dinge, Henry: Warum soll *ich* aus der Villa ausziehen, wenn *er* mich brutal betrogen hat? Und: Weshalb sollte mein Ehemann mir nun plötzlich nach München nachreisen?

Henry denkt – aber nur kurz. »Daß du nicht mehr in der Villa leben kannscht, ist ja klar. Die achtzehn Zimmer sind vollgestopft mit Erinnerungen. Jede Kaffeetasse, jeder Slip, alles ist irgendwann mal mit deinem Ehemann in Berührung gekommen.«

Und weshalb ist mir mein Mann nach München nachgereist?

»Weil er etwas zurückhaben will.«

Was denn? Der Vibrator gehört mir!

»Nein. Er will den BWM, mit dem du vor der ›Bayerischen Burg‹ vorgefahren bischt.«

Den kann er haben – ich rauche sowieso keine Zigarren.

»Nein, eben nicht! Du muscht um den Wagen kämpfen.«

Wieso soll ich um ein dämliches Auto kämpfen, wenn ich meinen Gatten mit einem andern Mann im Bett erwischt habe?

»Damit die Boulevardpresse etwas zu berichten hat. Die Journalisten brauchen Stoff, neue Storys!«

Sag doch gleich, ich soll mich unter dem Münchner Friedensengel ans Lenkrad unseres fahrbaren Untersatzes ketten und in einen unbefristeten Hungerstreik treten.

»Isch warne disch! Ein Hungerstreik würde sich äußerst negativ auf die Prügeli-Verkaufszahlen auswirken. Gerade jetzt, wo du disch in einer privaten Krise befindescht, muscht du in der Öffentlichkeit noch mehr Prügeli essen. Sie sind das einzige, was dir zur Zeit noch Halt gibt.«

Ich kann die Dinger nicht mehr sehen, geschweige denn essen. Und mein Gesicht ist mit Haselnuß-Pickeln geradezu übersät!

»Ein paar Pickel mehr finde isch ganz gut. Sie demonstrieren deine innere Unausgeglichenheit, dein seelisches und eheliches Tief.«

Alles Unsinn!

»Sag mir, was los ischt. Mir kannscht du disch doch anvertrauen.«

Ausgerechnet dir! Damit mein Seelenleben morgen an sämtlichen Zeitungsständern der Stadt hängt?

»Ischt es wegen diesem Jungen?«

Welcher Junge?

»Isch habe mit Monsieur Branschli telefoniert. Er hat mir von Katumba erzählt.«

Du meinst wohl Karamba?

»Ja, genau.«

Und was soll mit Karamba sein?

»Weiß isch doch nischt. Du machst auf Trauer, nicht isch. Seit Pierre hier in München ist und wir versöhnt sind, geht es mir ausgezeichnet.«

Ich mache nicht auf Trauer. Schau bloß, wie knallig bunt mein Kleid ist!

»Nicht das Kleid, deine Augen.«

Jetzt setz aber mal einen Punkt, Henry. Du selbst hast mir gesagt, ich hätte wunderschöne Augen.

»Ja, aber in letzter Zeit gucken die so traurig ...«

Blödsinn. Meine Augen gucken nicht anders, als sie das vor meinem Besuch in diesem Kinderheim getan haben.

»Also doch! Es hat was mit diesem Karamba und seiner kleinen Schwester zu tun.«

Du bist ja lästiger als eine Stechmücke in der Nacht. Versteh doch: Karamba ist ein Kind. Ich mag aber keine Kinder. Und außerdem hat Karamba eine kleine Schwester, die noch ein Baby ist. Er kann kein Deutsch, trauert seinen ermordeten Eltern nach, kommt direkt aus einem Kriegsgebiet in Afrika, ist unterernährt, verschüchtert, einsam. Wahrscheinlich kann er weder lesen noch schreiben, ißt bloß Hirse und hat womöglich noch AIDS.

»Und trotzdem denkscht du die ganze Zeit an diesen Jungen.«

Ach was!

Entrüstet blättere ich die »Zeitung des Tages« durch. Es gibt Babywindeln zum Aktionspreis, drei für zwei. Noch bis Freitag. Wie viele Windeln ein Baby wohl so täglich braucht?

Auch Muba – eigentlich ein schöner Name für ein schokoladenfarbenes Mädchen – braucht Windeln.

»Hier, nimm.«

Henry reicht mir das Telefon.

Was soll ich damit?

»Mach, was du willscht. Aber unternimm jetzt etwas!«

14

Wie ich Mutters Stimme höre, wird mir klar, daß ich sie nicht hätte anrufen sollen. Aber da ich mich nun schon mal als eine ihrer Töchter zu erkennen gegeben habe, kann ich nun schlecht auflegen.

»Kind! Wie schön, daß du dich endlich wieder mal bei uns meldest.«

Das »endlich« lasse ich ungehört an mir vorbeiziehen. Ich könnte meine Erzeuger täglich anrufen, und jedes Mal würde ich dieses gestachelte Wort zu Ohren kriegen. Ein Wort, das mich gleich zu Beginn jedes Gesprächs grundlos in die Defensive drängt.

Wir sind bei der Standardfrage angekommen: Wie geht es euch denn so?

Jetzt kann Mutter mir endlich von der appetitlichen Bungalowsiedlung im Westen Mallorcas erzählen. Davon, daß ihnen die Ossis am Sandstrand die besten Plätze wegschnappen und daß die sich dabei so gar nicht bewußt sind, wem sie dieses Luxusleben eigentlich zu verdanken haben: »Unseren Steuergeldern! Ich brauche dir schließlich nicht zu sagen, wie der Papa und ich dreißig Jahre lang hart gearbeitet haben, um nun mit ansehen zu müssen ...«

Nein, Mutter, das brauchst du mir nun wirklich nicht zu erzählen, ich weiß um deinen Frust. Und mit mir wahrscheinlich die halbe Insel Mallorca. Wie geht es denn Papa?

»Sag ihr, es gehe mir ganz gut«, ruft Papa aus dem Hintergrund.

»Er fährt täglich mit dem Rad.«

Gut so. Radfahren auf Mallorca soll ja wirklich ein Abenteuer sein.

»Er tut es ja nicht wegen des Abenteuers. Weißt du, bei den Zwischenstops kann er jeweils in Ruhe sein Bierchen trinken.«

Darf er das zu Hause nicht?

»Nein, nicht mehr. Ich finde, in unserem Alter sollte man endlich damit beginnen, gesund zu leben.«

Keine Nürnberger Würstchen mehr? Keine gegrillten Schweinshaxen? Die mögt ihr doch so gerne!

»Na, ja, ab und zu.«

Wann ist ab und zu?

»Wenn unser deutscher Metzger eine Sommer- oder Winteraktion macht. Dann sind die Haxen nämlich sehr viel billiger.«

Müßt ihr sparen? Soll ich euch Geld schicken?

»Nein. Wir haben ja unsere Rente.«

Dann sehe ich keinen Grund, weshalb ihr das Leben auf Mallorca nicht in vollen Zügen genießen sollt. Warum soll Papa abends vor dem Fernseher nicht sein Helles trinken? Warum eßt ihr nicht das, worauf ihr gerade Appetit habt? Warum laßt ihr es euch nicht einfach gut gehen? Mit Verlaub gesagt: Ihr seid keine zwanzig mehr!

»Schon, aber ...«

Ich nehme den Hörer vom Ohr, stecke ihn unters Kopfkissen und atme zehnmal tief durch. Das tue ich immer dann, wenn ich aus lauter Dankbarkeit versucht bin, das Glück meiner Eltern zu schmieden. Den Trick mit dem Durchatmen habe ich übrigens aus dem Ratgeberbuch »Deine Eltern sind selber schuld«. Da steht bereits im Vorwort, daß die Kopulation zweier verschiedengeschlechtlicher Individuen in aller Regel auf freiwilliger Basis geschieht. Will heißen: Daß sich meine Eltern irgendwann aus einer Laune heraus gepaart haben, ist nicht mein Problem. Und die achtzehn Jahre bis zu meiner Volljährigkeit ebensowenig. Die beiden müssen vorher gewußt haben, daß die Freud nur kurz und das Leid eben lang ist. Somit bin ich als ihre erwachsene Tochter auch nicht für ihr persönliches Glück verantwortlich, oder?

Doch nun zu meiner Mutter: Ich konnte sie mir nicht aussuchen. Vielleicht hätte ich tatsächlich eine andere genommen – oder hätte mich im embryonalen Stadium dazu entschieden, gar nicht erst auf die Welt zu kommen. Denn mal ganz ehrlich: Was tun wir hier – außer die Umwelt zerstören und heute schon an morgen denken? Was, wenn das Morgen gar nicht stattfindet?

Mich schaudert es. Morgen muß stattfinden, unbedingt. Denn morgen will ich noch einmal in dieses Waisenhaus fahren. Allein. Henry soll nichts davon mitkriegen, er soll denken, ich sei irgendwo, aber nicht bei Karamba. Auf meinem Bett liegt jetzt schon alles bereit: neue Babywäsche für Muba, eine Jeanshose und praktische Turnschuhe für den Jungen. Ob sie sich darüber freuen werden – morgen, bei unserem Wiedersehen? Vielleicht wird Karamba lächeln ... Vielleicht.

»Kind, ist alles in Ordnung mit dir?«

Ja, Mutter, danke der Nachfrage. Ich gedeihe prächtig.

»Das glaube ich nicht. Du hast uns noch nie während der Woche angerufen ...«

Womit sie recht hat. Aber ich kann ihr doch unmöglich offenbaren, daß ich eigentlich mit meiner Schwester Laura reden wollte, die aber nicht erreichbar war und ich deshalb – aus reinster Verlegenheit – die Nummer meiner Eltern gewählt habe, um überhaupt mit jemandem sprechen zu können.

»Ist es wegen der bevorstehenden Hochzeit?«

Welche Hochzeit?

»Na, Laura hat mir doch erzählt, daß Gallus heiraten wolle.«

Daß mein liebes Schwesterherz aber auch gar nie den Mund halten kann. Spätestens seit Gallus' scheinbar unmotiviertem Anruf bei Henry ist mir klar, daß mein Ex schon bald vor den Traualtar treten wird – und ich meinen Schwur sanft beerdigen kann. Womit dieser Punkt dann wohl an Gallus geht.

»Wirst du auch hingehen?«

In die Kirche? Womöglich noch im Brautkleid? Nein!

»Die Braut soll ja bereits schwanger sein.«

Das weiß ich. Ich weiß inzwischen auch, daß Gallus nicht der Vater des Babys ist. Laura hat es mir erzählt.

»Und Gallus will diese Anna trotzdem heiraten?«

Warum denn nicht? Ein Kind ist ein Kind.

»Wie kann meine eigene Tochter nur so etwas sagen? Ich hätte nie, aber auch gar nie ein fremdes Kind aufgezogen. Womöglich noch eines mit schwarzer Haut.«

Es gibt keine Kinder mit schwarzer Haut, Mutter! Es sei denn, sie seien schwer krank. Die, welche du meinst, sind schokoladenfarben.

»Ich hätte ein solches Kind trotzdem nicht lieb haben können. Es wäre nicht mein eigenes Fleisch und Blut ...«

Und wenn dieses Kind dich ganz dringend gebraucht hätte?

»Ach was, jedes Kind hat Eltern. Mindestens eine Mutter.«

Und wenn die tot ist?

»Dummes Zeug. So schnell stirbt keine Mutter.«

Was wünscht ihr euch eigentlich zu Weihnachten?

Stille.

»Wie soll ich das verstehen, Kind?«

Was sie sich zu Weihnachten wünschen.

»Aber Weihnachten ist doch erst in vier oder fünf Monaten ...«

»Egal. Sagt, was ihr euch von mir zu Weihnachten wünscht.«

Getuschel am andern Ende der Verbindung. Mutter deckt die Sprechmuschel mit der Hand ab, während sie mit Vater diskutiert. Im letzten Jahr war's ein Staubsauger ohne Kabel. Und im vorletzten Jahr der Bildband »So schön ist Deutschland«. Und dieses Jahr?

»Wir sind so weit.«

Wurde auch Zeit. Für den Staubsauger habt ihr weniger Bedenkzeit gebraucht.

»Wir wünschen uns eigentlich nur eines, mein Kind: daß du so richtig glücklich bist!«

Keinen Stabmixer? Keine selbstreinigende Pfanne aus Gußeisen?

»Nein, nichts von all dem. Tue, was dich glücklich macht – und wir werden es auch sein.«

Henry hat Recht: Ich wachse im umgekehrten Sinne aus meinen Kleidern raus. Dieses längsgestreifte Stück schlabbert ebenso um meine Hüften wie das großflächig Geblümte. Was ich an Pfunden mit mir herumtrage, ist kaum noch Größe 42 wert. Daß ich aber auch so gar keine Lust mehr auf Essen und Schokolade verspüre, schon seltsam …

Eigentlich wäre jetzt der Moment, wo ich dieses auffällige Rote anprobieren könnte. Ich bin überzeugt, es würde mir passen. Ich sähe darin wahrscheinlich umwerfend aus. Jugendlich, frisch – eben so, wie ich immer sein wollte.

Ich zögere keine Sekunde, und schon stehe ich vor der Tür und steige ein. Mit einem gehörigen Ruck setzt sich die Straßenbahn in Bewegung. Nach zwei Stationen müßte ich aussteigen – wenn ich das Rote haben wollte. Aber ich will nicht, schaue auf die Uhr, hoffe, daß ich vor dem Mittagessen dort sein werde.

Immer wieder greife ich nach dem Plüschbären. Zwei volle Stunden habe ich in diesem Kinderparadies der Superlative gestanden, mir alle möglichen Spielzeuge für siebenjährige Jungs zeigen lassen – und mich schließlich für diesen Plüschbären entschieden. Ob ich nicht doch besser den ferngesteuerten BWM hätte kaufen sollen? Ein Plüschbär ist doch nichts für einen siebenjährigen Jungen.

Soll ich Karamba mit »Hallo« ansprechen? Und was sage ich zu Muba? Sie ist ja noch so klein. Ich glaube, ich hätte Angst, ein solch winziges Wesen an mein Herz zu drücken. Sie kann ja kaum ihr Fläschchen selber halten – und ist schon Vollwaise. Muba wird ihre Eltern nie anlächeln können. Niemals.

»Ihren Fahrschein bitte.«

Mit den Knopfaugen des Teddybären schaue ich zu der Stimme hoch, die da in höchst offiziellem Ton zu mir herunter spricht. Immer diese Anzüglichkeiten – jetzt sogar noch mitten in der Straßenbahn.

»Ich will ja bloß Ihren Fahrschein sehen, gnädige Frau.«

Da kann jeder in gebügelten Jeanshosen und im T-Shirt daherkommen und meinen Fahrschein sehen wollen.

»Wir kontrollieren verdeckt und diskret – wenn Sie verstehen, was ich meine.«

Ein Schottenrock würde auch kaum zu den O-Beinen passen. Aber wie wär's mit einer dezent dunkelblauen Uniform? Da fiele auch der Bierbauch gleich viel weniger auf.

»Haben Sie nun einen Fahrschein oder nicht?«

Natürlich habe ich einen! Die Suche beginnt. Im Außenfach meiner Tasche – nichts als Papiertaschentücher. Und ein geschmolzenes Prügeli. Mögen Sie? frage ich den diskreten Schaffner.

Er würde ja nur zu gerne zugreifen, aber in Zeiten der Spendenaffären sei man von oberster Verwaltungsstelle dazu angehalten worden, keinerlei Geschenke von Fahrgästen entgegenzunehmen. Es kommt ja so rasch der Eindruck auf, Staatsbeamte seien korrupt.

Werfe ich das Prügeli eben weg. Der Schaffner kann es ja später aus dem Abfallkübel fischen. Womit wir beide reingewaschen wären.

»Geht's nicht etwas schneller?«

Natürlich ginge es schneller – vorausgesetzt, ich hätte mir in den letzten Monaten mal die Zeit genommen, meine Tasche zu entrümpeln. Das hab ich nun davon: ausgelaufene Mascara auf Sonnenbrille, Lippenstift auf Puderpinsel, Haarlack auf gesammeltem Würfelzucker – und Kaugummi zwischen Buchseiten. Hey, das ist doch der junge Bauer! Jetzt habe ich den die ganze Zeit über gesucht – um ihn nun im Zwischenfach meiner Handtasche wiederzufinden. Du Böser du, hast dich einfach vor mir versteckt! Das tut ein rechtschaffener Bauer nicht.

»Den Fahrschein bitte!«

Ja, schon gut. Gleich bin ich auf dem Grund der Tasche angelangt. Wie wär's mit einem »Nimm zwei«? Leider hab ich bloß noch eines.

Will er nicht.

Was will er dann?

»Endlich Ihren Fahrschein sehen.«

Was wäre, wenn ich gar keinen hätte?

»Das wäre schlecht.«

Schlecht für wen?

»Für Sie.«

Wirklich?

»Ganz bestimmt.«

Also gut: Ich habe in der Eile vergessen, einen Fahrschein zu lösen.

»Das fällt Ihnen jetzt ein?«

Was heißt denn hier jetzt?

Ob ich das nicht schon vorher gewußt hätte.

Wann vorher? Vor dem Einsteigen?

Nein, bevor ich den Inhalt meiner Tasche auf meinen Knien ausgebreitet ...

Vielleicht.
Ich solle nicht frech werden.
Bin ich denn frech?
»Ein wenig.«
Ich kann noch viel mehr.
Das solle ich mir für meinen Ehemann aufsparen.
Ich habe aber keinen Ehemann.
»Kein Wunder.«
Jetzt ist er frech.
Im Gegensatz zu mir dürfe er frech sein, prahlt er.
Wieviel?
»Fünfzig Euro.«
So viel?
Er sagt, mit der Einführung des Euros sei eben alles teurer geworden – auch die Strafgebühr in der Straßenbahn.
In meinem Geldbeutel stecken bloß Schweizer Franken – und jede Menge Kreditkarten.
Er akzeptiere keine Kreditkarten. Und Schweizer Franken schon gar nicht. Ich befände mich hier auf europäischem Boden.
Als ob ich das nicht wüßte.
Wie ich denn nun zu bezahlen gedenke, fragt er.
Gar nicht.
Das habe weitreichende Konsequenzen für mich. Es sei denn, ich würde ihm meine Papiere vorlegen, damit er sich Namen und Adresse notieren könne. Ansonsten müsse er die Kollegen von der Polizei bemühen. Man könne ja schließlich nie wissen, was sich hinter einer namenlosen Schwarzfahrerin sonst noch alles verberge.

Ich bin keine Serienmörderin.
Worauf er ein Funkgerät aus der hinteren Gesäßtasche zieht.
An der nächsten Station ist Endstation – nur für mich, die Straßenbahn fährt noch weiter. Ich sehe ihre

Rücklichter durch die kugelsicheren Fenster eines Streifenwagens.

Rosi Wildrose, du bist ein Schatz. Ein wirklich ausgefuchstes Schreiberlein – wenn du verstehst, was ich meine. Wie du es auf den letzten fünfzig Seiten des Heimatromans geschafft hast, die Magd wieder auferstehen zu lassen und den jungen Bauern zu ihrem glücklichen Ehemann zu machen – das will gelernt sein! Und dann die hübsche Szene mit dem Baby. Wie der Großvater das Kind in seinen Armen hält – ein literarischer Hochgenuß! Bloß etwas stört mich: die Fußfesseln. Gut, der alte, reiche Bauer hat versucht, seine angehende Schwiegertochter zu töten – aber ist das wirklich ein Grund, ihn nun am Ende des Romans in Fußfesseln vorzuführen? Ich meine, der Mann scheint sich ja geläutert zu haben, oder? Wie wär's zum Beispiel mit einer Szene am heimischen Küchentisch, bei Brotsuppe und frischem Apfelbrei? Im Hintergrund knistert der offene Kamin, draußen fegt ein eisiger Wind durchs Tal – und in der guten Stube wird mit lauwarmer Ziegenmilch angestoßen …

»Hey, du da, Besuch!« tönt es durch die Gitterstäbe.

Ich komme gleich. Will bloß noch schnell die Vorschau auf den nächsten Heimatroman lesen.

»Nichts da. Los jetzt!«

Aber, aber, nicht so heftig. Ich bin ein freier Mensch. Behandelt mich nicht wie eine blutrünstige Mörderin, die soeben ihren fünften Ehemann mit einem stumpfen Pizzamesser ums Eck gebracht hat.

»Du hast die Sitzpolster unseres neuen Dienstwagens mit dem Kugelschreiber verschmiert.«

Was blieb mir denn anderes übrig? Ich wollte ja nicht einsteigen. Ihr habt mich dazu gezwungen.

»Du hattest keinen Fahrschein. Deshalb.«

Muß man denn einen Fahrschein besitzen, um in ein Polizeiauto einsteigen zu dürfen?

Die Polizistin mit der Ultrakurzhaarfrisur schluckt die Antwort runter. Sollte sie besser nicht tun – davon kriegt man leicht einen Kropf.

»Schau zu, daß du keinen Kropf kriegst. Dir blüht nämlich weit mehr als bloß ›Straßenbahnfahren ohne gültigen Fahrschein‹.«

Beamtenbeleidigung?

»Garantiert.«

Doppelte Beamtenbeleidigung?

»Wenn das reicht. Idioten, Deppen, Bürokraten-Mafiosi! Wie es scheint, hast du auf dem Weg zur Wache ganz schön dick aufgetragen. Jetzt sieh zu, wie du da wieder rauskommst.«

Henry! Mein guter Henry! Ich sehe den Halbfranzosen im Büro des Oberwachtmeisters sitzen, wo es aussieht wie bei Derrick – bloß nicht ganz so modern.

Henry küßt mich. Und das vor den Froschaugen des Oberwachtmeisters und dieser schnippischen Polizeizicke, die meint, es nicht nötig haben zu müssen, mich in der dritten Person, in der Höflichkeitsform, anzusprechen.

»Wo hascht du nur gesteckt?« Henry ist völlig aufgelöst.

Das dürfte dir ja inzwischen längst bekannt sein: zuerst in der Straßenbahn, dann im Polizeiwagen und schließlich hier in dieser Ausnüchterungszelle der Hauptwache. Und das, obwohl ich nachweislich kein Promillchen Alkohol im Blut hatte.

»Aber warum hascht du kein Billett gelöst?«

Weil es hier keine Billette zu kaufen gibt. Wenn schon, dann hätte ich mich um einen Fahrschein bemühen müssen. So nämlich nennt man die Billette hier in München.

Der Oberwachtmeister klopft auf den Tisch: »Jetzt reden's nicht immer um die Sahne rum!«

Um den Brei, Herr Oberwachtmeister. Wenn schon, dann rede ich um den Brei herum.

»Wenn's so weitermachen, laß ich Sie gleich wieder einsperren.«

»Nur das nischt!« Henry zückt seine hellgraue Brieftasche – aus Schlangenleder – aus dem schwarzen Sakko.

»Laß sie stecken, Henry«, zische ich. »Wir befinden uns hier nicht in einer Bananenrepublik – wenn du weißt, was ich meine.«

»Aber isch wollte dem Herren Waschtmeischter doch bloß meine Karte geben.«

Tu das. Aber versprich dir nicht zuviel davon.

Und tatsächlich raunt der uniformierte Schreibtischtäter: »Ich brauche Ihre Karte nicht. Uns ist bekannt, um wen es sich bei dieser Dame handelt.«

Wenn das Anton Branschli gehört hätte! Dem wären vor lauter Freude sämtliche Schuppen zu Berg gestanden. Die Geschichte von der berühmten Schweizerin, die auf Schokoprügeli steht und derzeit in der »Bayerischen Burg« residiert, um nicht länger mit ihrem bisexuellen Mann das Ehebett teilen zu müssen – diese Story hat sich sogar in den verstaubten Amtsstuben der Münchner Kreiswache herumgesprochen. Beachtlich! Wirklich beachtlich!

Henry wäre nicht Henry, wenn er nicht bereits einen logischen Schritt weitergedacht hätte: »Isch werde sofort die Medien informieren.«

Worüber?

»Daß du hier in die Polizeiwache geflohen bischt.«

Ich, hierher geflohen? Wenn schon, dann müßte ich von hier wegfliehen, das wäre eher logisch.

»Non, du hascht disch vor deinem Ehemann in Sicherheit gebracht. Hier in der Polizeiwache.«

Vor Ziegenpeter?

»Genau. Nachdem du ihm den BWM nicht freiwillig überlassen hast, hat er sich hier in München einquartiert. Natürlich nicht in der Bayerischen Burg, sondern sonst in einer Absteige. Und weil morgen eure

Schweizer Anwälte in Zürich über die Scheidung verhandeln werden, wollte Pierre disch heute noch einmal wegen der Abfindung sprechen. Dabei wurde er in deiner Suite handgreiflich – und du bist hierher geflüchtet. In die beschützenden Arme der Polizei. Wie sagt man bei uns so schön: die Polizei, dein Freund und Helfer. Voilà!«

Deine Phantasie möchte ich haben! Sag mal, Henry, schreibst du nebenbei Liebes- und Heimatromane? Sagt dir vielleicht der Name Rosa Wildrose etwas?

»Non. Wir können uns später über diese Madame Wildhose unterhalten – jetzt müssen wir die Gunscht der Stunde nutzen und alle verfügbaren Zeitungsredaktionen informieren. Ich schlage vor, daß du mit dem Waschtmeischter vor dem Haupteingang der Wache posierst.«

Warum nicht in der Zelle?

»Weil da nicht genug Licht für die Fotografen vorhanden ischt.«

Um meinen Heimatroman fertigzulesen, hat es jedenfalls gereicht.

»San's jetzt endlich fertig mit eurer Diskussion? Darf ich dazu auch noch was sagen?«

Wenn es Sie drängt, Herr Wachtmeister, bitte schön. Aber seien Sie sich bewußt: Autogramme gebe ich keine. Aus Prinzip nicht. Und wenn Sie einen Abzug von der Fotografie wollen, die jetzt gleich vor dem Haupteingang mit mir und Ihnen entstehen soll, so wenden sie sich bitte vertrauensvoll an einen der Reporter. Für ein paar Indiskretionen aus dem Münchner Polizeialltag überläßt Ihnen der Journalist bestimmt einen kostenlosen Schnappschuß.

Der Polizeibeamte fischt meine Sushi-Handtasche (oder war's Gucci?) hinter der alten Schreibmaschine hervor. »Gehört die Ihnen?«

Ja.

»Dann ist das hier Ihr Reisepaß?«

Der da?

»Ja, der. Sehen Sie noch einen andern Reisepaß in meinen Händen?«

Nein.

»Also, gehört der Paß nun Ihnen oder nicht?« bebt der Ordnungshüter in Lautstärke sieben.

In mir bricht ein dreißigstöckiges Hochhaus zusammen, inklusive Tiefgarage und Liftschacht. Bei Henry scheint es eine ganze Siedlung zu sein. Dieser miese kleine Staatshüter hat doch tatsächlich meine wahre Identität entschlüsselt! Zugegeben, allzu schwierig war es nicht. Schließlich steht in meinem Reisepaß nicht bloß, wer ich bin und woher ich komme. Nein, mit dem Wörtchen »ledig« wird jedem Alphabeten sofort klar, daß ich bis zum heutigen Tag noch keinen Mann fürs Leben gekriegt habe. Folglich kann ich ja nur sehr schlecht in Scheidung leben, oder?

Vor Henry und mir liegen die Trümmer unserer perfekt aufgebauten Schokoladengeschichte. Ist es möglich, daß diese kurzatmige Beamtenlunge unser solides Kartenhaus einfach so weggepustet hat? Darf er das?

Scheinbar nicht nur das. Seine Kompetenz reicht bis hin zum Erheben des Drohfingers: »Dafür könnt ich Sie beide anklagen und vors Landgericht bringen. Und bis zur Anklage könnt ich Sie sogar einsperren ...«

Henry und ich in der gleichen Zelle? Ob Ziegenpeter damit einverstanden wäre? Wo Schwule doch in aller Regel so furchtbar eifersüchtig sind.

»Was Sie getan haben, ist reinste Irreführung der Öffentlichkeit und Hochstapelei dazu.«

Ich dachte immer, Hochstapelei sei bloß, wenn ein Mann einer Frau vormacht, unglaublich gut im Bett zu sein, in Tat und Wahrheit aber Potenzprobleme hat.

»Quatsch! Da würden unsere Gefängnisse ja aus allen Nähten platzen.«

Und was ist daran weniger schlimm als an unserer Geschichte?

»Bei vorhandener Impotenz kann überhaupt nichts passieren«, kichert der Wachtmeister. »Oder sind Sie etwa eine von denen, die glauben, die Kinderlein kämen vom Storch?«

Junge, jetzt faß dich mal wieder. Brauchst ja über deinen eigenen Witz nicht gleich in heiteres Schenkelklopfen auszuarten. Was konkret hast du uns vorzuwerfen?

»Sie haben unlautere Werbung für so ein Schokozeug gemacht.«

Das war nicht irgend so ein Schokozeug! Das waren »Original Schweizer Prügeli« aus Anton Branschlis Schokoladenfabrik. Die mit den extra Haselnüssen rundherum.

»Die Haselnüsse tun nichts zur Sache. Tatsache ist: Die Leute wurden zu etwas gezwungen, was sie gar nicht wollten.«

Nein, diesen Vorwurf lasse ich nicht auf mir sitzen. Wir haben lediglich versucht, die Konsumenten positiv einzustimmen – für ein hochwertiges Schweizer Schokoladenprodukt. Gekauft haben sie aus freiem Willen. Oder meinen Herr Wachtmeister allen Ernstes, ich hätte mich hinter die Schokoladenregale der Kaufhäuser und Kioske gestellt, um mit mittelalterlichen Foltermethoden die Prügeli-Verkäufe anzukurbeln?

»Und was war mit Ihren großartigen Medienauftritten? Erst kürzlich konnte man Sie in einer dieser nächtlichen Talkshows sehen ...«

Ach, Sie haben auch geguckt? Dann waren Sie einer von zweieinhalb Millionen. Hätte ich gewußt, daß Sie vor dem Bildschirm sitzen, hätte ich natürlich ganz kurz in die Kamera gelächelt – nur für Sie, Herr Wachtmeister.

»Lassen's die Späße. Unzählige Journalisten sind auf Sie und Ihre Werbemethoden reingefallen.«

Das kommt nur davon, weil auf den Redaktionen immer weniger recherchiert und immer mehr Prominentenkult betrieben wird. Schlafzimmerstorys ziehen eben mehr als spröde Politgeschichten!

Endlich scheint auch Henry sein Deutsch wieder gefunden zu haben: »Wir haben den Journalischten bloß eine Geschichte erzählt. Eine ganz normale Geschichte. Aber unsere Story war scheinbar so gut, daß die Medien sie veröffentlischt haben – und das, ohne zu überprüfen, ob die Umstände auch wirklich echt sind.«

Ist es denn verboten, Geschichten zu erzählen?

Schweißtropfen kugeln über des Wachtmeisters Stirn. Unregelmäßiges Keuchen. Sein Blutdruck? Mindestens hundertachtzig zu hundertvierzig.

Ich dopple nach: Und was ist mit all den Werbeikonen? Was, wenn Stefania Graf mal nicht mit Roxana duscht? Kommt sie dann gleich in die Ausnüchterungszelle der Hauptwache, weil sie dem, was sie im Werbespot gesagt hat, untreu geworden ist?

Und die Sophia Loren! Was, wenn ihre Rundungen gar nicht von der Pasta kommen? Vielleicht war sie ja bei einem Schönheitschirurgen. Wer weiß?

»Ich weiß gar nix mehr. Ich weiß nur, daß da draußen auf dem Korridor eine Riesengaudi abgeht.« Und zur kahlgeschorenen Beamtenkollegin meint der Meister der Rechte: »Schau mal nach, was da los ist!«

Die Beamtin öffnet die Tür, streckt ihren Eierkopf raus – und erstarrt im Blitzlicht der von Henry herbeigerufenen Fotografen und Reporter.

»Jetzt haben's den Salat. Die kriegen wir bestimmt nimmer weg.«

Wohl kaum.

Gibt es hier in der Hauptwache so etwas wie einen Hinterausgang?

»Das würde Ihnen so passen. Nix da! Wenn ich Sie laufen laß, dann bloß durch diese Tür.«

Aber da draußen stehen mindestens zehn Fotografen! Da können wir jetzt unmöglich raus.

»Das werden's aber tun müssen.«

Und was sollen wir denen sagen?

»Die Wahrheit. Nix als die Wahrheit.«

Na dann: Amen.

15

Soll ich bereits meine Memoiren schreiben? Vielleicht könnte es ja die Kinder der Kinder meiner Schwester später mal interessieren, was ihre Ur-Tante im Leben so alles vermasselt hat.

Liniertes Notizpapier habe ich mir bereits beschafft. Und der passende Kugelschreiber – vom Hotel – wäre auch vorhanden. Er ist das einzige Relikt, das mich an meine Zeit in der »Bayerischen Burg« erinnern wird: ein Werbegeschenk im Wert von nicht mal einem Euro. Und natürlich sind da noch die Schlagzeilen in den Münchner Morgen-, Abend- und Mittagsblättern. Wie ein Damoklesschwert werden sie bis ans Ende meines physischen Daseins über mir schweben:

»Alles Lügen! Schweizer Star als deutsches Mauerblümchen entlarvt!«

Die Schlagzeilen sind das eine. Die Fotos dazu das andere. Henry und ich sehen auf den »exklusiven« Bildern wie zwei vom Hagel beschädigte Gartenzwerge aus. Dabei waren wir – auf dem Weg vom Büro des Oberwachtmeisters zum Wagen – so sehr bemüht, Haltung zu bewahren. Aber davon ist auf den Schnappschüssen wenig bis gar nichts zu sehen. Zu viele Fotografen haben uns im engen Korridor der Münchner Hauptwache den Weg versperrt, zu viele Journalisten bohrende Fragen gestellt. Doch Henry und ich haben standhaft geschwiegen – wir hatten auch einen gewichtigen Grund dazu: die offene Tür der Ausnüchterungszelle.

Nun sitzen wir da: Tag 0/1 nach dem Supergau ist angebrochen. Mit größter Wahrscheinlichkeit der letzte

Morgen in unserer Luxussuite im Herzen Münchens. Henry noch im Bademantel, ich bereits bis zur Unkenntlichkeit geschminkt und frisiert. Pierre haben wir, aus purer Vorsicht, schon mal in die Schweiz zurückgeschickt. Nicht daß der plötzlich noch zu reden beginnt und irgendwelche Indiskretionen preisgibt.

»... ist in Tat und Wahrheit nichts anderes als eine arbeitslose Anwaltssekretärin aus Wanne-Eickel. Ihr ehemaliger Chef, Dr. Hartmut Böckenkrüger ...«

Jetzt hör aber auf, Henry. Noch ein Wort aus diesem Schmuddelblatt und ich hack dir mit dem Eierlöffel den kleinen Finger mit deinem Cartier-Ring ab.

»Wirscht du nicht!«

Werde ich doch!

Henry liest unbeirrt weiter: »... Dr. Hartmut Böckenkrüger bestätigte in einem Telefoninterview, daß seine Ex-Mitarbeiterin seit jeher kriminelle Energie in sich trug. So hat sie mit einer mutwilligen Verwechslung auch die vorzeitige Scheidung von Dr. Böckenkrügers Bruder mit dessen Frau herbeigeführt ...«

Hartmut, du bist und bleibst ein Ferkel! In solcher Weise über mich herzuziehen, das tut ein seriöser, verschwiegener und rechtschaffener Anwalt nicht! Daß sich dein Bruder von seiner Frau trennt, war eine Frage der Zeit, das hat auch meine Schwester Laura gesagt, nachdem sie die beiden im Supermarkt gesehen hat.

»Der Artikel ischt noch nicht zu Ende.« Henry läßt die Zeitung sinken.

Lies vor!

»Lieber nicht.«

Ich will aber, daß du vorliest!

»Eben wollteschst du, daß isch damit aufhöre.«

Man wird ja wohl noch kurzfristig seine Meinung ändern dürfen, oder?

»Gut, isch lese vor – aber isch übernehme keine Verantwortung für das, was da steht.«

Brauchst du auch gar nicht, gesetzt den Fall, es handelt sich nicht wieder um eine deiner abgedruckten Pressemitteilungen.

»Non, bestimmt nicht. Solche Worte kämen mir nie in den Sinn.«

Dann los. Wenn schon, will ich die ganzen Lügen über mich hören.

»... zudem, so Dr. Böckenkrüger, habe sich seine Ex-Sekretärin mit fast jedem der männlichen Kanzleiklienten auch privat getroffen. Zitat: Sie lief allem hinterher, was zwei Beine und einen Hosenladen hatte. Und natürlich wußte sie, daß Männer, die in Scheidung leben, besonders labil sind ...«

Hartmut, du bist kein Ferkel, nein, du bist ein ausgewachsenes Dreckschwein! Was du da rausgelassen hast, trifft ja wohl eher auf dich zu. *Du* hast die weiblichen Kanzleiklientinnen verführt – oder muß ich dich an Frau Grünschnabel erinnern, deren Mann dir im Bermudadreieck ein Veilchen verpaßt hat?

War das alles, Henry?

»Non. Es geht noch weiter.«

Mit Hartmut Böckenkrüger? Hat er sich etwa auch noch darüber aufgehalten, daß er sich seinen Kaffee selber aus der Maschine lassen mußte?

»Nein. Böckenkrüger sagt nun nichts mehr. Dafür ein gewisser Möckli.«

Gallus?

»Im Artikel steht nur G. Möckli.«

Das ist Gallus.

»Dein Ex-Freund?«

Der Mann, mit dem ich drei Jahre lang eine Wohnung geteilt habe. Und, wie lautet sein öffentliches Verdikt über mich? Wahrscheinlich beklagt er sich, daß ich seinen Dinkelbrei verachtet und die Sojajoghurtbecher nicht in ihre Einzelteile zerlegt habe.

»Non. Er beklagt sich nicht.«

Was tut er dann?

»Gallus schweigt. Hier steht: Ihr Ex-Freund verweigerte jede Stellungnahme.«

Sein eisernes Schweigen rechne ich Gallus hoch an. Irgendwie ist er eben doch ein feiner Kerl. Wenn ich daran zurückdenke, wie er abends behutsam seinen Fencheltee aufgegossen hat, dann überkommt mich so etwas wie Heimweh.

»Halt, er sagt doch etwas!«

Das darf er nicht!

»Wenn isch es sage!«

Was?

»... wer so viel Schokolade ißt wie sie, braucht sich nicht über sein Übergewicht zu wundern ...«

Gallus ist definitiv kein Ehrenmann! Dafür weiß er, wie man Geld macht: sich zuerst zieren und damit den Preis für die Information in die Höhe treiben – und schließlich singen. Das paßt.

»Du meinscht, sie haben Gallus für diese Aussage bezahlt?«

Aber sicher doch! Wie die gemerkt haben, daß er nichts sagen will, haben sie ihm Geld angeboten. Viele schöne Euros, die Gallus nun in seine geliebten Fränkli umwechseln kann.

»Immerhin sagt er nichts Böses über dich.«

Das wäre ja noch schöner: Ich halte dieses männliche Wesen drei lange Jahre mit meinem bescheidenen Lohn aus, damit er letztendlich ein Unterwäschemodel heiratet, das von einem andern Mann schwanger ist und mich in den Dreck ziehen kann.

»Wie heischt eigentlich deine Schwester?«

Laura.

»Und ihr Mann?«

Das solltest du aber wissen, Henry. Schließlich hat Sebastian auch schon hier in dieser Suite genächtigt.

»Ach ja, habe isch vergessen. Haben sie Kinder?«

Natürlich! Drei Stück.

»Ihre Namen?«

Ob ich die so auf die Schnelle alle hinkriege? Laß mich's versuchen: Susi, die Süße, Caroline, die Laute, und Tobias, der Milchige.

»Dann muß es Caroline gewesen sein.«

Was?

»Sie hat dem Journalisten Auskunft gegeben.«

Am Telefon?

»Scheinbar. Vielleicht war deine Schwester gerade in der Waschküche ...«

Gut möglich. Oder im Gebärsaal. Bei Laura weiß man nie so genau.

»Hör lieber zu, was diese Caroline über dich sagt.«

Dieses unfertige Geschöpf äußert sich zu meiner Person?

»Ja. Zitat: Sie ischt meine Lieblingstante. Schließlich habe ich nur diese eine Tante.«

Der Krug ist gebrochen. Ich werde diesen Journalisten verklagen. Am besten in den USA, da kann ich mich gleich für den Rest des Lebens sanieren. Da läuft nichts unter zehn Millionen. Genugtuung, selbstverständlich.

»Du kannscht höchstens eine Gegendarstellung verlangen.«

Ich will aber keine Gegendarstellung. Ich will Geld! Etwas habe ich in meiner Zeit mit Gallus schließlich auch gelernt.

»Vergiß den Artikel. Du hascht keine Chance.«

Du hast gut reden, Henry. Mit dem, was die über mich schreiben, kann ich mich nie wieder in Bochum blicken lassen. Das beste wird wohl sein, ich kaufe mir ein Einfachticket dritter Klasse nach Rußland und ertränke mich auf dem roten Platz mit Wodka oder Krim-Sekt.

»Du könntescht doch auch in die Schweiz ziehen.«

Ich? In die Schweiz? Was soll ich denn dort?

»Du könntescht mit Anton Branschli ...«

Anton? Der fehlt mir gerade noch. Was meinst du eigentlich, wie sehr wir dem nach unserem verpatzten Auftritt noch am Herzen liegen? Wir können froh sein, wenn er uns wenigstens einen Teil des abgemachten Honorars bezahlt.

»Aber sicher doch!« tönt es in holprigem Hochdeutsch von der Flügeltür her.

Anton! Du hier?

»Aber ja doch!«

Da steht er, mit seinem abgewetzten Aktentäschchen, den gelöcherten Wohlfühlschuhen und den Schuppen auf dem dunkelblauen Sakkokragen: unser Ernährer, Anton Branschli.

»Grüezi mitenand.« Er lächelt. Wie lange noch?

Henry ist bemüht, sämtliche Skandalblätter, die auf dem Frühstückstisch herumliegen, verschwinden zu lassen. »Schwarzen Kaffee oder grünen Tee?«

Weder noch. Auch keine Ziegenmilch. Und schon gar keine Ovomaltane – dabei würde das Aufbaugetränk dem Schokoladenproduzenten Kraft verleihen. Kraft, die er gleich brauchen wird, wenn er erfährt, was heute Hübsches über Henry und mich in den Zeitungen steht.

»Ich habe euch etwas mitzuteilen.«

Ja, Anton, wir dir auch. Wer zuerst?

»Ich!«

Nicht doch besser wir? Es könnte nämlich durchaus sein, daß du – nachdem du erfahren hast, um was es geht – mit uns kein Wort mehr redest.

»Glaub ich nicht.« Er lächelt immer noch. Hat er sich gar liften lassen und kriegt deshalb die Mundwinkel nicht mehr in die Horizontale?

Kommst du direkt aus der Schweiz?

»Indirekt.«

Interessant.

»Ja, sehr sogar.« Ganz zufällig rückt sich Toni von den vier noch leeren Stühlen am Tisch denjenigen neben mir zurecht. Und ebenso zufällig berühren seine Hände meine Knie, während er sagt: »Ich hatte eine kurze Nacht.«

Die hatten wir auch. Aber wohl kaum aus demselben Grund wie du.

»Ihr seht einen doppelt glücklichen Mann vor euch.«

Und schon sehr bald wirst du dreifach enttäuscht sein – von uns. Es war keine Absicht, ehrlich, Anton.

»Dank euch habe ich erreicht, wovon ich nie zu träumen gewagt hätte.«

Bist du etwa von einer Brücke gesprungen? Mit Gummiseil und so? Oder hast du eine Trekkingtour durch den Montblanc Tunnel geschafft?

»Nein. Viel aufregender! Ich habe meine Schokoladenfabrik verkauft.«

An wen?

»Viermal dürft ihr raten.«

Aber nicht etwa an die Quadratischen aus Deutschland?

»Doch! Die bezahlen mir fünfmal soviel, wie meine Firma tatsächlich wert ist.«

Leiden die Quadratischen vielleicht an BSE und wissen deshalb nicht, was sie tun?

»Nein, die Leute sind ganz normal. Außer der Werbeleiter, der scheint etwas hinüber zu sein. Aber auch für den zeichnet sich eine Lösung ab: Er wird fortan, als Kuh verkleidet, durch die Kaufhäuser tingeln.«

So tut halt jeder, was er am besten kann.

»Ihr wißt ja noch gar nicht, wie ich mit den Quadratischen aus Deutschland in Kontakt gekommen bin! Dank euch und eurer Prügeli-Promotion hier in München!«

Womit wir beim Thema wären ...

»Ihr braucht mir nichts zu erklären. Ich habe die Zeitungen heute morgen bereits gelesen. Sorgt euch nicht! Wenn die Quadratischen erstmal öffentlich bekanntgeben haben, daß sie meine Prügeli-Fabrik in der Schweiz übernehmen, werdet ihr kein Thema mehr sein. Die Schlagzeilen von heute sind bereits morgen kalter Kaffee.«

Möchtest du nun vielleicht doch ein Täßchen? Wir hätten auch warmen Espresso da. Oder Latte Macchiato. Oder Cappuccino mit Sahnehäubchen und Schokoflocken oben drauf ...

»Nein. Ich will Champagner. Mir ist nach Feiern zumute. Denn das Allerbeste wißt ihr noch gar nicht: Marili hat sich gemeldet!«

Deine Frau? Die Verschollene?

»Ja, sie hat mich von einer Telefonzelle in Kolumbien angerufen. Es ginge ihr gut, sie sei gesund und warte auf mich.«

Und wie ist sie nach Südamerika gekommen? Hat sie den direkten Wasserweg vom Thunersee über den Atlantik genommen?

»Fragt mich nicht! Ich habe keine Ahnung. Was jetzt zählt, ist die Tatsache, daß ich sie wiedersehen werde.«

Wann?

»Am nächsten Montag geht mein Flieger. Bis dahin will ich meine Geschäfte hier so weit wie möglich abgewickelt haben. Zudem muß ich noch jemanden finden, der während meiner Abwesenheit auf unsere Villa am Zürichberg schaut. Ich weiß ja nicht, wie lange wir wegbleiben werden. Durchaus möglich, daß es mir in Kolumbien sehr gut gefällt. Jetzt, wo ich mich nicht mehr um die Schokoladenfabrik zu kümmern brauche, kann ich tun und lassen, was mir gefällt ...«

So schön sollte man es haben, oder?

Anton Branschli öffnet zuerst den von Henry eilends bestellten Champagner, dann sein Aktentäschchen. »Hier, für jeden von euch ein kleiner Scheck.«

Ich beobachte Henry, wie er auf die Nullen starrt. Ob's bei mir auch so viele sind? Wir zählen nach, schauen uns gegenseitig in die offenen Münder und machen gleichzeitig den Zeigefinger-auf-die-Nasenspitze-Test. Paßt. Noch ist kein Alkohol im Spiel.

Mensch, Toni! Für diese Summe hätten wir glatt auch noch Frankfurt, Köln, Düsseldorf, Berlin, Bremen und Hamburg mit brisanten Prügeli-Geschichten beliefern können.

»Nicht mehr nötig.« Anton Branschli hebt sein Glas: »Sollen sich doch die quadratischen Kühe ihre Schädel über den Prügeli zerbrechen – wir jedenfalls brauchen uns die Hände nicht mehr mit Schokolade schmutzig zu machen.«

16

»Mama, schläfst du?«

»Nein, ich denke mit geschlossenen Augen nach.«

»Über was denkst du nach?«

»Über farbige Pfeffermühlen, Dinkelbrei, quadratische Schokolade, über meine erste Begegnung mit Henry, unsere gemeinsame Prügeli-Werbetour in München, über Anton Branschli, meine Schwester Laura und deren Familie, über die Medien, über Gallus und Anna, meine Eltern …«

»Denkst du auch über Muba und mich nach?«

»Ja, mein Junge. Natürlich denke ich auch über Muba und dich nach. Ihr zwei habt mein Leben am nachhaltigsten verändert.«

»Was heißt ›nachhaltig‹?«

»Nachhaltig? Nun, das ist gar nicht so einfach zu erklären. Laß es mich so sagen: Ihr macht mich jeden Tag aufs neue glücklich.«

»Was ist glücklich?«

»Glücklich ist man wohl dann, wenn man morgens die Fensterläden öffnet, einem die Sonne entgegenlacht und man instinktiv zurücklächelt.«

Kinderhände berühren meine Schultern. Ich liege langgestreckt am Rand des Swimmingpools, mein rechter Arm hängt im lauen Wasser.

»Ich bin auch glücklich, wenn die Sonne nicht lacht«, flüstert eine Jungenstimme.

Ich öffne die Augen, einen winzigen Spalt breit, sehe, wie Karamba meine helle Haut betrachtet.

»Magst du dich zu mir legen?«

»In deinen Arm?«

»Warum nicht. Wir können uns mit geschlossenen Augen Geschichten erzählen.«

»Das ist fein.«

Seinen warmen, schlaksigen Körper ganz eng an meine Seite gedrückt, verharrt der Junge in meinem linken Arm. Ich spüre seinen Herzschlag. Es sind regelmäßige, kräftige Schläge. Karamba ist kerngesund und hat so gar nichts mehr mit dem unterernährten, unendlich traurigen Jungen aus dem Waisenhaus gemein, der mir vor zwei Jahren nicht mehr aus dem Sinn ging. Wenn er will, kann er sogar ganz schön laut und vorwitzig sein – das sagt auch seine Klassenlehrerin. Aber sie sagt auch, daß Karamba äußerst clever und für einen neunjährigen Jungen geistig extrem weit entwickelt ist. Das hängt wohl mit seiner frühesten Kindheit zusammen. Damit, was er in seinem jungen Leben schon alles sehen und erfahren mußte.

Vielleicht auch ein bißchen damit, daß Karamba der einzige farbige Junge an seiner Schule ist. Hier, am schönen Zürichberg, auf der richtigen – sprich rechten – Seite des Seeufers, wird noch ausschließlich Schweizerdeutsch gesprochen. Man ist unter sich – die Millionäre, Milliardäre und Großinvestoren.

Der erste Schultag war für Karamba ebenso hart wie für mich. Während das Adoptionsverfahren noch lief, waren seine kleine Schwester und er rund um die Uhr bei uns. In dieser Zeit haben wir uns sachte angenähert. Es waren die intensivsten Wochen, die ich je erleben durfte – aber auch die reichsten und schönsten. Fast täglich sind wir gemeinsam zum Zoo gefahren, haben uns die Giraffen und Elefanten angeschaut, Eiscreme geschleckt und Kinderbücher gelesen. Anhand der Bildergeschichten habe ich Karamba mit der deutschen Sprache vertraut gemacht.

Aber damit ist nun Schluß. Seit Karamba die Schulbank drückt und mit den Jungs auf dem Pausenplatz

Fußball spielt, redet er in breitestem Zürcher Dialekt. Manchmal muß ich grinsen, wenn er »Tschau« sagt und damit »Guten Tag« meint.

Ich weiß noch genau, wie ich Karamba nach dem ersten Schultag, zusammen mit Muba, abgeholt habe. Er weinte – aber erst, als wir außer Sichtweite der Klassenkameraden waren. Karamba ist ein stolzes Kind, mindestens so stolz wie ein afrikanischer Stammeshäuptling. Zu Hause dann – oder, besser gesagt, dort, wo wir wohnen, nämlich in Anton Branschlis Prachtvilla – erzählte er mir, was vorgefallen war. Die anderen Kinder hatten ihn seiner Hautfarbe wegen ausgelacht, ihn »Mohrenkopf« und »Neger« genannt. Im ersten Moment war ich schockiert, wollte sogleich jede einzelne Mutter ins telefonische Kreuzverhör nehmen, damit diese Schikanen aufhörten. Doch zum Glück besann ich mich eines Besseren. Ich besann mich nämlich darauf, daß ich Karamba nicht ein Leben lang beschützen und vor Gehässigkeiten fernhalten kann.

Also habe ich versucht, ihm zu erklären, daß die Hautfarbe eine rein genetische Angelegenheit sei und gar nichts mit den inneren Werten eines Menschen zu tun habe. Worauf Karamba mich fragte, wie er dies seinen Klassenkollegen auf verständliche Weise mitteilen könne. Meine Antwort: »Sag ihnen, daß deine Mutter während der Schwangerschaft zu viel Schokolade gegessen hat.«

Nach diesem Gespräch sind wir uns lachend in die Arme gefallen und haben zur Feier des Tages eine saftige Familienpizza mit extra viel Mozzarella und Oliven gebacken.

»Sag mal, Karamba, hast du den Timer gestellt?« Die Mittagssonne brennt auf unsere Körper. Karamba döst in meinem linken Arm vor sich hin. Heute ist Sonntag. Nicht einer, wie die anderen einundfünfzig Sonntage im Jahr, sondern ein ganz spezieller. Deshalb der Kuchen im Ofen.

Muba feiert ihren dritten Geburtstag. Ich kann's kaum glauben, aber das Mädchen wächst unaufhaltsam dem Kindergartenalter entgegen. Standhaft bemühe ich mich, nicht daran zu denken, was sein wird, wenn auch sie am Morgen das Haus verläßt. Ich werde den Frühstückstisch abräumen, die Betten machen – und mich sehr, sehr einsam fühlen. Gut, ich hab ja noch meine Arbeit. Ob mich das Schreiben von Schweizer Heimatromanen wirklich bis in die Nachmittagsstunden ausfüllen wird?

Henry war längere Zeit der Meinung, ich sollte mich diversifizieren. Will heißen: Neben den Schweizer Heimatromanen noch irgend etwas anderes schreiben – zum Beispiel Arztromane. Ich habe Henry erwidert, daß mir für Weißkittelgeschichten der medizinische Background fehle. Denn im Vergleich zu einem Arztroman ist das Verfassen einer Heimatposse ziemlich einfach. Es reicht, wenn ich mich zwischendurch mal für eine Woche mit den Kindern zu Ziegenpeter auf den Berg zurückziehe, um mich dann von der felsigen Umgebung und seiner Wortkargheit inspirieren zu lassen – und schon sind zweihundert Seiten gespeichert. Das Ganze würze ich an meinem Computer auf dem Zürichberg noch mit etwas Liebe, Alpenglühen, Schicksal und Gewitterstürmen – und fertig ist der Roman, der später unter dem Autorennamen Rosa Wildfang an die Kioske kommt.

Natürlich würde es mich reizen, auch mal einen Arztroman zu schreiben. Aber dafür müßte ich meine gesamte Recherchentechnik ändern. Denn, ehrlich gesagt, ich verspüre nicht die geringste Lust, mich regelmäßig ins Krankenhaus zu legen, um mir wahlweise die Galle, die Nieren oder das Herz rausnehmen zu lassen, bloß um danach möglichst authentisch über die verschiedensten Patientenleiden schreiben zu können.

Das hat Henry eingesehen. Seither reden wir nicht

mehr über Arztromane. Und sowieso verkaufen sich meine Heimatgeschichten mindestens so gut wie damals die fettigen »Berliner« aus dieser Billig-Bäckerei im Erdgeschoß der Böckenkrügerschen Anwaltskanzlei.

Wanne-Eickel. Ich weiß schon gar nicht mehr, wie es dort aussieht. In Bochum war ich seit meiner ersten Reise in die Schweiz nicht mehr. Ob der Stadtkiosk das verstaubte Salatbesteck noch immer im Regal stehen hat? Und ob Sandy ihre Zellulitis in den Griff bekommen hat? Und was ist wohl mit ...

»Es stinkt.«

»Karamba, so etwas sagt man nicht!«

Der Jung springt auf. Ich mit ihm. Es riecht tatsächlich streng. So streng, daß ich vermuten muß, den Timer überhört zu haben. Der schöne Geburtstagskuchen – ob er noch zu retten ist?

»Ist das Kohle?«

»Ja, Karamba, so in etwa sieht Kohle aus.«

»Können wir das noch essen?«

»Nein, Karamba, mit Bestimmtheit nicht.«

»Bist du mir böse?«

»Warum?«

»Weil ich vergessen habe, die Uhr zu stellen.«

»Nein.«

»Aber der Kuchen ist doch kaputt.«

»Es ist ja nur ein Kuchen.«

Karamba sagt, daß er mich riesig lieb habe.

»Ich dich auch, meine Junge. Du weißt ja gar nicht, wie sehr ich dich liebe!«

Während Karamba hüpfend in Richtung Pool verschwindet, sehe ich mich mit vorsichtigem Blick in der Küche um. Ich lächle ob der verschmierten Küchenabdeckung aus Marmor. Ich trällere angesichts der ausgeschütteten Mehltüte. Mein Glück läßt sich durch nichts schmälern – auch nicht durch meine Mutter, die eben die Küche betritt.

»Du, ich glaube Muba ist wach. Soll ich sie aus dem Bett nehmen?«

Nein, das möchte ich tun. Ich genieße den Augenblick, wenn ich die Vorhänge im Kinderzimmer zurückziehe und sie mir mit ausgestreckten Armen aus ihrem Bettchen entgegenlächelt und dabei »Mama« sagt.

»Ein Vorschlag zur Güte: Wir nehmen sie gemeinsam aus dem Bett.«

Meine Mutter setzt das Glückliche-Oma-Lächeln auf, während ich rasch die verkrustete Mehlschüssel in die Spülmaschine stelle, ganz nach dem Motto: aus den Augen, aus dem Sinn.

Im Garten höre ich Karamba kreischen.

»Ist was, Karamba?«

Mein Vater ruft zurück: »Laß nur, wir spielen Wasserball. Karamba ist sieben zu drei im Vorsprung.«

Mutter und ich wechseln seit langen Jahren den ersten versöhnlichen Blick. Ich genieße ihr Schweigen, weiß, daß sie mir gerne sagen würde, daß eine Mehlschüssel ausgewaschen gehört, bevor sie in der Spülmaschine landet. Und wahrscheinlich drängt es sie auch, mich zu belehren, daß das Mehl, ebenso wie der Zucker, in einer Plastikdose aufbewahrt werden sollte. Doch sie hält wacker ihren Mund. Kann es sein, daß Töchter erst Kinder haben müssen, bevor ihre Mütter sie als erwachsene Mitmenschen akzeptieren?

»Das hier ist übrigens Anton«, sage ich, als wir den roten Salon mit dem offenen französischen Kamin durchschreiten. Das ist der kürzeste Weg zu den Schlafräumen. Natürlich hätten wir auch die Route übers Eßzimmer und die Bibliothek nehmen können, aber dort kommt man zur Zeit schlecht durch, weil Karamba und Henry die große Modelleisenbahn aufgebaut haben.

Mutter verharrt vor dem silbernen Bilderrahmen. Ich liebe silberne Bilderrahmen auf schwarzen Marmorkaminen aus dem 18. Jahrhundert. Sowieso haben sich Anton und Marili bei der Einrichtung der Fabrikantenvilla sehr viel Mühe gegeben. Klar, die meisten der wertvollen alten Möbelstücke sind geerbt, aber schön sind sie trotzdem.

»Das also ist Herr Branschli?« fragt Mutter ehrwürdig.

»Ja, das ist der Toni. Und die rüstige Dame neben ihm ist seine Frau Marili. Das Bild ist noch keine drei Wochen alt. Anton hat es mir aus Kolumbien geschickt, dabei hätte er es genausogut mitbringen können.«

»Die beiden reisen extra für Mubas Geburtstag an?«

»Aber sicher doch. Anton und Marili kommen ab und zu ganz gerne in die Schweiz. Aber sie kommen nie länger als eine Woche, dann packt sie bereits wieder das Fernweh.«

»Und von was leben die beiden?«

»Aber, Mutter! Ich brauche dir ja nicht zu sagen, daß sich Anton mit dem Verkauf seiner Schokoladenfabrik bis weit über sein Lebensende hinaus saniert hat. Und zudem sitzt er in Kolumbien nicht etwa auf der faulen Haut. Im Gegenteil: Er handelt mit Kakaobohnen, die er unter anderem auch an die lila Kühe in die Schweiz verkauft.«

»Ein kluger Mann«, lobt meine Mutter.

»Ob klug oder nicht, Anton ist sehr großzügig. Daß er uns hier kostenlos in seiner Villa wohnen läßt, rechne ich ihm hoch an.«

»Hat er denn keine Kinder?«

»Nein. Marili konnte nie welche kriegen.«

»Also haben sie auch keine Enkelkinder.«

»Doch, die haben sie: Muba und Karamba. Wenn du siehst, wie Anton und Marili die beiden Kleinen ins Herz geschlossen haben, wirst du staunen.«

Mutter beißt sich auf die Unterlippe: »Papa und ich mögen die Kinder auch sehr gerne.«

»Ich weiß, Mutter. Aber für Muba und Karamba sind nun mal Anton und Marili die Großeltern. Das mußt du verstehen. Immerhin werden die Kinder später auch mal ihren Nachlaß erben.«

»Schon gut. Ich wollte damit bloß sagen, daß wir immer für euch da sind. Zürich-Mallorca ist ja keine Weltreise. Vater könnte euch auch vom Flughafen abholen ...«

»Lieb von dir. Wir werden euch bestimmt schon bald besuchen.«

»Wird Henry euch begleiten?«

Ich weiß, worauf ihre scheinbar belanglose Frage abzielt: Mutter will herausfinden, was zwischen Henry und mir läuft. Aber da kann sie lange warten. Das mit Henry und mir ist nämlich was ganz Spezielles, um nicht zu sagen, was Einzigartiges. Wir wohnen in derselben Villa, putzen unsere Zähne am selben Waschbecken, schlafen im selben Bett – aber nie miteinander. Wir ziehen gemeinsam unsere beiden Adoptivkinder groß, gehen als Familie auswärts essen, spielen bis zum Umfallen Mensch-ärgere-dich-Nicht und trinken abends bei Sonnenuntergang ein gepflegtes Glas Wein.

So in etwa läßt sich mein eheloses Zusammenleben mit Henry beschreiben. Wir haben uns – ohne jeden schriftlichen Vertrag oder sonstige Schwüre – zu dieser Form der Patchwork-Familie entschieden und sind außerordentlich glücklich damit. Zwischendurch verreist Henry für ein paar Tage ins Urnerland, zu Pierre. Die Kinder und ich stehen dann am automatischen Garagentor, winken ihm nach und freuen uns schon, wenn er wieder zurückkommt.

Und manchmal bin ich mit den Kindern ja auch im Urnerland. Dann wandern wir zu fünft – Pierre trägt immer den Rucksack – über den Sennenweg, trinken Tee aus der Thermoskanne und essen selbstgemachte Brote. Uns fehlt es an nichts – und mir schon gleich an gar nichts.

Was will ich einen erigierten Schwanz im Bett, wenn ich statt dessen einen wunderbar aufmerksamen Mann und zwei wirklich süße Kinder haben kann?

»Henry!«

»Da seid ihr ja. Schau, Muba, die Mama ischt da!«

Die Kleine klatscht vor Freude in die Hände. Ich bin ein ganz klein wenig enttäuscht, daß Henry mir mit dem Wickeln zuvorgekommen ist. Doch der Anblick des stolzen Papas und des properen Kinderpopos versöhnen mich sogleich.

»Mutter hat uns nach Mallorca eingeladen.«

»Wie schön«, strahlt Henry meiner Erzeugerin entgegen. »Übernächschte Woche wäre gut. Da wollte isch meine Agentur sowieso schließen.«

»So schnell?« Meine Mutter plant sonst immer im Jahresrhythmus. Aber angesichts des charmanten Fast-Schwiegersohns läßt sie von ihrer Gewohnheit ab. Immerhin ein Anfang, oder?

Drei Kerzen und kein Kuchen. Ich schäme mich meiner haushälterischen Fähigkeiten. Zumal meine Schwester Laura am Tisch sitzt, aufgeräumt wie immer. Neben ihr, wie die Orgelpfeifen, ihre fünf Kinder – die beiden letzten, ein Mädchen und ein Junge, sind Zwillinge. Und ich bin ihre Patentante – eine sehr gute, wie Laura mir immer wieder bestätigt.

Um den Schornstein der Branschli-Villa ist übrigens Sebastian besorgt. Der thront oben an der Tafel und schenkt Kaffee für die Erwachsenen und Eistee für die Kinder aus. Die Stimmung schwankt zwischen fröhlich und ausgelassen.

Anton Branschli – ganz ohne Schuppen, weil inzwischen glatzköpfig – füttert die kleine Muba mit Zwieback, während seine Frau Marili ihrem Enkelkind Karamba die ersten Brocken Englisch beizubringen versucht. Marili ist eine sehr sympathische Frau – und trotz ihres Status' als Ehefrau eines Erben so ganz ohne Dünkel. Marili trägt ein einfaches T-Shirt aus Baumwolle, kurze Hosen und Sandalen. Ich finde, daß sie die perfekte Ehefrau für Anton ist. Und dennoch ist Marili fremdgegangen. Ihr plötzliches Verschwinden im Thunersee war kein Zufall gewesen. Nein, Marili hatte sich absichtlich abgesetzt, um mit ihrem südamerikanischen Tennislehrer ein neues Leben jenseits des Atlantiks zu beginnen. Nach nicht mal drei Jahren war die Liebe jedoch am Ende – und Marili ohne gültige Kreditkarte in Kolumbiens Hauptstadt Bogotá gestrandet. Der Rest der Geschichte ist hinlänglich bekannt. Bis auf den kleinen Punkt, daß Anton sein Marili seither nicht mehr alleine auf den Tennisplatz läßt. Viel mehr schwingen die beiden nun gemeinsam den Golfschläger.

»Möchte jemand noch Kaffee?« frage ich, um den kuchenlosen Zustand zu überspielen.

Nein, sagt Laura.

Nein, sagt ihr Mann, Sebastian.

Nein, sagen auch meine Eltern.

Ich ignoriere ihre fragenden Blicke. Alle starren sie auf die leere Tortenplatte mitten auf dem Gartentisch. Wollt ihr etwa verkohlten Karottenkuchen essen?

»Wie wär's mit einem Cognac?«

Auf einmal sind sie alle Feuer und Flamme. Selbst Anton und Marili lassen sich ein Schwenkglas füllen.

Wo bleibt bloß Henry? Er wollte nur rasch Pierre von der Bahn abholen und dabei noch etwas Leckeres bei Züngli am Paradeplatz besorgen: Linzerschnitten, Zugerkirschtorte – was auch immer, Hauptsache schweizerisch und ohne Schokolade. Ich mag nämlich keine Schokolade mehr. Oder besser: Nachdem mir in der Straßenbahn zweimal hintereinander ein Sitzplatz angeboten worden ist, habe ich es mir abgewöhnt, Schokolade zu mögen. Ich will doch nicht mit fünfzig als vermeintlich Schwangere behandelt werden, bloß weil ich einen Schokoladenbauch habe, oder?

»Auf Gallus!« Meine Schwester läßt es klirren.

Instinktiv ziehe ich meinen Cognac-Schwenker zurück. Ich werde doch an Mubas drittem Geburtstag nicht auf Gallus anstoßen! Überhaupt sehe ich keinen vernünftigen Grund, je wieder auf Gallus zu trinken. Meinem Schwur bin ich schließlich, trotz kurzfristiger Unsicherheiten, treu geblieben: Noch bevor Gallus mit einer anderen Frau vor den Traualtar getreten ist, bin ich Mutter zweier Kinder – obwohl ich das so eigentlich nicht geplant hatte. Viel mehr hatte ich mich beim Verlassen der »Bayerischen Burg« innerlich damit abgefunden, irgendwo im Schwarzwald als alte, einigermaßen vermögende Jungfer zu enden. Mir war klar, daß Henry mit Antons großzügigem Scheck zu Pierre auf den Berg ziehen würde und wir uns – wenn überhaupt – dann bloß noch zu Weihnachten hören würden. Doch als Henry mich dann, statt zum Münchner Hauptbahnhof, vors Waisenhaus fuhr, da war's endgültig um mich geschehen.

»Gallus hat sich getrennt«, klatscht Laura über die Köpfe ihrer fünf Kinder hinweg.

»Wundert mich, ehrlich gesagt, nicht. Ich hätte langfristig an Annas Intelligenz gezweifelt, wenn sie für immer bei ihm geblieben wäre – uneheliches Kind hin oder her.«

»Gallus hat sich nicht von Anna getrennt, sondern von seinem Arbeitgeber.«

»Aber doch bestimmt nicht freiwillig!«

»Doch. Er, Anna und Gallus junior wollen auswandern.«

»Wohin?«

»Das wissen sie noch nicht so genau. Gallus sucht im Augenblick nach einem Ort, wo der Schweizer Franken mindestens doppelt so stark ist wie die dortige Landeswährung.«

»Er hat sich wohl nicht verändert?«

Laura findet schon. »Er hat sichtlich zugenommen.«

»Gallus, die dürre Spindel?«

»Ja. Mindestens zehn Kilo.«

»Vom ungesüßten Fencheltee?«

»Nein, offensichtlich nascht er nachts von Annas Zartbitterschokolade.«

»Das macht ihn ja direkt menschlich!«

»Finde ich auch«, pflichtet Laura mir bei.

Zur allgemeinen Auflockerung der Tafel will ich soeben dazu übergehen, der versammelten Geburtstagsgemeinde ausschweifend vom Mühsal meines schokoladenlosen Daseins zu erzählen, da treten Henry und Pierre auf die Terrasse.

Endlich, die heiße Schlacht um den kalten Kuchen kann beginnen.

»Was habt ihr uns denn Schönes mitgebracht? Einen gesunden Karottenkuchen? Leckere Linzerschnitten mit Himbeermarmelade? Oder gar eine saftige Zuger Kirschtorte?«

»Nichts von alledem«, seufzt Henry. »Bei Lüngli am Paradeplatz war der Teufel los. Wir mußten nehmen, was noch da war.«

Pierre offenbart den anderen das Innere der Lüngli-Tortenschachtel. Ein Raunen geht durch die Menge. Die Kinderschar trommelt mit Silbergäbelchen auf Porzellanteller.

Henry sagt, ich solle die Augen schließen.

»Ich? Aber Muba hat doch Geburtstag.«

Später. Zuerst solle ich die Augen schließen. Und nicht blinzeln.

»Versprochen.«

Zwei Männerhände setzen mir Muba auf den Schoß. Ich streiche ihr mit geschlossenen Augen über das gekrauste Haar. Mein Mädchen, wie süß sie riecht.

»Mund auf«, befielt Karamba kichernd.

Ich ahne, was auf mich zukommt. Natürlich könnte ich die Augen aufreißen und mich der Versuchung verwehren. Aber ich will nicht. Schokoladentorte aus Kinderhand – welche glückliche Mutter kann dazu schon nein sagen?

SERIE PIPER

Franziska Stalmann

Champagner und Kamillentee

Roman. 230 Seiten. Serie Piper

Nach dreizehnjähriger Ehe wird die 39jährige Ines von ihrem Mann in Rekordzeit »ausgemustert«. Er wird anderweitig Vater und will eine schnelle Scheidung. Ines steht fassungslos und allein da, ohne Beruf, ohne Ausbildung, ohne Freunde.
Wie sie sich langsam fängt und sich mit neuem Outfit und neuen Aufgaben zum Schwan mausert, schildert die Autorin mit Charme, Sprachwitz und viel Situationskomik.
Eine Emanzipations-Komödie der allerfeinsten Art. Franziska Stalmanns spritziger Roman, erzählt in wunderbar leichtem Ton, ist längst zu einem Bestseller geworden, der sich bei Frauen wie ein Lauffeuer herumgesprochen hat.

Ein »Frauen-Power-Buch, süffig wie ein Glas Champagner.«
Brigitte

»Spaß vom Allerfeinsten.«
Die Welt

05/1041/01/L

Sybille Schrödter

Endlich der Märchenprinz und andere Katastrophen

13 Böse Geschichten. 191 Seiten. Serie Piper

Endlich der Richtige und andere Irrtümer. Was tun wir nicht alles, um ihm zu begegnen? Quälen uns im Fitneßstudio, schlagen uns in den angesagtesten Bars die Nacht um die Ohren und halten uns wegen der neuesten Diät beim Dessert zurück. Doch wenn wir dem Mann fürs Leben endlich begegnen, erkennen wir ihn dann? Und was tun wir, wenn er sich als Irrtum entpuppt? Carolin zum Beispiel hat da eine ganz spezielle Methode ...
In dreizehn witzig-bösen Geschichten geht Sybille Schrödter der Frage nach Mr. Right auf den Grund.

»Welch extreme Verbiegungen die Heldinnen der Geschichte in Kauf nehmen, um ihrem Adonis zu imponieren und ihn seinerseits in das enge Kostüm eines Märchenprinzen zu zwängen, das ist einfach urkomisch.«
Westdeutscher Rundfunk

05/1044/01/R

SERIE PIPER

Gaby Hauptmann

Fünf-Sterne-Kerle inklusive

Roman. 317 Seiten. Serie Piper

Katrin kann es nicht fassen: Sie hat das große Los gezogen – und eine Woche Skiurlaub im Fünf-Sterne-Hotel gewonnen. Unverhofft findet sich die Supermarktkassiererin in einem Kreis von reichen und attraktiven Hotelgästen wieder. Ihr kleines Geheimnis behält sie für sich und wird für die Männer nur um so interessanter. Das Leben ist süß – bis Katrin merkt, daß da noch andere Kräfte am Werk sind. Als das Hotel eingeschneit wird, verdichten sich die Turbulenzen ... Mit einer erfrischenden Portion schwarzem Humor schaut Gaby Hauptmann auf die Welt der Reichen und Schönen. So amüsant und kurzweilig wie eine Woche Skiurlaub in den österreichischen Bergen!

05/1001/01/L

Gaby Hauptmann

Eine Handvoll Männlichkeit

Roman. 332 Seiten. Serie Piper

Das kann noch nicht alles gewesen sein, meint Günther, wohlsituiert und aus den besten Kreisen. Am Abend seines sechzigsten Geburtstags faßt er einen nachhaltigen Beschluß: Eine neue Frau muß her! Auf seiner großartigen Geburtstagsparty sticht ihm die nichtsahnende Linda, die junge, attraktive Freundin des Bürgermeistersohns, ins Auge, das Gegenmodell zu seiner perfekten Frau Marion. Frei nach dem Motto: Hauptsache, er steht, setzt Günther alles daran, Linda herumzukriegen. Außerdem trifft er die notwendigen Vorbereitungen, sein beträchtliches Vermögen vor Marion in Sicherheit zu bringen. Doch Marion kommt ihm auf die Schliche und setzt ebenso unerwartet wie durchschlagend zur Gegenwehr an. Gaby Hauptmann weiß, was Männer mögen – und Frauen gerne lesen.

05/1006/01/R

SERIE PIPER

Marika Cobbold

Das Leben, wie es sein sollte

Roman. Aus dem Englischen von Sonja Hauser. 480 Seiten. Serie Piper

Ihre Mütter waren in Kindertagen gute Freundinnen, doch Esther aus London und Linus aus Göteborg sind sich nie begegnet. Persönliche Bedenken und gegenseitige Skepsis stehen am Anfang dessen, was sich im Licht einer zauberhaften Insel vor der schwedischen Westküste und im Kreis einer ungewöhnlichen Familie zur großen Liebe entwickelt. Voller Wärme und Humor erzählt Marika Cobbold, die in England und Schweden als neuer Star der Unterhaltungsliteratur gefeiert wird, diese verrückte und hinreißende Liebesgeschichte.

»Zwischen Strandhafer und Schlick entwickelt sich eine große Liebe. Zum Nachahmen schön.«
Madame

05/1358/01/L

Maria Venturi

Amore heißt Liebe

Roman. Aus dem Italienischen von Monika Cagliesi-Zenkteler. 237 Seiten. Serie Piper

Laura ist, nach der enttäuschenden Beziehung mit Sergio, an einem echten Tiefpunkt angelangt. Als er sie auch noch zu einer Abtreibung drängt, zieht sie endgültig die Konsequenz und trennt sich von ihm. In ihrer Niedergeschlagenheit entschließt sich Laura zu einer Reise, um auf andere Gedanken zu kommen. Ausgerechnet in Deutschland läuft ihr Marco über den Weg. Aus dem anfänglichen Strohfeuer wird schnell viel mehr, und schon bald heiraten die beiden. Ihr Glück scheint vollkommen, doch dann wird Laura eröffnet, daß sie nie wieder Kinder haben wird. Verbittert und von Selbstvorwürfen gequält, läßt sie sich immer öfter zu Streitereien mit Marco hinreißen. Da kreuzt Marcos Exfreundin auf und glaubt, leichtes Spiel zu haben …

05/1139/01/R